장미와 주목

AGATHA CHRISTIE

장미와 주목

애거사 크리스티 장편소설
공경희 옮김

THE ROSE AND THE YEW TREE

문학동네

차례

일러두기

1. 본문의 주석은 모두 옮긴이주다.
2. 원서에서 이탤릭체로 강조한 부분은 고딕체로 표시했다.

장미의 순간과 주목朱木의 순간은 같다.

—T. S. 엘리엇

프렐류드

파리에 있던 어느 날, 집사 파핏이 어떤 부인이 나를 찾아왔다고 알렸다. 부인이 아주 중요한 용건이라고 했다고 그는 덧붙였다.

내게는 약속 없이 찾아오는 사람은 만나지 않는다는 원칙이 있었다. 급한 용건이 있다는 사람은 십중팔구 재정적인 도움을 청하는 부류다. 진짜 재정적인 도움이 필요한 사람은 찾아와서 부탁하지 않는다.

내가 부인의 이름을 묻자 파핏은 종이를 내밀었다. 카테린 유구비안이라고 적혀 있었다. 들어보지도 못했고 솔직히 끌리는 이름도 아니었다. 나는 그녀가 재정적인 도움을 청하러 왔을 거라는 예상을 수정해 뭔가 팔러 왔을 거라고 짐작했다. 그럴싸한 골동품 같은 걸 들고 와서 번지르르한 말로 내키지도 않는 사람을 구슬려 비싼 값을 받아내려 할 거라고.

나는 유감이지만 마담 유구비안을 만날 수 없다고, 정 그렇다면 용건을 적어 보내라고 전했다.

파핏은 인사하고 물러갔다. 그는 무척 믿음직한 사람이라서—나 같은 불구자에게는 믿음직한 일꾼이 필요하다—나는 아무 의심 없이 그 일은 그렇게 끝날 거라 생각했다. 그런데 뜻밖에도 파핏이 되돌아왔다. 그는 부인이 몹시 단호하다고 말했다. 생사가 걸린 일이고, 나의 오랜 친구와 관련된 일이라고 한다는 것이었다.

나는 불쑥 호기심이 솟구쳤다. 전언 때문이 아니었다. 사실 그건 아주 빤한 핑계였다. 생사가 걸린 문제니 오랜 친구니 하는 건 그런 상황에서 흔히 나오는 말이었다. 사실 내 호기심을 자극한 건 파핏의 행동이었다. 그런 빤한 말을 전하러 돌아온 것이 파핏답지 않았던 것이다.

나는 카테린 유구비안이 기막힌 미인이거나 적어도 유난히 매력적인 여자일 거라는 엉뚱한 결론에 도달했다. 그게 아니라면 파핏의 행동을 납득할 수 없었기 때문이다.

쉰 살의 불구자라도 남자는 남자인지라 나는 함정에 빠졌다. 흠잡을 데 없는 파핏이라는 철벽을 허물 정도로 대단한 여자라면 만나보고 싶었다.

나는 파펫에게 부인을 들여보내라고 일렀다. 그런데 카테린 유구비안이 방에 들어섰을 때, 나는 혐오감에 숨이 멎을 지경이었다!

사실 지금은 파펫의 행동이 충분히 이해된다. 인간성을 알아보는 그의 안목은 틀리는 법이 없었다. 그는 카테린 유구비안에게서 아무리 막아도 절대 물러서지 않을 것 같은 집요함을 보았다. 그래서 현명하게도 곧장 포기함으로써 길고 지루한 기싸움을 면했다. 카테린 유구비안은 커다란 해머 같은 불굴성, 금속 용접기 같은 고집에 점적석点滴石을 뚫을 것 같은 집요함까지 지닌 여자였다! 목적을 위해서라면 시간 따윈 중요하지 않았다. 그녀는 우리집 현관에 종일이라도 버티고 있었을 것이다. 머릿속에 오직 한 가지 생각밖에 없는 부류의 여자였고, 그렇지 않은 사람은 그런 사람을 절대 당해낼 수 없다.

아무튼 나는 그녀가 방에 들어왔을 때 충격을 받았다. 나는 미인을 만난다는 기대감에 제법 긴장하고 있었다. 하지만 들어온 여자는 대단히, 오싹할 정도로 매력이 없었다. 추하지는 않았다. 하지만 기억하라, 추함에도 나름의 격조가 있고 상대에게 호소하는 나름의 무드 같은 것이 있음을. 카테린 유구비안의 얼굴은 팬케이크처럼 크고 넓적했다. 사막 같았다. 입은 크고 입술 위에 조금—아주 조금—수염이 있었다. 작고 검은 눈은 볼품없는 번빵에 박힌 볼품없는 건포도 같았다. 머리는 덥수룩하게 헝클어지고 유난히 기름져 있었다. 전체적인 외관은 특징이 거의 없어서 이렇다 할 것조차 없었다. 옷은 몸에 전혀 맞지 않는 듯 헐렁했다. 궁핍해 보이지는 않았지만 그렇다고 부유해 보이지도 않았다. 단호한 턱을 가진 그녀가 입을 열자 투박하고 거친 목소리가 흘러나왔다.

나는 파핏에게 무척 못마땅한 눈길을 보냈지만, 그는 침착하게 그 눈길을 받아냈다. 언제나처럼 자신은 무엇이 최선인지 안다고 생각하는 듯했다.

"마담 유구비안이십니다." 그가 말하고 문을 닫고 물러갔다. 굳은 표정의 여자 수중에 나를 떠넘기고.

그녀는 결의에 차서 걸어왔다. 나는 이때만큼 불구인 내 몸의 무력함을 분명히 느낀 적이 없었다. 그녀에게서 달아나는 게 상책이었지만, 그럴 수가 없었다.

그녀가 크고 단호한 목소리로 말했다.

"부탁합니다―저와 함께 가셔야 합니다, 꼭이요."

그것은 요청이라기보다 명령이었다.

"뭐라고요?" 나는 깜짝 놀라서 되물었다.

"전 영어를 잘 못합니다, 그럴 거예요. 하지만 머뭇댈 시간이 없습니다. 없어요, 시간이 없다고요. 게이브리얼 씨에게 가주십시오. 그분은 몹시 위독해요. 금방, 아주 금방 돌아가실 것 같은데 당신을 만나고 싶어합니다. 그러니 당장 그분을 만나러 가셔야 합니다."

나는 그녀를 물끄러미 쳐다보았다. 솔직히 머리가 어떻게 된 여자라고 생각했다. 게이브리얼이라는 이름을 들어도 나는 아무런 감흥이 없었고, 그건 어느 정도 그녀의 발음 탓도 있었다. 전혀 게이브리얼처럼 들리지 않았다. 하지만 제대로 알아들었다 해도 나는 감을 잡지 못했을 것이다. 너무 오래전 일이었으니까. 존 게이브리얼을 생각한 적이 있다 한들 십 년은 된 게 분명했다.

"누가 죽어간다고요? 제가—아는 사람이라고요?"

카테린 유구비안은 내게 책망을 담은 눈빛을 보냈다.

"그래요, 당신은 그분을 아시고—아주 잘 아시고—그분은 당신을 만나고 싶어해요."

그녀가 너무 확신했기 때문에 나는 머리를 쥐어짜기 시작했다. 이름이 뭐랬지? 게이블? 갤브레이스? 나는 갤브레이스라는 광산 기술자를 알았다. 그냥 가볍게 아는 사이였다. 그가 죽음을 앞두고 날 보고 싶어할 리 없을 것 같았다. 하지만 그 말이 사실인지 아닌지 의심하지 않았던 것은 카테린 유구비안의 강렬한 개성 때문이었을 것이다.

"누구라고요? 갤브레이스요?" 내가 물었다.

"아뇨, 아니에요. 게이브리얼요. 게이브리얼!"

나는 그녀를 빤히 쳐다보았다. 이번에는 정확히 알아들었지만, 뇌리에는 커다란 날개를 가진 천사 가브리엘의 환영만 떠올랐다. 그 환영은 카테린 유구비안과 잘 어울렸다. 그녀는 이탈리아 프리미티브* 시기 화가들이 그림 왼쪽 끝에 곧잘 그려 넣던 무릎 꿇은 신실한 여성과 닮은꼴이었다. 열렬한 신앙심이 깃든 표정에 독특하고 소박한 풍모가 어우러져 있었다.

그녀는 집요하고 끈질기게 덧붙였다. "존 게이브리얼요—"

나는 드디어 알아차렸다!

모든 기억이 돌아왔다. 어지럽고 속이 조금 울렁거렸다. 세인트 루, 노부인들, 밀리 버트. 존 게이브리얼의 못생기고 활기찬 작은 얼굴, 뒤축에 중심을 싣고 천천히 몸을 흔들던 모습. 신화에 등장하는 젊은 신처럼 훤칠하고 잘생긴 루퍼트. 물론 이저벨라도……

자그라데에서 마지막으로 존 게이브리얼을 봤을 때의 일이 떠오르자 내 안에서 분노와 증오의 적조赤潮가 밀려왔다……

"그래서, 그가 죽어간다고요?" 나는 잔인하게 물었다. "그거 반가운 일이군요!"

"네?"

상대방이 예의바른 어조로 '네?'라고 물었을 때 다시 들려줄 수 없는 말이 있다. 카테린 유구비안은 전혀 이해하지 못한

---

* 르네상스 이전 15세기.

듯했다. 나는 이렇게만 말했다.

"그가 죽어간다고 했나요?"

"그래요. 그분은 고통에—극심한 고통에 시달리고 있어요."

이런, 그것 또한 기뻤다. 그것이 어떤 고통이든 그가 저지른 일에 대한 속죄가 될 수는 없다고 생각했다. 하지만 존 게이브리얼의 열렬한 숭배자인 듯한 여자에게 그런 말을 할 수는 없었다.

대체 그의 어떤 면이 매번 여자들을 사로잡는 걸까. 나는 짜증스러운 기분으로 생각했다. 그는 아주 못생겼다. 가식적이고, 천박하고, 허세를 부렸다. 그저 그런 두뇌에, 가끔 특정한 상황(저속한 상황!)에서만 좋은 친구였고, 유머가 있었다. 하지만 그 어떤 특징도 여자들을 사로잡을 만한 것이 아니었다.

카테린 유구비안이 내 생각을 흩트리며 끼어들었다.

"가주실 거죠? 바로 가주실 거죠? 머뭇거릴 시간이 없어요."

나는 침착함을 되찾았다.

"미안합니다, 부인. 저는 갈 수 없을 것 같습니다." 내가 말했다.

"하지만 그분이 당신을 만나고 싶어하는데요." 그녀가 주장했다.

"저는 가지 않겠습니다." 내가 대꾸했다.

"이해 못하셨나보군요. 그분은 아파요. 죽어가고 있고, 당신을 만나고 싶어한다고요."

나는 싸울 각오를 했다. 카테린 유구비안이 쉽게 물러서지 않으리란 것을(파릿이 첫눈에 간파한 것을) 이제는 깨달았기 때문이다.

"당신은 잘못 알고 있습니다. 존 게이브리얼은 제 친구가 아닙니다."

그녀는 힘차게 고개를 저었다.

"아니, 맞아요―친구 맞아요. 그분은 신문에서 당신 이름을 보았고―조사단의 일원으로 오셨다고 나와 있었어요―제게 어디 있는지 알아내서 데려오라고 부탁하셨어요. 어쨌든 빨리 가주셔야 합니다―아주 빨리요―의사가 곧 돌아가실 것 같다고 했으니까요. 부탁이니 당장 가주시겠어요?"

나는 솔직해야 할 것 같았다. 그래서 말했다.

"그가 죽든 말든 제 알 바 아닙니다!"

"네?"

그녀는 초조하게 쳐다보았고, 길쭉한 코를 찡그리면서 나를 호의적으로 이해해보려고 애쓰는 것 같았다……

"존 게이브리얼은 제 친구가 아닙니다." 나는 천천히 분명하게 말했다. "그는 제가 증오하는 사람입니다―증오한다고요! 이제 알겠습니까?"

그녀는 눈을 깜빡거렸다. 이제야 상황을 납득한 것 같았다.

"그 말은—" 그녀는 어려운 수업 내용을 되풀이하는 아이처럼 천천히 말했다. "—그 말은—당신이—존 게이브리얼 씨를—증오한다는 건가요? 그런 말인가요?"

"그렇습니다." 내가 대답했다.

그녀는 미소 지었다. 상대를 불쾌하게 만드는 미소였다.

"아니, 아니에요." 카테린 유구비안이 어르듯이 말했다. "그런 일은 있을 수 없어요…… 존 게이브리얼 씨를 증오하는 사람은 없어요. 그분은 정말 훌륭한—너무도 훌륭한 분이에요. 존 게이브리얼 씨를 아는 사람들은 누구나 그분을 위해 기꺼이 죽을 수도 있다고 생각할 겁니다."

"오, 맙소사," 나는 격분해서 외쳤다. "대체 그자가 무슨 짓을 했길래 사람들이 그런다는 겁니까!"

내가 자청한 셈이었다! 그녀는 다급한 용건을 잊은 듯이 의자에 앉아 이마에 흘러내린 기름진 머리카락을 쓸어넘겼고, 열정적으로 눈을 반짝이며 입을 열었고, 그 입에서 말이 쏟아져나왔다……

십오 분쯤 말했을 것이다. 때로는 구어를 더듬거리면서 알아듣기 어렵게 말했고, 때로는 명확한 문장으로 술술 말했다. 마치 대서사시 낭독을 듣는 기분이었다.

카테린 유구비안은 존경과 경외, 겸손, 숭배를 담아 말했다. 마치 구세주에 대해 말하는 것처럼 말했고, 존 게이브리얼이 그녀에게는 구세주 같은 존재임이 분명했다. 내게는 너무도 터무니없고 절대 있을 수 없는 이야기였다. 카테린 유구비안이 말하는 그는 다정하고 용기 있고 강인한 남자였다. 지도자이자 구원자였다. 다른 사람들을 살리기 위해 죽음도 불사하는 남자였다. 학대와 불의를 타오르는 불꽃처럼 격렬하게 증오하는 남자였다. 그녀에게 그는 예언자이자 왕, 구세주였다. 사람들에게 자신 안에 있는 줄 몰랐던 용기, 자신 안에 있는 줄 몰랐던 힘을 일깨우는 인물이었다. 그는 한 번 이상 고문을 받았고, 불구가 됐고, 죽다 살아났지만 강한 의지로 장애를 극복했고, 불가능한 일들을 계속 성취해나갔다.

"그분이 무슨 일을 했는지 모른다고요? 하지만 클레멘트 신부님은 누구나 알 텐데요─누구나!" 그녀가 말을 맺었다.

나는 멍하니 쳐다보았다. 그녀의 말이 사실이었기 때문이다. 클레멘트 신부는 모르는 사람이 없었다. 주문을 외울 때 쓰는 그 이름의 주인이 실재하지 않는 신화 속 인물이라고 말하는 사람도 있긴 했지만.

클레멘트 신부에 관한 전설을 어떻게 설명해야 할까? 사자왕 리처드와 성자 다미앵*과 아라비아의 로런스**를 합친 인물

---

* 벨기에의 신부로 하와이에서 나환자를 위해 헌신했다.
** 아랍 민족 독립운동에 참여했던 영국인 장교.

을 상상해보라. 전사인 동시에 성자이자 소년처럼 모험심 넘치는 무모함을 지닌 인물. 1939년부터 1945년까지 계속됐던 전쟁이 끝나자 유럽과 아시아는 암흑기를 맞았다. 불안이 고조됐고, 그것은 잔인성과 야만성이라는 새로운 문제를 낳았다. 문명세계에 균열이 가기 시작했다. 인도와 페르시아에서는 가공할 일들이 벌어졌다. 대학살, 기근, 고문, 무정부 상태……

그리고 그 어두운 안개 속에서 한 인물이, 전설이라 부를 만한 인물이 등장했다. 자신을 '클레멘트 신부'라고 부르던 이 남자는 어린아이들을 구하고, 고문받던 사람들을 구하고, 그들을 이끌고 길도 없는 산들을 넘어 안전한 곳에 있는 공동체에 정착시켰다. 숭배와 사랑과 존경의 대상. 인간이라기보다 전설인 남자.

카테린 유구비안에 따르면 클레멘트 신부는 존 게이브리얼이었다. 세인트 루의 전직 국회의원이자 바람둥이, 주정뱅이, 처음부터 끝까지 오로지 자기 이익만을 위해 행동했던 그 남자였다. 책략가이자 기회주의자, 육체적인 용기를 빼면 아무런 미덕도 없던 그 남자.

믿을 수 없다던 내 생각이 갑자기 불쾌하게 흔들렸다. 카테린 유구비안의 말이 가당치 않다고 생각했지만 그럴듯한 부분이 있었기 때문이다. 클레멘트 신부도 존 게이브리얼도 보기 드물게 육체적인 용기를 지닌 자들이었다. 클레멘트 신부의 전설적인 과업들, 대담한 구조 활동, 순박한 허세—그렇다, 그의 배짱 두둑한 방식은 존 게이브리얼의 것이 맞았다.

하지만 존 게이브리얼은 언제나 자신을 선전하는 인간이었다. 그는 항상 주위의 눈을 의식하며 행동했다. 그러니 존 게이브리얼이 클레멘트 신부라면 분명 온 세상에 그 사실이 알려졌을 것이다.

아니, 난 믿지 않았다. 믿을 수가 없었다……

하지만 카테린 유구비안이 숨을 몰아쉬며 말을 멈췄을 때, 눈에서 타오르던 불꽃이 사그라들었을 때, 그리고 예의 그 고집스럽고 단조로운 어조로 "이제 가주실 거죠? 그렇죠?" 했을 때, 나는 큰 소리로 파핏을 불렀다.

그는 나를 부축해 일으키고 목발을 건네주었고 계단을 내려가서 택시에 타는 것을 도왔다. 카테린 유구비안은 내 옆자리에 올라탔다.

나는 꼭 알아야 했다. 호기심 때문이었을까? 아니면 고집스러운 카테린 유구비안 때문이었을까? (나는 결국 그녀에게 무릎 꿇게 됐을 것이다!) 아무튼 나는 존 게이브리얼을 만나고 싶어졌다. 클레멘트 신부의 인생을 내가 알던 세인트 루의 존 게이브리얼과 연관시킬 수 있는지 직접 알아보고 싶었다. 어쩌면 나는 이저벨라가 알았던 그것, 그녀의 행동으로 보아 알았던 게 분명한 그것을 직접 확인하고 싶었을 것이다……

내가 무엇을 기대하면서 카테린 유구비안을 따라 좁은 계단을 올라 뒤편의 작은 방으로 갔는지 모르겠다. 그곳에는 성직자 같은 몸가짐에 턱수염을 기른 프랑스인 의사가 있었다. 그는 환자 위로 몸을 굽히고 있다가 물러서며 내게 다가오라고 정중하게 손짓했다.

의사가 궁금해하며 나를 살펴보았다. 내가 위대한 인물이 죽어가면서 보고 싶어하는 장본인이었으니까……

나는 게이브리얼을 보고 충격을 받았다. 자그라데에서 마지막으로 본 뒤 정말 오랜만이었다. 침대에 죽은듯이 누운 그가 게이브리얼이라는 걸 몰랐다면, 난 알아보지 못했을 것이다. 그가 죽어가고 있다는 걸 알 수 있었다. 끝이 아주 가까운 것 같았다. 나는 침대에 누워 있는 사람의 얼굴에서 내가 알고 있던 그 무엇도 알아보지 못할 것 같았다. 지금의 모습으로만 보면 카테린 유구비안의 말이 옳다는 것을 인정해야 했다. 수척한 그 얼굴은 성자의 얼굴이었으니까. 그 얼굴에는 번민과 고뇌의 흔적이 있었다…… 고행이 새겨져 있었다. 그리고 무엇보다 영혼의 평안이 깃들어 있었다……

이런 특징 중에 내가 알던 존 게이브리얼과 연결되는 건 아무것도 없었다.

그때 그가 눈을 떠서 나를 봤고, 씩 웃었다. 그것은 게이브리얼의 미소, 게이브리얼의 눈이었다. 못생긴 사기꾼의 작은 얼굴에 박힌 아름다운 눈.

그는 몹시 힘없는 목소리로 말했다. "결국 그 여자가 당신을 찾았군! 아르메니아인들은 대단해!"

그랬다, 존 게이브리얼이었다. 그가 의사에게 손짓했다. 그리고 힘없고 고통스럽고 긴박한 목소리로 약속했던 각성제를 달라고 요구했다. 의사는 안 된다고 했지만 게이브리얼을 꺾지는 못했다. 나는 그것이 죽음을 앞당길지도 모른다고 생각했다. 하지만 게이브리얼은 숨을 거두기 전 마지막으로 기운을 내는 것이 자신에게 중요하고 꼭 필요한 일이라고 분명히 밝혔다.

의사는 어깨를 으쓱하더니 단념했다. 그는 주사를 놓은 뒤 환자와 나만 남겨두고 카테린 유구비안과 나갔다.

게이브리얼은 곧 말을 시작했다.

"난 당신이 이저벨라의 죽음에 관해 알았으면 해."

나는 그 일에 대해 모두 알고 있다고 대답했다.

"아니, 당신은 몰라……" 게이브리얼이 말했다.

그는 내게 자그라데의 그 카페에서 있었던 마지막 순간에 대해 설명했다.

나는 때가 되면 그 이야기를 쓸 것이다.

그러고서 게이브리얼은 딱 한 마디를 덧붙였다. 내가 이 글을 쓰게 된 것은 바로 그 한 마디 때문이었다.

클레멘트 신부는 역사에 속한 인물이었다. 믿기 힘들 만큼 영웅적인 행적, 인내와 연민, 용기 넘치는 그의 과거는 영웅의 인생을 기록으로 남기고 싶어하는 자들의 것이다. 그가 시작한 공동체는 우리 삶의 새롭고도 불확실한 실험이었고, 그것을 구상하고 만들어낸 사람의 전기는 앞으로 많이 쓰일 것이다.

이 글은 클레멘트 신부의 이야기가 아니다. 존 메리웨더 게이브리얼, 빅토리아 십자무공훈장을 받은 자, 기회주의자, 격정적이고 기괴한 매력을 가진 남자의 이야기다. 그와 나는 서로 다른 방식으로 한 여자를 사랑했다.

우리는 모두 자신의 이야기에서 주인공으로 출발한다. 하지만 나중이 되면 과연 그런지 의심이 들며 혼란스러워진다. 나역시 그랬다. 처음에 이것은 내 이야기였다. 그러다가 제니퍼와 나, 두 사람의 이야기라고 생각하게 됐다―로미오와 줄리엣, 트리스탄과 이졸데처럼. 그후 내 어둠과 환멸 속에서, 캄캄한 밤에 빛나는 달처럼 이저벨라가 시야로 흘러들었다. 그녀는 자수刺繡의 주요 테마였고 나는―나는 배경인 크로스스티치*였을 뿐―아무것도 아니었다. 그 이상도 이하도 아니었다. 단조로운 배경이 없으면 패턴은 두드러지지 않으니까.

그리고 이제 또다시 패턴이 바뀌었다. 이것은 내 이야기도

---

* 열십자 모양의 기본적인 수.

이저벨라의 이야기도 아니다. 존 게이브리얼의 이야기다.

이 이야기는 여기서, 내가 쓰기 시작한 시점에서 끝난다. 존 게이브리얼과 함께 끝이 난다. 그러나 또한 여기서부터 시작되는 이야기다.

Chapter

1

어디서부터 시작할까? 세인트 루? 나이든(아주 늙은) 장군이 기념관에 모인 사람들 앞에서 보수당 예비후보이자 빅토리아 십자무공훈장을 받은 존 게이브리얼 소령을 소개한 순간부터? 그날 게이브리얼은 거기서 연설을 했고, 그의 단조롭고 평범한 목소리와 못생긴 외모에 우리는 좀 실망했다. 그래서 그의 용맹성을 떠올려보려 했고, 이제는 우리도 대중과 접촉하며 살아갈 필요가 있다는 것을 되새기면서 스스로를 북돋워야 했다. 이제 특권층은 가련할 만큼 소수가 되고 말았으니까!

아니면 바다가 보이는 폴노스 하우스의 그 천장이 낮고 길쭉한 방에서부터 시작해야 할까? 화창한 날에는 휠체어를 타고 테라스에 나가 요란하게 파도치는 대서양과 수평선을 가로

막듯 튀어나온 진회색 바위가 가득한 곳을 바라보았다. 곶 위로 세인트 루 성의 흉벽과 작은 탑들이 보였다. 내게 세인트 루 성은 언제나 1860년 즈음의 낭만적인 젊은 여성을 그려놓은 수채화처럼 보였다.

세인트 루 성에는 모조품 같고 연극 무대 같은 허구적인 낭만이 흘렀다. 그것은 진짜이기 때문에 만들어질 수 있는 분위기였다. 세인트 루 성은 사람들이 타인의 눈을 신경쓰지 않고 낭만주의에 몰입했던 시절의 산물이었다. 포위전包圍戰, 용, 붙잡힌 공주, 갑옷 입은 기사, 그 밖에 모든 것이 조악한 역사 영화에 나오는 볼거리를 연상시켰다. 물론 생각해보면 역사의 정확한 실체가 조악한 영화나 다름없겠지만.

세인트 루 성을 보면 우리는 레이디* 세인트 루나 레이디 트레실리언, 빅엄 차터리스 부인, 이저벨라 같은 사람이 살 거라고 상상한다. 그런데 그런 사람을 실제로 만나자 나는 충격을 받았다!

거기서부터 시작할까? 촌스러운 옷을 입고 유행 지난 디자인의 다이아몬드 반지를 낀 꼿꼿한 자세의 노부인 셋이 방문했던 데서부터? 내가 테리사에게 얼빠진 목소리로 "저 여자들은 실재 인물들 같지가 않아요. 그냥 그럴 리가 없어요"라고

---

* 귀족의 아내나 딸, 또는 남성의 나이트에 해당하는 작위를 받은 여성에게 붙이는 호칭.

말한 대목부터?

아니면 그보다 좀더 앞에서부터 시작할까? 이를테면 내가 제니퍼를 만나기 위해 차를 타고 노설트 비행장으로 가던 그 날부터……?

하지만 그후로도 내 인생은 계속됐다. 삼십팔 년 전에 시작되어 그날 끝을 맞은 내 인생은……

이미 밝혔듯이, 이것은 내 이야기가 아니다. 하지만 이 이야기는 내 사연에서 시작한다. 나, 휴 노리스와 함께. 돌아보면 내 인생은 다른 사람들의 인생과 비슷했다. 더 흥미롭지도 덜 흥미롭지도 않은 인생. 누구나 겪는 환멸과 실망, 비밀스럽고 유치한 고민을 경험했다. 가슴 뛰는 순간이 있었고, 일체감을 느꼈으며, 바보 같고 터무니없는 이유에서 비롯된 강렬한 만족감도 맛봤다. 어떤 관점에서 인생을 바라볼지는 내가 선택할 수 있다. 좌절감의 관점에서 볼지 화려한 성공담의 관점에서 볼지. 둘 다 사실이다. 언제나 결국은 선택의 문제다. 휴 노리스 자신이 보는 휴 노리스가 있고, 다른 사람들이 보는 휴 노리스가 있다. 신이 보는 휴 노리스도 분명 있을 것이다. 본연의 휴 노리스가. 하지만 그건 오직 기록 담당 천사만 쓸 수 있는 이야기다. 다시 돌아와서 생각한다. 지금 나는 1945년 초 펜잰스에서 런던으로 가기 위해 기차에 올라탄 젊은 휴 노리스에 대해 얼마나 알고 있을까? 누가 물었다면 전반적으로 괜찮은 인생을 살았다고 대답했을 것이다. 나는 평화로운 시절에 내 직업이던 교직을 좋아했다. 참전 경험도 괜찮았고—내게는 돌아갈 일자리가 있었다—학교 공동 운영자나 교장이 될 전망이 있었다. 사랑 때문에 상처 입기도 하고 만족을 느끼기도 했지만, 아주 깊은 관계는 없었다. 가족과 유대가 좋았지만 지나치게 가깝지는 않았다. 나는 서른일곱 살이었다. 이날 나는 예전부터 어렴풋이 의식해오던 어떤 일이 일어나리란 걸 감지했다. 나는 기다리고 있었다…… 어떤 경험, 인생 최고의 사건……

문득 그때까지 내 인생에 일어났던 모든 일이 피상적이었다는 생각이 들었다. 나는 진정한 뭔가를 기다리고 있었다. 누구나 인생에 적어도 한 번은 그런 감정을 경험할 것이다. 늦든 빠르든. 그것은 크리켓 시합에서 타석에 들어서는 순간과 비슷하다……

나는 펜잰스역에서 기차에 올랐고, (아침식사를 조금 전에 푸짐하게 먹었기 때문에) 세번째 런치타임을 예약했다. 급사가 기차 안을 돌며 콧소리로 외쳤다. "세번째 런치타임입니다, 표를 가지고……" 나는 일어나서 식당칸으로 갔고, 급사는 내 표를 받더니 좌석 하나를 가리켰다. 엔진칸 뒤였고, 맞은편에 제니퍼가 앉아 있었다.

알겠지만 일은 그렇게 벌어진다. 미리 생각할 수도 계획을 세울 수도 없다. 나는 제니퍼 맞은편에 앉았고, 제니퍼는 울고 있었다.

처음에는 알아차리지 못했다. 그녀는 필사적으로 눈물을 참고 있었다. 소리를 내지도 않았고, 우는 기색도 보이지 않았다. 우리는 서로를 쳐다보지 않았고, 식당칸에서 낯선 사람끼리 지켜야 하는 예절을 따랐다. 나는 그녀 앞으로 메뉴를 밀었다. 정중하지만 아무 의미 없는 제스처였다. 그건 그냥 메뉴였을 뿐이니까. 수프, 생선 또는 고기, 디저트 또는 치즈. 4실링 6펜스.

내 제스처에 그녀도 고개를 조금 끄덕이더니 예의바르고 형식적인 미소로 응답했다. 급사가 와서 뭘 마시겠느냐고 물었다. 두 사람 다 라이트에일을 주문했다.

잠시 침묵이 흘렀다. 나는 가지고 온 잡지를 펼쳤다. 급사가 수프 접시들을 들고 빠르게 걸어와 우리 앞에 내려놓았다. 여전히 난 신사입네 하며 제니퍼 앞으로 소금과 후추를 조금 밀었다. 나는 그때까지 그녀의 얼굴을 쳐다보지 않았지만—제대로 보지는 않았다는 뜻이다—그래도 물론 기본적인 사실은 파악했다. 젊지만 아주 젊지는 않고 나보다 몇 살 아래라는 것, 보통 키와 몸무게에 검은 머리라는 것, 나와 비슷한 신분 계층으로 보인다는 것, 또한 호감을 느낄 만큼 매력적이긴 하지만 내 정신을 흔들 만큼은 아니라는 것.

나는 그녀에게 조심스럽게 몇 마디 건네는 게 좋을지 좀더 신중하게 살펴보기로 했다. 그녀가 어떻게 대응하느냐에 달린 문제였지만.

하지만 내 모든 계산을 엉망으로 만든 것이 있었다. 은연중에 맞은편 수프 그릇으로 눈을 돌렸는데, 그릇으로 뭔가 뚝뚝 떨어지고 있었다. 소리도 없이, 훌쩍임도 고통의 기색도 없이 그저 눈물이 줄줄 흘러 수프에 떨어지고 있었던 것이다.

나는 흠칫했다. 그녀 쪽으로 살피는 눈길을 던졌다. 그러자 곧 눈물이 멈췄고, 그녀는 울음을 억누르고 수프를 떠먹었다. 정말 이해할 수 없지만 나는 충동적으로 입을 열고 말았다.

"무척 슬픈 일이 있나보군요?"

그러자 그녀가 흥분한 어조로 대답했다. "전 정말 지독한 바보예요!"

잠시 우리는 아무 말도 없었다. 급사가 와서 수프 그릇을 치우고 미트파이 조각을 담은 접시를 내려놓았고, 커다란 그릇에 담긴 양배추를 떠주었다. 그리고 대단한 선심이라도 쓰듯 구운 감자 두 알을 담아주었다.

나는 창밖을 내다보며 풍경에 대해 말했다. 그리고 콘월에 대해서도 몇 마디 했다. 내가 이 지방을 잘 모른다고 하자 그녀는 자신은 안다고, 콘월에 살고 있다고 대답했다. 우리는 콘월과 데번셔를 비교했고, 그다음에는 웨일스와 동부 해안을 비교했다. 무의미한 대화였다. 그녀가 공공장소에서 우는 결례를 범했다는 것과 내가 그 사실을 알아차리는 결례를 범했다는 것을 얼버무리기 위한 대화였을 뿐이다.

커피가 나오고 내가 권한 담배를 그녀가 받은 뒤에야 우리는 하다 만 이야기로 돌아갔다.

나는 제니퍼에게 너무 눈치 없게 굴어서 미안하지만 어쩔 수 없었다고 말했다. 제니퍼는 내가 그녀를 분명 지독한 멍청이라고 생각했을 거라고 말했다.

"아닙니다." 내가 말했다. "전 당신이 한계점에 도달했다고 생각했어요. 그렇지 않습니까?"

제니퍼는 그렇다고 대답했다.

"부끄럽네요." 그녀가 격렬한 어조로 말했다. "자기연민에 푹 빠져서 자신이 무슨 짓을 하는지 누가 보든 말든 신경도 쓰지 않았다는 게!"

"아뇨, 당신은 신경썼습니다. 아주 애쓰고 있었어요."

"소리 내어 울진 않았죠. 그런 뜻으로 말한 거라면요." 제니퍼가 말했다.

나는 그녀에게 상황이 얼마나 나쁜지 물었다.

제니퍼는 매우 나쁘다고 말했다. 모든 일이 막판으로 몰렸고, 어떻게 해야 할지 난감하다고.

나는 그럴 거라고 예상하고 있었다. 제니퍼에게는 자포자기의 기미가 있었다. 그런 상태인 여자를 혼자 둘 수는 없었다. 내가 말했다. "자, 그 이야기를 해보세요. 전 낯선 사람이에요. 낯선 사람에게는 무슨 이야기든 할 수 있어요. 거리낄 게 없으니까요."

"모든 걸―제가 모든 걸 완전히 망쳐버렸다는 것 말고는 할 이야기가 없어요." 그녀가 말했다.

나는 그녀에게 어쩌면 그렇게까지 나쁘진 않을 거라고 말했다. 그녀에게는 위안이 필요했다. 새로운 삶, 새로운 용기가 필요했다. 고난과 절망의 비참한 늪에서 끌어올려 다시 땅에 발을 딛게 해줄 필요가 있었다. 나는 그 일을 하기에 가장 적합한 사람이 나라는 것을 믿어 의심치 않았다…… 그랬다, 그러자마자 일이 벌어졌다.

제니퍼는 어쩔 줄 모르는 아이처럼 의심에 찬 눈으로 나를 보았다. 그러더니 사연을 전부 털어놓았다.

대화 도중 급사가 계산서를 가지고 왔다. 나는 세번째 런치 타임이라서 다행이라고 생각했다. 식당칸에서 우리를 서둘러 내보내지는 않을 테니까. 내가 10실링을 팁으로 주자 급사는 꾸벅 인사하고 물러갔다.

나는 계속 제니퍼의 이야기에 귀를 기울였다.

그녀는 가혹한 삶을 살아왔다. 아주 큰 용기를 내어 불행에 맞서려 했지만 연달아 너무 많은 일이 터졌고, 건강도 좋지 않았다. 모든 일이 잘 풀리지 않았다. 어린 시절, 소녀 시절, 결혼한 후까지. 여리고 감정적인 기질이 그녀를 매번 궁지에 빠뜨렸다. 빠져나갈 구멍이 있었지만 빠져나가지 않았고, 노력하고 최선을 다하는 길을 택했다. 그러다 실패했고 그때 어떤 길이 보였지만, 좋지 않았다. 그녀는 전보다 더 궁지에 빠졌다.

일어난 모든 일에 대해 제니퍼는 자신을 탓했다. 나는 그녀가 애처로웠다. 그녀는 비판하지도 분개하지도 않았다. 그저 애석한 듯 매번 "분명 제 잘못이에요······" 하며 말을 맺을 뿐이었다.

나는 소리치고 싶었다. '당연히 그건 당신 잘못이 아니에요! 당신은 희생자라는 걸 모르겠어요? 매사를 자기 탓으로 돌리며 바보같이 구는 한 앞으로도 그럴 겁니다!'라고.

괴롭고 비참하고 패배한 얼굴로 앉아 있는 그녀가 사랑스러워 보였다. 나는 좁은 탁자 너머로 그녀를 보면서 내가 기다리던 것이 무엇이었는지 알았던 것 같다. 그건 제니퍼였다······ 그녀를 소유하는 것이 아니라 다시 삶의 주인이 되게 해주는 것, 행복해진 모습을 보는 것, 다시 온전해진 것을 보는 것.

그랬다, 나는 알았다······ 내가 그녀를 사랑한다는 사실은 몇 주 후에나 깨달았지만.

그리고 이 이야기에는 뭔가가 더 있었다.

우리는 재회를 약속하지 않았다. 제니퍼는 우리가 다시 만날 일이 없을 거라고 믿었던 듯하다. 나는 그렇지 않으리라는 걸 알았다. 그녀는 내게 이름을 알려주었다. 마지막에 식당칸을 떠나면서 그녀가 아주 상냥하게 말했다. "이제 작별이네요. 하지만 믿어줘요, 전 당신을 잊지 못할 거예요, 당신이 제게 해준 일도요. 전 절망스러웠어요, 너무 절망스러웠죠."

나는 그녀의 손을 잡고 잘 가라고 인사했지만 그것이 끝이 아님을 알았다. 그걸 확신했기 때문에 그녀를 찾지 않겠다고 약속하라면 기꺼이 그랬을 것이다. 그녀의 이야기를 들으면서 나는 그녀의 친구들과 내 친구들이 겹치는 걸 알게 됐다. 제니퍼에게 말하지는 않았지만, 찾으려면 얼마든지 찾을 수 있을 것이었다. 오히려 나는 우리가 왜 진작 만나지 못했는지가 이상했다.

일주일 후, 캐러 스트레인지웨이즈가 연 칵테일파티에서 우리는 다시 만났다. 그후로 더이상의 의심은 없었다. 우리 둘다 자신에게 어떤 일이 벌어졌는지 알았으니까……

우리는 만났다 헤어지고 다시 만났다. 파티에서, 지인의 집에서, 작고 조용한 레스토랑에서. 기차를 타고 시골로 가서 현실이 아닌 것 같은 행복으로 빛나는 안개 속을 함께 걸었다. 공연장에서 엘리자베트 슈만*의 노래를 들었다. "우리 만나서 함께 거닐 그 오솔길에서 세상을 잊고 꿈에 젖으리. 더이상 세상이 갈라놓지 않을 사랑을 이어달라고 하늘에 고하리**……"

그곳에서 나와 소란하고 복잡한 위그모어 스트리트로 갔을 때, 나는 슈트라우스의 가곡 끝부분을 흥얼거렸다. "영원한 사랑과 축복 속에……" 그리고 그녀의 눈을 보았다.

제니퍼가 말했다. "아니, 휴, 아무래도 우린……"

그러자 내가 말했다. "아니, 우리야말로……"

그녀에게 말했듯이, 난 우리가 여생을 함께 걸어갈 거라고 생각했다……

제니퍼는 모든 것을 내던질 수는 없다고 말했다. 남편이 이혼에 동의하지 않을 거라며.

"그래도 언젠가는 동의하지 않을까?"

"아, 내 생각에는 그렇지 않…… 휴, 우리 지금처럼 지낼 순 없겠어?"

나는 안 된다고, 그럴 수 없다고 대답했다. 나는 건강과 정신적 안정을 되찾으려 노력하는 제니퍼를 지켜보며 기다렸다. 그녀가 행복하고 유쾌하던 본모습을 되찾을 때까지 재촉하지 않으려 했다. 그녀는 그렇게 됐다. 다시 건강해졌다―정신적으로도 육체적으로도. 그러니 결정을 내려야 했다.

---

* 독일의 소프라노 가수.

** 리하르트 슈트라우스의 가곡 〈내일〉의 가사 일부.

그러나 순조롭지 않았다. 제니퍼는 온갖 이상하고 정말 말도 안 되는 이유를 대며 반대했다. 주로 나와 내 경력을 위해서라는 이유를 댔다. 이 결혼이 나를 완전히 망칠 수도 있다고 했다. 나는 알고 있다고 대답했다. 이미 생각해봤고, 그건 문제가 되지 않았다. 나는 젊었고, 교사 외에도 할 수 있는 일은 많았다.

제니퍼는 자기 때문에 내 인생을 망치게 된다면 스스로를 용서할 수 없을 거라고 울면서 말했다. 나는 그녀가 나를 떠나지만 않는다면 무엇도 내 인생을 망칠 수 없다고 말했다. 하지만 그녀가 없으면 내 인생은 끝날 거라고.

우여곡절이 많았다. 제니퍼는 내 뜻을 받아들이는 것 같다가도 내가 곁에 없으면 금세 마음이 흔들리는 것 같았다. 자신에 대한 확신이 없었던 것이다.

그러나 제니퍼도 조금씩 나와 같은 마음이 됐다. 우리 사이에는 열정만 있는 게 아니었다. 그 이상의 뭔가가 있었다. 마음과 생각의 일치, 마음으로 화답하는 즐거움. 방금 내 입에서 나온 말이 그녀가 하려던 말인 경우가 종종 있었고, 우리는 작고 소소한 수많은 즐거움을 나눴다.

그녀는 마침내 내가 옳다는 것을, 우리가 하나라는 사실을 받아들였다. 그녀의 마지막 방어벽이 무너졌다.

"그래! 어떻게 그럴 수 있는지 모르겠어. 내가 당신에게 그렇게 소중한 사람이라니! 이젠 의심하지 않을게."

애정은 시험받았고—증명됐다. 우리는 필요하고 일상적인 계획을 세웠다.

쌀쌀하지만 화창하던 어느 아침, 잠에서 깬 나는 오늘부터 우리의 새로운 인생이 시작된다고 생각했다. 제니퍼와 나는 앞으로 계속 함께 살아갈 것이다. 이제야 비로소 마음을 놓고 완전히 믿을 수 있었다. 나는 그녀가 자신에 대한 이상하고 병적인 불신에 휘둘려 뒷걸음치지 않을까 늘 두려웠었다.

예전 삶의 마지막 아침인 이 순간에도 나는 확인을 해야 했다. 나는 제니퍼에게 전화를 걸었다.

"제니퍼……"

"휴……"

가볍게 떨리는 그녀의 부드러운 목소리…… 이것은 사실이었다.

"미안해. 아무래도 당신 목소리를 들어야 할 것 같아서. 모두 사실이라고 말해줘." 내가 말했다.

"모두 사실이야……"

우리는 노설트 비행장에서 만나기로 했었다. 나는 콧노래를 부르며 옷을 갈아입고 공들여 면도했다. 거울에 비친 행복해서 넋이 나간 듯 보이는 내 얼굴이 꼭 모르는 사람의 얼굴 같았다. 이날은 나의 날이었다! 삼십팔 년 동안 기다려온 그날이었다. 아침식사를 하고 항공권과 여권을 점검했다. 차가 있는 곳으로 내려가자, 해리먼이 운전석에 앉아 있었다. 나는 해리먼에게 직접 운전할 거니까 뒷좌석에 앉으라고 말했다.

뮤즈를 빠져나와 중심 도로로 들어섰다. 차는 혼잡한 차량들 사이를 누볐다. 시간은 넉넉했다. 근사한 아침이었다. 휴와 제니퍼를 위해 특별히 만들어진 아름다운 아침 같았다. 노래를 부르고 환성을 지를 수도 있을 것 같았다.

트럭은 옆길에서 시속 40마일이 넘는 속도로 튀어나왔다―나는 그것을 발견할 수도 피할 수도 없었다―운전이 서툴렀거나 대응을 잘못한 것이 아니었다. 트럭 운전기사가 술에 취해 있었다는 이야기를 나중에 들었다. 일이 벌어지는 데 이유가 뭐가 중요할까!

옆에서 트럭이 들이받자 뷰익은 대파됐고, 나는 부서진 차 밑에 깔렸다. 해리먼은 죽었다.

제니퍼는 비행장에서 기다리고 있었다. 비행기는 떠났고…… 나는 가지 못했다……

Chapter

2

이후의 일을 기록하는 건 무의미하다. 무엇보다도 연속적인 기억이 없다. 혼란, 암흑, 고통…… 나는 긴 지하 복도에서 끝없이 헤매는 것 같았다. 그러다 문득문득 병실에 있다는 것을 어렴풋이 자각하곤 했다. 의사, 흰 모자를 쓴 간호사, 소독약 냄새, 철제 도구의 번쩍임, 작은 카트가 바쁘게 굴러갈 때마다 빛나던 유리판……

의식은 서서히 돌아왔다. 혼란이 잦아들고 통증이 줄어들고…… 하지만 주위 사람을 알아보거나 내가 있는 곳을 의식하지는 못했다. 고통에 시달리는 동물은 통증이 있는지 없는지만 생각할 뿐 다른 것에는 집중하지 못한다. 약물은 고맙게도 육체의 통증을 완화해주지만 정신을 흐트러뜨리고 혼돈을 가중한다.

그러나 의식이 또렷해지는 순간이 생기기 시작했고, 그런 순간순간이 내게 사고를 당했노라고 분명하게 말해주었다.

마침내 망가진 내 육체—무력함—에 대한 인식이 찾아들었다…… 사람들 사이에서 어엿한 남자로서 살아갈 가망은 더이상 없었다.

사람들이 나를 보러 왔다. 형은 쭈뼛거리다가 무슨 말을 해야 할지 모르겠다는 듯 입을 꾹 다물었다. 우리는 친하지 않았다. 나는 형에게 제니퍼에 대해 이야기할 수 없었다.

하지만 생각나는 사람은 제니퍼였다. 상태가 나아지자 누군가 편지를 가져다주었다. 제니퍼가 보낸 것들이었다……

면회는 가족만 할 수 있었다. 제니퍼는 면회를 요구하지 않았고 그럴 권리도 없었다. 엄밀히 말하자면 그녀는 친구일 뿐이었다.

그녀는 이렇게 썼다. 사랑하는 휴, 병원에서 면회를 허가하지 않고 있어. 면회 허가가 나면 곧바로 갈게. 사랑해. 지금은 회복하는 데만 집중해. 제니퍼가.

그리고 다른 편지에는 이렇게 썼다.

휴, 걱정 마. 당신이 살아 있는 한 문제될 건 아무것도 없어. 그것만 중요해. 우리는 곧 함께 있게 될 거야—영원히. 당신의 제니퍼가.

나는 힘없이 연필을 끼적여 그녀에게 오지 말라고 편지를 썼다. 이제 내가 제니퍼에게 뭘 해줄 수 있단 말인가?

퇴원해서 형 부부의 집으로 간 뒤에야 제니퍼를 만났다. 그녀의 편지 내용은 언제나 똑같았다. 우리는 서로를 사랑한다! 내 몸이 완전히 회복되지 않는다 해도 함께 있어야 한다. 나를 보살펴주겠다. 우리는 여전히 행복할 거고, 예전에 우리가 꿈꾸던 행복은 아닐지라도 행복할 것이다.

처음의 내 반응은 "돌아가, 그리고 다시는 오지 마" 하며 우리의 고리를 무정하게 끊는 것이었다. 나는 흔들렸다. 그녀처럼 나도 우리 사이가 육체적인 것만은 아니라고 믿었기 때문이다. 우리는 정신적인 유대가 주는 모든 기쁨을 누릴 터였다. 그녀가 떠나서 날 잊는 것이 분명 최선이겠지만, 그래도 그녀가 떠나지 않으려 한다면?

내가 마음을 돌려 그녀를 만나기까지는 한참이 걸렸다. 우리는 서로에게 자주 편지했고 그건 그야말로 진정한 연서였다. 영감을 주는―숭고한 문체―

마침내 나는 그녀를 불렀고……

그랬다, 그녀가 왔다.

나는 그녀를 오래 붙잡지 않았다. 우리 둘 다 알면서도 사실을 인정하지 않으려 했던 것 같다. 제니퍼가 다시 왔고, 총 세 번을 찾아왔다. 그런데 나는 도저히 견딜 수 없을 것 같은 기분에 휩싸였다. 세번째 방문은 십 분 만에 끝났지만 내게는 한 시간 반 같았다! 나중에 시계를 봤을 때도 믿기지가 않았다. 그녀도 분명 그렇게 느꼈을 것이다……

서로 할말이 없었던 것이다……

그랬다, 그렇게 됐다……

아니 처음부터 거기에는 아무것도 없었다.

거짓된 행복만큼 씁쓸한 게 또 있을까? 마음의 교류, 완벽하게 통하던 생각, 우정, 동지애. 모두 미혹에 불과했다. 남자와 여자라는 종 사이에 오가는 끌림 같은 미혹. 자연의 유혹, 자연의 마지막이자 가장 교활한 기만. 나와 제니퍼 사이에는 오직 육체적인 끌림밖에 없었다. 거기서 괴물 같은 자기기만의 뼈대가 자라났다. 그것은 그저 욕정, 욕정이었다. 그 깨달음은 내게 굴욕을 안겼고, 나를 괴팍하게 만들어서 나 자신은 물론 그녀까지 거의 증오하기에 이르렀다. 우리는 참담한 기분으로 마주보며 앉아 있었다, 우리가 그토록 확신했던 사랑의 기적에 대체 무슨 일이 생긴 건지 의아해하면서.

제니퍼는 여전히 아름다웠다. 하지만 나는 그녀의 이야기가 지루했다. 그녀 역시 내 이야기가 지루했을 것이다. 우리는 어떤 주제에 대해서도 즐겁게 대화하거나 토론할 수 없었다.

제니퍼는 여전히 모든 책임을 자신에게 돌렸다. 나는 그게 싫었다. 소용없는 일이었고, 어쩐지 신경질적으로 보였다. 나는 속으로 중얼거렸다. 제니퍼는 왜 저렇게 야단을 떨까?

세번째 방문을 끝내면서 그녀는 끈기 있는 사람처럼 밝게 말했다. "금방 다시 올게, 휴."

"아니. 이제 오지 마." 내가 말했다.

"그래도 올 거야." 그녀의 목소리는 공허했고, 진정성이 없었다.

나는 잔인하게 말했다. "제니퍼, 이제 연기는 집어치워. 끝났어―다 끝났다고!"

그녀는 끝나지 않았다고, 내 말이 무슨 뜻인지 모르겠다고 했다. 자신은 평생 나를 보살피며 살 거고, 우리는 무척 행복할 거라고. 자기희생을 다짐하는 제니퍼의 말에 나는 격분했다. 그녀의 말대로 될까봐 불안한 마음도 있었다. 제니퍼가 항상 옆에 붙어 있고, 재잘거리고, 잘해주려고 애쓰고, 바보처럼 희망적인 말이나 늘어놓고…… 나는 극심한 공포에 사로잡혔다. 그것은 질병과 쇠약으로부터 온 공포였다.

나는 제니퍼에게 나가라고 소리쳤다, 가버리라고. 그녀는 겁먹은 표정으로 떠났다. 하지만 나는 그녀의 눈에서 안도의 기색을 보았다.

나중에 커튼을 치러 들어온 형수에게 내가 말했다. "다 끝났어요. 제니퍼는 갔어요…… 가버렸어요…… 아마 다시는 오지 않겠죠?"

테리사는 조용한 목소리로 그렇다고, 그녀는 다시 오지 않을 거라고 대답했다.

"내가 건강을 잃었기 때문에 상황을 제대로 보지 못한다고 생각하나요?" 내가 물었다.

테리사는 내 말의 의미를 알아들었다. 그녀는 내가 건강을 잃었기 때문에 오히려 진상을 제대로 보게 된 거라고 대답했다.

"내가 이제야 제니퍼를 제대로 보게 됐다는 뜻인가요?"

테리사는 꼭 그런 의미는 아니라고 말했다. 전보다 지금 제니퍼를 더 잘 안다고 할 수는 없을 거라고. 하지만 사랑한다는 것을 제외하고 그녀가 나에게 어떤 존재인지는 확실히 알게 됐을 거라고 했다.

나는 테리사에게 제니퍼를 어떻게 생각하느냐고 물었다.

테리사는 매력적이고 고상하지만 결코 재미있는 여자는 아니라고 생각한다고 답했다.

"형수도 그녀가 많이 불행하다고 생각하겠죠?" 내가 우울하게 물었다.

"그래요, 그렇게 생각해요."

"나 때문이죠?"

"아니요, 그녀 자신 때문이죠."

"제니퍼는 내 사고를 줄곧 자기 탓이라고 하고 있어요. 내가 그녀를 만나러 가지 않았다면 그런 사고도 일어나지 않았을 거라고요. 정말 어처구니없어요!"

"그건 그러네요."

"난 제니퍼가 그 일에 대해 자책하길 바라지 않아요. 불행해지는 것도 바라지 않고요."

"정말로, 휴, 그 여자는 그러라고 내버려둬요!" 테리사가 말했다.

"그게 무슨 말이죠?"

"그 여자는 불행을 원해요. 그걸 모르겠어요?"

테리사의 사고방식에는 나를 불안하게 만드는 냉정한 명료함이 있었다.

나는 테리사에게 고약한 말이라고 쏘아붙였다.

테리사는 생각에 잠겨서 말했다. 어쩌면 그럴지도 모르지만, 이제 와서 그런 말을 하는 게 무슨 대수냐고.

"동화 같은 이야기는 그만해요. 제니퍼는 앉아서 매사가 어떻게 잘못됐는지 애태우는 걸 좋아하는 사람이에요. 불행을 곱씹기를 좋아하는 거라고요. 하지만 그녀가 그렇게 살아가길 원하는데, 안 될 이유 있나요?" 테리사는 덧붙였다. "휴도 알겠지만 동정심은 자기연민에 빠진 사람에게나 느끼는 거예요. 자기 자신을 불쌍하다고 생각하는 사람한테나 가질 수 있는 거라고요. 당신은 동정심이 많은 게 단점이에요. 그것 때문에 상황을 똑바로 보지 못해요."

나는 테리사에게 지독한 사람이라고 쏘아붙이며 순간적인

만족을 느꼈다. 그녀는 맞는 소리라고 대꾸했다.

"형수는 누구에게도 동정심을 갖지 않죠."

"아니, 그렇지 않아요. 어떤 면에서는 나도 제니퍼를 동정하니까."

"그럼 나도 동정해요?"

"그건 모르겠네요."

나는 비아냥거리며 말했다.

"내가 사지가 절단돼 살아갈 희망조차 없는 인간이 됐는데도 형수는 아무렇지 않아요?"

"휴를 동정해야 할지 말아야 할지 그건 잘 모르겠어요. 어쨌든 당신은 인생을 완전히 다시 시작하게 됐고, 전혀 다른 관점을 가지고 살아갈 거예요. 그건 아마 대단히 흥미로울 거고요."

나는 형수에게 냉정하다고 말했고, 그녀는 웃으며 나갔다.

그녀는 내게 여러 의미에서 도움이 되었다.

우리가 콘월의 세인트 루로 옮긴 건 그로부터 얼마 후였다. 형수의 고모할머니가 그곳에 있는 집을 유산으로 물려줬던 것이다. 의사는 내가 런던을 벗어나는 것을 반겼다. 나의 형인 로버트는 대부분의 사람들이 생각하는 개념과는 동떨어진 풍경화를 그리는 화가다. 로버트에게 할당된 전시戰時 임무는 대부분의 예술가들과 마찬가지로 농사였는데, 그래서 세인트 루로 가는 건 모두에게 적절했다.

테리사가 내려가서 집을 정리하고 상속에 필요한 갖가지 서류 작업을 성공적으로 마치자, 나는 특별 구급차를 타고 세인트 루로 갔다.

"여긴 어떤 곳인가요?" 나는 도착한 다음날 아침 테리사에게 물었다.

테리사는 아는 것이 많았다. 그녀는 이곳이 세 개의 세계로 나뉜다고 말했다. 우선 오래된 어촌 구역이 있다. 항구 주변으로 슬레이트 지붕을 인 높다란 집들이 있는 이곳은 게시판들에 영어뿐만 아니라 플라망어*와 프랑스어가 쓰여 있다. 그다음으로 해안을 따라 관광객을 위한 현대식 시설과 숙박업소가 증식하듯 흩어진 구역이 있다. 이곳에는 대형 고급 호텔들과 수천 개의 작은 방갈로, 소규모의 하숙집들이 있는데 여름에는 몹시 혼잡하고 겨울에는 한산했다. 마지막으로 세인트루 성이 있는 구역이 있다. 나이든 귀족 과부 레이디 세인트루가 사는 성은 앞의 두 세계와는 판이한, 이 지방의 핵심이었다. 성에서부터 지류처럼 구불구불 이어지는 골목길들이 골짜기로 흩어져 눈에 잘 띄지 않는 집집으로 뻗어 있고, 그 옆으로 구시대의 교회들이 있다. 사실 전형적인 상류층 지역이라고 테리사는 말했다.

"그러면 우리는 뭐죠?" 내가 물었다.

테리사는 우리도 '상류층'이라고 대답했다. 테리사의 고모할머니인 에이미 트레겔리스 소유였던 폴노스 하우스가 지금은 그녀의 소유가 됐기 때문이라고. 매매가 아니라 상속이므

---

* 벨기에 북부 플랑드르 지방에서 쓰는 네덜란드어.

로 우리는 그 부류에 속한다고.

"로버트 형도요? 화가인데도 그런가요?" 내가 물었다.

테리사는 그건 조금 문제가 있겠다고 대답했다. 여름만 되면 세인트 루에는 화가들이 북적댔으니까.

"하지만 로버트는 내 남편이고, 게다가 그의 어머니는 보드민*의 볼두로 가문 출신이었잖아요." 테리사가 당당하게 말했다.

내가 테리사에게 새로운 집에서 우리는 뭘 하게 되느냐고, 아니 형수는 무슨 일을 하게 되느냐고 물은 것이 바로 이때였다. 내 역할은 뻔했다. 나는 방관자였다.

그녀는 이 지역의 모든 행사에 참가할 생각이라고 말했다.

"어떤 행사요?"

테리사는 정치 행사와 원예 행사가 주가 되겠지만, 여성 단체 일과 귀환병 환영회같이 명분 좋은 일에도 참가하게 될 것 같다고 대답했다.

"하지만 주로 정치 행사가 될 거예요. 머지않아 총선도 있으니까." 그녀가 말했다.

"정치에 관심이 있었어요?"

"아뇨, 없었죠. 그런 건 쓸데없는 일이라고 생각했거든요.

---

* 콘월의 도시.

가장 해를 덜 끼칠 것 같은 후보에게 표를 던지는 정도에 그쳤었죠."

"감탄할 만한 방침이네요." 내가 중얼거렸다.

그랬지만 이제부터는 최선을 다해 정치를 진지하게 받아들일 거라고 그녀는 말했다. 물론 그녀는 보수당을 지지할 것이었다. 폴노스 하우스의 주인이라면 다른 생각을 할 수 없었다. 자신의 보물을 물려받은 종손녀가 노동당에 투표한다면 고인이 된 에이미 트레겔리스가 무덤에서 뛰쳐나올 테니까.

"하지만 노동당이 더 낫다고 믿게 되면요?"

"그렇지 않아요. 난 보수당이든 노동당이든 다를 게 없다고 생각하니까."

"그보다 공평할 수 없겠는데요." 내가 말했다.

우리가 폴노스 하우스에 정착하고 두 주 후에 레이디 세인트 루가 찾아왔다.

그녀는 시누이인 레이디 트레실리언과 동서인 빅엄 차터리스 부인, 손녀인 이저벨라를 데리고 왔다.

그들이 떠나자 나는 테리사에게 얼빠진 목소리로 저 여자들은 실재 인물들 같지 않다고 말했다.

그들은 세인트 루 성에 살 거라 상상되는 인물의 모습 딱 그대로였다. 순수한 동화에 나오는 인물들. 세 마녀와 마법에 걸린 처녀.

애들레이드 세인트 루는 7대 세인트 루 남작의 아내로, 남작은 보어전쟁에서 목숨을 잃었다. 그녀의 두 아들은 1914년부터 1918년 사이의 전쟁에서 죽었다. 두 아들에게 아들은 없었고, 둘째아들의 유복녀가 이저벨라였다. 이저벨라의 어머니는 그녀를 낳다 세상을 떠났다. 작위는 뉴질랜드에 사는 이저벨라의 사촌이 물려받았다. 9대 남작은 과부가 된 레이디 세인트 루가 성에 계속 살 수 있도록 기꺼이 빌려주었다. 이저벨라는 후견인인 친할머니와 두 친척 할머니의 보호 아래 그 성에서 자랐다. 레이디 세인트 루의 시누이인 레이디 트레실리언과 동서인 빅엄 차터리스 부인도 각각 남편과 사별한 뒤 세인트 루 성으로 왔다. 노부인들은 생활비를 분담했고, 덕분에 이저벨라는 노부인들이 적절한 가정이라고 여기는 환경에서 자랄 수 있었다. 모두 일흔이 넘은 세 부인은 마치 검은 까마귀 세 마리 같았다. 레이디 세인트 루는 뼈가 앙상한 큰 얼굴에 매부리코를 가졌고 이마가 넓었다. 레이디 트레실리언은 통통하고 둥근 얼굴에 눈은 작고 반짝였다. 빅엄 차터리스 부인은 마르고 피부가 가죽 빛깔이었다. 그들의 외모는 마치 시간이 가만히 멈추기라도 한 것처럼 에드워드시대의 분위기를 풍겼다. 그들은 칙칙하지만 진품이 분명한 보석 장신구를 독특한 데에 꽂았는데 과하지는 않았다. 보통은 초승달이나 말굽 혹은 별 모양의 장신구였다.

이런 세 노부인과 함께 온 이저벨라는 마법에 걸린 처녀에 딱 들어맞는 외모를 지니고 있었다. 키가 크고 날씬하고, 넓은 이마에 길고 갸름한 얼굴, 아주 옅은 수수한 금발머리였다. 초기 스테인드글라스 창에 새겨진 인물과 놀랄 만큼 흡사했다. 사실 딱히 예쁘다고도 매력적이라고도 할 수 없었으나 이저벨라에게는 현대적인 미는 분명 아니지만 고전적인 미라 부를 만한 분위기가 있었다. 활기가 없고, 생기 넘치는 매력도 튀는 면모도 없었지만 단아한 용모와 좋은 체격─멋진 골격─을 가지고 있었다. 그래서 중세적인 느낌을 풍겼고, 엄격하면서도 소탈해 보였다. 하지만 특징이 없는 외모는 아니었다. 고결하다고밖에 달리 형용할 수 없는 특징이 있었다.

노부인들이 실재 인물들 같지 않다고 테리사에게 말한 뒤에 나는 이저벨라도 마찬가지라고 덧붙였다.

"폐허가 된 성에 갇힌 공주 같아요?" 테리사가 말했다.

"맞아요. 백마라도 타고 왔어야 할 것 같더군요. 낡아빠진 다임러 자동차가 아니라." 나는 호기심을 내비치며 덧붙였다. "난 그녀가 무슨 생각을 하고 사는지 궁금해요."

그들이 공식적으로 방문한 동안 이저벨라는 거의 입을 다물고 있었기 때문이다. 그녀는 반듯하게 앉아 상냥하지만 한눈파는 듯한 미소를 지었다. 누가 말을 걸면 예의바르게 응대했지만 할머니와 친척 할머니들이 대화를 독점하다시피 했기 때문에 말할 필요가 거의 없었다. 나는 이저벨라가 방문을 따분해 했는지 아니면 세인트 루의 새로운 주민에 대해 흥미로워했는지 궁금했다. 나는 그녀의 삶이 무척 권태로울 거라 추측했다.

나는 궁금해하며 테리사에게 물었다. "그녀는 전쟁중에도 소집되지 않고 계속 여기 살았어요?"

"이저벨라는 겨우 열아홉 살이에요. 졸업한 뒤로는 여기서 줄곧 적십자 차량을 운전하고 있고요."

"학교라고요?" 나는 놀랐다. "이저벨라가 학교에 다녔다고 요? 기숙학교에?"

"그래요. 세인트 니니언스에 다녔죠."

나는 더더욱 놀랐다. 세인트 니니언스는 학비가 비싼 최신 식 학교이기 때문이었다. 남녀공학이라거나 다른 면에서 특별 한 것이 아니라 현대적인 교육이념을 자랑스럽게 여기는 학교 이기 때문이었다. 상류층이 주로 다니는 예비신부 학교가 결 코 아니었다.

"놀랐어요?" 테리사가 물었다.

"네, 그랬어요." 나는 천천히 말했다. "난 그 아가씨에게 집 을 떠나본 적이 없는 사람 같다는 인상을 받았으니까요. 20세 기와는 완전히 격리된 중세적인 환경에서 자란 사람 같았거 든요."

테리사는 생각에 잠긴 채 고개를 끄덕이더니 말했다. "흠,

무슨 뜻인지 알겠어요."

그때 로버트가 끼어들더니 결국 중요한 건 가정환경과 타고난 기질일 뿐임을 보여주는 증거라고 말했다.

"그래도 궁금하네요." 나는 호기심을 내비치며 말했다. "그녀가 무슨 생각을 하고 사는지……"

"아마 아무 생각 없을걸요." 테리사가 말했다.

나는 웃었지만 속으로는 작대기처럼 마르고 묘한 그녀가 여전히 궁금했다.

그 특정한 시기에 나는 내 상황에 대해 병적일 정도로 자의식에 시달리고 있었다. 사고 전 나는 언제나 건강했고 운동을 즐기는 사람이었다. 질병이나 신체장애를 꺼림칙해했고, 그런 것을 조심하는 것조차 질색했었다. 동정을 느낀 적도 있었지만, 거기에는 늘 혐오가 감돌았다.

그랬던 내가 동정과 혐오를 일으키는 당사자가 되어 있었다. 나는 병자이자 장애인, 다리가 뒤틀린 채 무릎담요를 덮고 종일 휠체어에 앉아 지내는 사내였다.

그리고 나는 내 상태를 본 사람의 반응을 신경을 곤두세우고 기다렸다. 그 사람이 어떤 반응을 보이든 난 예외 없이 움츠러들었다. 다정하게 위로하는 시선이 끔찍했다. 아무렇지 않은 척, 별난 점을 알아차리지 못한 척 빤한 속셈으로 대하는 것도 끔찍하기는 마찬가지였다. 테리사에게 강철 같은 의지가 없었다면 나는 틀어박혀서 아무도 만나지 않고 지냈을 것이다. 하지만 테리사가 뭔가를 각오하면 누구도 꺾기 힘들었다. 테리사는 내가 은둔자가 되도록 내버려두지 않겠다고 작심했다. 그녀는 내가 틀어박혀서 스스로를 신비화하는 것이 일종의 자기선전에 지나지 않는다는 것을 말로 하지 않고 넌지시 알게 만들었다. 나는 그녀가 뭘 하려는지, 왜 그러는지 알면서도 응했다. 내가 어떤 어려움도 받아들일 수 있다는 것을 보여주고 싶어서 단호하게 그랬던 것이다! 동정, 시치미, 지나치게 친절한 말투, 사고나 병에 대한 언급 적극 회피, 나를 정상인처럼 대하려는 억지스러운 태도—나는 그 모든 반응을 무표정한 얼굴로 견뎠다.

노부인들의 반응은 내가 못 견딜 정도로 당황스럽지는 않았다. 레이디 세인트 루는 신중한 회피의 노선을 취했다. 모성적 타입의 레이디 트레실리언은 역시 모성적인 동정심을 감추지 못했다. 그녀는 부담을 느끼는 것이 확연해 보일 정도로 갑자기 최근 나온 책들로 화제를 돌렸다. 그녀는 내가 서평을 쓰는지 궁금해했다. 무딘 타입의 빅엄 차터리스 부인은 활동적인 블러드 스포츠*에 대해 이야기할 때만 눈에 띄게 조심하는 것으로 안다는 내색을 했다. (가여운 사람, 사냥이나 비글 이야

---

* 사냥감을 죽이는 스포츠의 영국식 용어.

기만큼은 절대 하지 말아야겠군.)

오직 한 사람, 이저벨라만 의외로 아주 자연스러운 태도를 보여 나를 놀라게 했다. 그녀는 급히 눈길을 돌리지 않고 나를 주시했다. 방안에 있는 다른 사람이나 가구를 바라볼 때와 똑같은 눈길로 나라는 존재를 마음에 새기듯 바라보았다. 남자, 서른을 넘은 나이, 장애…… 자신과 아무런 상관이 없는 카탈로 그의 상품을 보듯 나를 보았다.

나라는 인간에 대한 관찰을 마치자 그녀의 눈길은 그랜드피아노, 이어서 탁자에 있던 로버트와 테리사의 당나라 말馬 도자기 인형으로 돌아갔다. 말 도자기에 꽤 관심을 느끼는 것 같았다. 이저벨라는 내게 그것이 뭔지 물었다. 나는 설명했다.

"마음에 들어요?" 내가 이저벨라에게 물었다.

그녀는 대답하기 전에 무척 신중하게 생각했다. 그러더니 마치 중요한 것이라도 털어놓듯 잔뜩 무게를 실어 "네"라고 대답했다.

나는 그녀가 바보가 아닌지 의심했다.

그녀에게 말을 좋아하느냐고 물어보았다.

이저벨라는 이런 말은 처음 봤다고 말했다.

"아니요, 진짜 말이요." 내가 말했다.

"아, 그거요. 네, 좋아해요. 하지만 사냥할 형편이 못 돼서요."

"사냥을 좋아합니까?"

"특별히 그렇진 않아요. 이 주변에는 좋은 사냥터가 없거든요."

나는 이저벨라에게 배를 타봤느냐고 물었고, 그녀는 그렇다고 대답했다. 그때 레이디 트레실리언이 내게 다시 책 이야기를 시작했고, 이저벨라는 입을 다물었다. 나는 그녀가 탁월한 기술을 가졌음을 알아차렸다. 안식의 기술. 이저벨라는 가만히 앉아 있을 수 있었다. 담배를 피우지 않았고, 다리를 꼬지도 흔들지도 않았으며, 손을 꾸물거리거나 머리를 만지작거리지도 않았다. 그녀는 길고 가는 손을 무릎에 올린 채 등판이 높은 의자에 똑바로 앉아 있었다. 당나라 말 도자기 인형처럼 꼼짝도 하지 않았다. 말 도자기 인형은 탁자에, 그녀는 의자에. 나는 이 둘 사이에 뭔가 공통점이 있다는 생각이 들었다. 대단히 장식적이고—정지된—과거에 속하는 뭔가가……

이저벨라는 아무 생각 없을 거라고 테리사가 말했을 때 나는 웃었지만 문득 그 말이 사실일지도 모른다는 생각이 스쳤다. 동물은 생각하지 않는다. 긴급하게 대처해야 할 일이 일어나지 않는 한 느긋하고 수동적이다. 생각한다는 것은 (이 단어의 추론적 의미로 볼 때) 사실 인간이 어느 정도 고생해서 터득한 상당히 인위적인 과정이다. 우리는 어제 했던 일을 걱정하고, 오늘 할일과 내일 일어날 일을 검토한다. 하지만 어제, 오늘, 내일은 우리의 사고와는 무관하게 존재한다. 우리가 어떻게 하든 상관없이 일어났고 일어날 것이다.

세인트 루에서 우리가 어떤 생활을 할지에 대한 테리사의 예견은 적중했다. 이사하고 거의 곧바로 우리는 정치에 깊숙이 휘말리게 됐다. 폴노스 하우스는 불규칙하게 퍼진 커다란 집이었는데, 에이미 트레겔리스는 세금 때문에 수입이 줄자 건물 한쪽을 독립가옥으로 개조하고 부엌을 만들었다. 원래는 폭격당한 지역에서 피란 온 사람들을 들이려고 한 일이었다. 하지만 한겨울에 런던에서 피란 내려온 사람들은 폴노스 하우스의 끔찍한 상태를 견디지 못했다. 가게와 방갈로가 있는 세인트 루 시내였다면 괜찮았을 테지만 여기서 시내로 가려면 '끔찍하게 꾸불꾸불한 길—설마 그럴까 싶을 정도로 흙탕길에 가로등도 없는 길'을 2킬로미터 가까이 걸어야 했다. "울타리 뒤에서 누가 달려들 것 같아요!" "텃밭에서 바로 뽑은 채소는 진흙투성이에 아직 다 자라지도 않았고 젖소에서 갓 짜낸 우유는 소화도 되지 않고, 깡통 연유 같은 건 구할 수조차 없어요!" 프라이스 부인이나 하디 부인의 가족에게는 너무 힘든 상황이었다. 그들은 이른새벽에 조용히 나가 위험한 런던으로 돌아갔다. 점잖은 부인들이었다. 말끔히 세탁하고 청소한 뒤 그들은 탁자에 메모를 남겼다.

"친절을 베풀어주셔서 감사합니다. 저희를 위해 할 수 있는 모든 일을 해주신 걸 압니다. 하지만 시골 생활은 너무 힘들었고, 아이들은 학교에 갈 때 흙탕길을 걸어다녀야 했죠. 그렇지만 감사드립니다. 저희가 모든 것을 원래대로 해놓았길 바랍니다."

숙소 관리 장교는 이곳에 피란민을 들이려고 더는 애쓰지 않았다. 그는 교훈을 얻었다. 에이미 트레겔리스는 적당한 때가 되자 이 별채를 보수당원인 카스레이크 대위에게 세놓았다. 그는 방공 책임자이자 국방시민군 장교로 분주한 나날을 보냈다.

로버트와 테리사는 카스레이크 가족이 계속 세입자로 사는 것을 꺼릴 이유가 없었다. 사실 그들을 내보낼 수 있을지가 의문이었다. 카스레이크 대위가 세입자라는 건 선거 전의 다양한 유세 활동이 세인트 루의 하이 스트리트에 있는 보수당 사무소들뿐만 아니라 폴노스 하우스에서도 이루어진다는 뜻이었다.

테리사는 예견한 대로 그 소용돌이에 휩싸였다. 그녀는 운전을 하고 전단을 배포하고, 조심스럽게 유세 활동에도 참여했다. 세인트 루의 정치 상황은 최근 불안정한 상태였다. 부유층이 애용하는 해변 휴양지가 있고 어항漁港이 있는 어업 지역이자 농업적 배경까지 있는 이 지역에서는 당연한 듯이 언제나 보수당 후보가 당선됐다. 외곽의 농업 지역에 사는 모든 주민이 보수당을 지지했다. 하지만 지난 십오 년 사이 세인트 루의 성격이 변했다. 여름에는 작은 하숙들이 있는 관광 휴양지로 변했다. 절벽을 따라 예술가의 방갈로가 점점이 들어서면서 큰 군락을 이루었다. 현재의 주민들은 진지하고 예술적이며 문화적이었고, 정치색은 빨강까지는 아니라도 확실히 분홍의 기미는 띠었다.

조지 보로데일 의원이 예순아홉 살에 두번째 뇌졸중 발작을 일으키고 은퇴하자 1943년에 보궐선거가 치러졌다. 이 선거에서 토박이 주민들이 경악하는 상황이 벌어졌다. 세인트 루역사상 처음으로 노동당 후보가 당선된 것이다.

"뭐랄까요." 카스레이크 대위는 구두 뒤축에 중심을 싣고몸을 흔들며 테리사와 내게 지난 역사를 들려주었다. "우리 당이 자초한 것이 아니라고 말하진 않겠습니다."

카스레이크는 마르고 조금 가무잡잡한 말상에, 예리하나 어딘지 음흉해 보이는 눈을 가진 남자였다. 그는 1918년에 육군병참단에 들어가 대위가 됐다. 정치적인 능력이 있었고 자신이 뭘 해야 하는지 알았다.

미리 밝히지만, 난 정치에 초보였고 정치 용어도 전혀 몰랐다. 그러니 세인트 루의 선거에 대한 내 설명은 전반적으로 정확하지 못할 것이다. 로버트가 그리는 나무들과 그 그림의 모델인 나무들이 상관없는 것과 똑같다. 현실의 나무는 껍질과가지와 나뭇잎이 자라고, 도토리나 밤 같은 열매를 맺는다. 그러나 로버트가 그린 나무는 유화물감을 캔버스의 한 부분에, 어떤 패턴에 따라 아주 특색 있게 색을 조합해 두껍게 칠한 얼룩 같은 것이다. 그 둘은 전혀 비슷하지 않다. 내 의견을 말하자면, 로버트의 나무는 나무 같지가 않고 시금치를 담은 그릇이나 가스 공장처럼 보였다. 하지만 그것이 나무에 대한 로버트 나름의 생각이다. 세인트 루의 정치에 대한 나의 술회도 선거에 대한 내 나름의 인상이다. 정치가는 그렇게 생각하지 않겠지만. 아마도 용어나 선거 절차의 기술에 오류가 있을 것이다. 하지만 내게 선거는 존 게이브리얼이라는 실물 크기의 허상을 만들기 위한 하찮고 혼란스러운 배경에 불과했다.

존 게이브리얼이 처음 언급된 것은 카스레이크 대위가 테리
사에게 보궐선거의 결과가 그들이 자초한 거나 다름없었다고
말한 저녁이었다.

보궐선거에 나온 보수당 후보는 토링턴 파크의 제임스 브래
드웰이었다. 이 지역 출신에 재산도 좀 있고 건전한 정견政見
을 지닌 골수 보수당원이었다. 예순두 살의 그는 강직한 성품
을 지녔으나 지적인 열정 혹은 순발력이 부족했고, 연설에 재
능이 없어서 야유를 받으면 몹시 주눅이 들었다.

"연단에 서면 한심했습니다." 카스레이크가 말했다. "정말
한심했어요. 어, 아, 어험 하면서 말도 제대로 잇지 못했으니까
요. 물론 연설문은 우리가 작성해줬고, 중요한 집회를 하려면

실력 있는 연사를 불러야 했습니다. 십 년 전이라면 그런 후보도 괜찮았을 겁니다. 이 지역 출신에다 정직하고 강직한 신사니까요. 하지만 요즘 사람들은 그 정도로는 만족 못합니다!"

"대중이 똑똑한 인물을 원한다는 겁니까?" 내가 물었다.

카스레이크는 똑똑한 건 중요하지 않다고 생각하는 듯했다.

"빈틈없는 타입을 원하죠. 어떤 질문에도 구변 좋게 답하고 즉각적으로 웃음을 끌어낼 수 있는 사람 말입니다. 그리고 물론 세상을 다 줄 것처럼 약속해줄 인물을 원하죠. 브래드웰 같은 구닥다리는 너무 양심적이라 그런 약속은 안 합니다. 그라면 누구나 집을 갖게 되고 내일이면 전쟁이 끝날 것이며 모든 주부가 중앙난방장치와 세탁기를 갖게 될 거라고 말하진 않죠."

"그러니 당연히," 카스레이크가 말을 이었다. "민심이 흔들리기 시작했습니다. 보수당이 너무 오랫동안 권력을 잡았어요. 변화가 일어날 시점이었죠. 상대 후보인 윌브러햄은 유능하고 성실하고 줄곧 교사로 재직한데다 군에서 의병제대를 한 남자였습니다. 재향군인을 위해 뭘 하겠다고 장광설을 늘어놓았고, 국유화와 보건 정책에 대해서도 진부하게 흰소리를 해댔습니다. 제 말은 그가 성공적으로 잘해냈다는 겁니다. 윌브러햄은 이천 표 이상의 차이로 당선됐어요. 세인트 루에서는 전례없는 일이었습니다. 우리 모두를 정신이 번쩍 들게 만들었다고 할 수 있죠. 이번에는 더 잘해야 합니다. 우리가 월브 러햄을 밀어내야죠."

"그가 인기가 많습니까?"

"있는 편이죠. 이 지역에 돈을 많이 쓰지는 않지만 양심적이 고 매너도 좋거든요. 그를 밀어내기가 쉽지 않을 겁니다. 전국 어느 선거구에서든 보수당은 정신 차리고 분발해야 합니다."

"노동당이 득세할 거라고 생각하는 건 아니죠?"

1945년 선거 전까지 우리는 그 가능성을 믿지 않았다.

카스레이크는 물론 노동당이 승리하지는 못할 것이며, 카운 티에서는 처칠에 대한 지지가 굳건하다고 말했다.

"하지만 우리가 이 나라에서 예전처럼 많은 표를 얻진 못할 겁니다. 물론 노동당에서 얼마나 표를 가져가느냐가 관건이겠 죠. 노리스 부인, 우리끼리 하는 말이지만 전 노동당 표가 크 게 는다고 해도 놀라지 않을 겁니다."

나는 테리사를 곁눈질했다. 그녀는 정치에 열중한 표정을 지어보려고 애쓰고 있었다.

"노리스 부인의 협조가 큰 도움이 될 거라 믿습니다." 카스 레이크가 테리사에게 진심으로 말했다.

테리사가 중얼거리듯 말했다. "유감이지만 전 열성적인 당 원은 아닌데요."

카스레이크가 기운차게 말했다. "우리 모두 열심히 해야 합

64

니다."

그는 가늠하듯 나를 쳐다보았다. 나는 봉투에 주소 쓰는 일
을 하겠다고 곧바로 말했다.

"아직 팔은 쓸 수 있으니까요"라고 덧붙이며.

그는 즉시 당황하는 표정을 짓더니 다시 뒤축에 중심을 싣
고 몸을 흔들기 시작했다.

"좋습니다." 카스레이크가 말했다. "좋아요. 그런데 당신은
어디서 다쳤습니까? 북아프리카?"

나는 해로 로드에서 교통사고를 당했다고 대답했다. 그는
입을 다물었다. 크게 당황한 기색이 역력했다. 지푸라기라도
잡으려는 듯 그는 테리사 쪽으로 몸을 돌리고 물었다.

"부인의 남편분도 우리를 도와주시겠죠?"

테리사는 고개를 저으며 말했다.

"유감스럽게도 그는 공산주의자랍니다."

로버트를 블랙맘바*라고 말했다 해도 그를 그렇게 당황시키
지는 못했을 것이다. 카스레이크는 눈에 띄게 흠칫했다.

"그게 말이죠." 테리사가 설명했다. "남편은 화가거든요."

카스레이크의 표정이 조금 밝아졌다. 화가나 작가 같은 작
자들이란……

---

* 코브라과의 독사.

"그렇군요." 그는 너그럽게 말했다. "네, 알겠습니다."

"그 말이 로버트를 이 일에서 빼준 거예요." 나중에 테리사가 내게 말했다.

나는 테리사에게 비양심적인 사람이라고 말했다.

로버트가 들어오자 테리사가 그의 정치적 신념에 대해 얘기했다.

"하지만 난 공산당원이었던 적은 없어." 로버트는 부인했다. "내 말은, 그들의 이념이 좋다는 거지. 이데올로기로서는 옳다고 생각해."

"맞아." 테리사가 말했다. "내가 카스레이크에게 한 말도 바로 그거였어. 우리가 가끔 당신 의자 팔걸이에 마르크스의 책을 얹어놓으면 보수당은 당신에게 어떤 부탁도 하지 않을걸."

"그건 아주 괜찮군." 로버트가 의심스럽다는 듯이 말했다. "하지만 상대 당에서 내게 손 내밀면 어쩌지?"

테리사가 그를 안심시켰다.

"그럴 걱정 없어. 내가 아는 한 공산주의자를 더 겁내는 쪽은 보수당이 아니라 노동당이니까."

"우리 후보는 어떤 사람일까요?" 내가 말했다.

아까 카스레이크가 이 문제에 대해 약간 얼버무렸기에 한 말이었다.

테리사가 카스레이크에게 제임스 브래드웰이 다시 선거에

나오느냐고 묻자 그는 고개를 저었다.

"아니요, 이번에는 안 나올 겁니다. 우리는 큰 싸움을 치러야 하거든요. 어떻게 흘러갈지 모르겠습니다." 그는 많이 지쳐 보였다. "우리 후보는 이 지역 사람이 아닙니다."

"누군데요?"

"게이브리얼 소령입니다. 빅토리아 십자무공훈장 소지자죠."

"이번 전쟁에서요? 아니면 지난번 전쟁*에서요?"

"아, 이번 전쟁입니다. 상당히 젊은 사람이죠. 서른네 살. 참전 이력은 훌륭합니다. '비범한 냉철함, 영웅적 행동과 의무에 대한 헌신' 덕에 빅토리아 십자무공훈장을 받았습니다. 그는 살레르노에서 적군의 포화가 계속되는 중에 기관총 진지를 지휘했습니다. 한 명을 제외한 그의 전 대원이 죽고 그도 부상을 입었지만 탄환이 떨어질 때까지 혼자 진지를 지켰죠. 그러고서 주 전투진지로 가서 수류탄을 던져 적군 몇을 죽였고, 심한 부상을 입고 쓰러진 대원을 안전하게 끌고 나왔습니다. 정말 대단하지 않습니까? 하지만 유감스럽게도 그는 내세울 게 없습니다. 왜소한 체격에 보잘것없죠."

"그가 연설이란 시험을 어떻게 견딜까요?" 내가 물었다.

카스레이크의 얼굴이 환해졌다.

"아, 연단에서라면 괜찮습니다. 제 말뜻을 아실지 모르겠지만 그는 상당히 능수능란해요. 번개처럼 재빠르죠. 웃음을 끌어내는 솜씨도 뛰어나고요. 더러는 좀 저속한 농담이지만—" 카스레이크의 얼굴에 순간적으로 미묘하게 혐오의 표정이 떠올랐다. 그는 진정한 보수당원이었다. 저속한 재미보다 심한 따분함을 선호하는. "하지만 그런 게 먹히죠—네, 그래요. 그런 게 먹힙니다."

그는 덧붙였다. "물론 그에게는 배경이랄 게 없죠……"

"그가 콘월 사람이 아니라는 뜻입니까? 그럼 어디 출신이죠?" 내가 물었다.

"사실은 저도 모릅니다…… 꼭 집어 어디 출신이라고 할 수가 없죠. 무슨 뜻인지 아실지 모르겠지만. 우리는 그 사실을 전부 비밀에 부칠 겁니다. 전쟁에 각도—용맹스러운 업적—를 맞춰서 밀어붙일 겁니다. 그는 서민의 대표—평균적인 영국인을 대표할 수 있습니다. 물론 그가 평범한 타입은 아니지만……" 카스레이크는 그 점이 애석한 듯했다. "레이디 세인트 루가 별로 달가워하지 않으셔서 걱정입니다."

테리사는 레이디 세인트 루의 의견이 중요한지 조심스럽게 물었다. 그런가보았다. 레이디 세인트 루는 이 지역 보수당 부인회 회장이었고, 보수당 부인회는 세인트 루의 세력이었다. 그들은 여러 가지 일을 진행하고 관리하고 조직했다. 또 카스레이크의 말처럼 그들은 여성 유권자의 표에 지대한 영향을 미쳤다. 그는 여성들의 표가 항상 미묘하다고 말했다.

그러더니 그의 표정이 조금 밝아졌다.

"제가 게이브리얼에 대해 낙관하는 이유가 바로 그겁니다." 카스레이크가 말했다. "그는 여자들에게 인기가 있거든요."

"그런데 레이디 세인트 루는 아니고요?"

카스레이크는 그래도 레이디 세인트 루가 협조적이라고 말했다…… 그녀는 자신이 구시대 사람임을 아주 솔직히 인정하며 무슨 일이든 당이 필요로 하는 일은 적극 지지해준다고.

"어쨌든 시대가 변했으니까요. 전에는 정치계에 신사들이 있었지만 이제 그런 사람은 드물죠. 우리 후보가 신사라면 좋겠지만 그는 신사가 아니고, 상황이 그렇습니다. 신사를 구할 수 없다면 차선책은 영웅이겠죠." 카스레이크가 서글프게 말했다.

카스레이크가 돌아간 후 나는 테리사에게 그 말은 풍자시와 진배없다고 말했다.

테리사는 웃었다. 그러더니 게이브리얼 소령이 좀 안됐다고 말했다.

"그가 어떤 사람일 것 같아요? 아주 형편없는 사람일까요?" 그녀가 물었다.

"아니요, 난 그가 분명 괜찮은 사람일 것 같은데요."

"빅토리아 십자무공훈장을 받아서요?"

"아이고, 아닙니다. 빅토리아 십자무공훈장 같은 건 그저 무모하거나 심지어 아주 멍청해도 받을 수 있어요. 프레디 엘튼은 너무 멍청한 나머지 진군한 기지에서 언제 퇴각해야 하는지 모른 덕분에 빅토리아 십자무공훈장을 받았다는 얘기가 있잖아요. 사람들은 그가 승산 없는 역경 앞에서 버틴 거라고 말했죠. 사실 그는 아군이 모두 떠났다는 것을 몰랐어요."

"말도 안 되는 소리예요. 그런데 왜 그 게이브리얼이라는 사람이 분명 괜찮을 거라고 생각하는데요?"

"간단히 말하면 카스레이크가 그를 좋아하지 않기 때문이죠. 카스레이크가 좋아하는 사람은 지독하게 고루한 작자일 테니까."

"그 말인즉 당신은 가여운 카스레이크 대위가 마음에 안 든다는 거네요!"

"가여울 거 없어요. 그는 그런 일에 맞춘 듯이 딱 들어맞는 사람이니까요. 그것도 일이라고!"

"다른 일보다 못하다는 거예요? 그래도 힘든 일이에요."

"그렇죠, 그건 맞아요. 하지만 인생을 이것이 저것에 어떤 효과가 있을지 계산하는 데만 쏟아붓는다면, 결국 이것과 저것이 본질적으로는 뭔지도 모르는 채로 끝나고 말 거예요."

"현실에서 괴리된다?"

"네, 결국 정치는 그러다 끝나는 것 아닌가요? 대중이 무엇을 믿을까, 무엇을 지지할까, 어떻게 생각을 유도할 수 있을까만 계산하죠. 분명한 현실은 안중에도 없고."

"아! 내가 정치를 진지하게 여기지 않는 게 얼마나 잘하는 일인지!" 테리사가 말했다.

"형수야 언제나 그렇죠." 나는 말하고 그녀에게 보내는 의미로 내 손등에 키스했다.

나는 드릴 홀에서 대규모 집회가 열리기 전까지 실제로 보수당 후보를 만나보지 못했다.

테리사가 나를 위해 최신식 휠체어를 구해줬다. 나는 휠체어를 타고 테라스에 나가 바람이 강하지 않은 환한 곳에서 쉴 수 있게 됐다. 휠체어를 움직일 때 느끼던 통증이 줄어들자 외출도 하게 됐다. 때로는 누가 밀어주는 휠체어를 타고 세인트 루시내까지 갔다. 드릴 홀 집회는 오후에 열렸고, 테리사가 나도 갈 수 있게 준비해줬다. 그녀는 내가 재미있어할 거라고 장담했다. 나는 테리사가 생각하는 재미는 이상하다고 받아쳤다.

"보면 알아요." 테리사가 덧붙였다. "다들 자신을 얼마나 대단하게 생각하는지, 틀림없이 엄청 재미있을 거예요."

"게다가 나는," 그녀가 계속 말했다. "그 모자를 쓸 생각이에요."

결혼식에 참석하는 게 아니면 모자를 쓰지 않는 테리사가 런던에 갔다가 보수당 부인 당원에게 어울리는 모자라며 사들고 돌아온 것이었다.

"보수당 부인 당원에게 어울리는 모자는 어떤 모자인데요?" 내가 물었다.

테리사는 자세하게 설명해주었다.

반드시 고급 원단이어야 하고, 너무 유행에 따라서도 촌스러워서도 안 되고, 머리에 꼭 맞아야 하며 경박하지 않아야 한다고 했다.

그러고 모자를 꺼냈다. 그녀가 설명한 바로 그런 모자였다.

테리사가 모자를 쓰자, 로버트와 나는 박수를 쳤다.

"아주 멋진데, 테리사." 로버트가 말했다. "그 모자를 쓰니까 인생에 목적이라도 있는 사람처럼 열정적으로 보이는군."

그랬다. 그 모자를 쓰고 단상에 앉은 테리사를 볼 수 있다는 거부할 수 없는 유혹이 나를 유난히 화창한 여름 한낮의 드릴 홀로 이끌었던 것이다.

드릴 홀에는 부유해 보이는 중년 남녀들로 빼곡했다. 마흔 살 아래인 사람들은 (내가 볼 때는 현명하게도) 해변에서 신나게 즐기고 있었다. 보이스카우트 단원이 내 휠체어를 앞좌석 옆의 벽 쪽, 연단이 잘 보이는 곳으로 조심조심 밀고 갔고, 나는 이런 종류의 집회가 지닌 효용에 대해 생각해보았다. 이 홀에 모인 사람들은 보수당에 투표할 게 분명했다. 상대 당은 여고 교정에서 집회를 열고 있었다. 아마 그곳에도 충실한 지지자들이 잔뜩 모여들었을 것이다. 그렇다면 여론 유세는 어떤 식으로 할까? 확성기를 단 유세 차량으로? 야외 집회로?

이제까지 의자와 탁자, 물이 담긴 유리잔밖에 없던 연단에 한 무리의 사람들이 들어서는 소리가 내 사색을 방해했다. 그들은 소곤대고 손짓으로 가리키더니, 마침내 적당한 자리에 앉았다. 모자를 쓴 테리사는 두번째 줄로 밀려나 덜 중요한 인물들 틈에 앉았다.

의장, 비틀거리는 노신사들, 본부에서 파견된 연사, 레이디 세인트 루와 두 여성, 후보가 앞줄에 자리잡았다.

의장이 떨리지만 부드러운 목소리로 이야기하기 시작했다. 그가 웅얼대는 진부한 말은 거의 귀에 들어오지 않았다. 그는 보어전쟁에서 수훈을 세운 아주 늙은 장군이었다. (아니 그게 맞나? 크림전쟁이었나?) 무슨 전쟁이었든 아주 오래전인 건 분명했다. 그가 중얼거리며 말하는 세계는 이제 존재하지 않는다는 생각이 들었다⋯⋯ 가늘고 들큼하고 늙은 목소리가 멈추자 진심이 담긴 열렬한 박수가 쏟아졌다. 영국에서는 오랜 시련을 이겨낸 동료에게 언제나 이런 갈채를 보냈다⋯⋯ 세인트 루의 주민은 누구나 연로한 S 장군을 알았다. 사람들은 그를 멋진 노인, 구시대의 인물이라고 말했다.

S 장군은 말을 마친 뒤 청중에게 신시대의 인물을 소개했다. 보수당 후보 게이브리얼 소령. 빅토리아 십자무공훈장 소지자.

바로 그때 깊고 거친 한숨소리가 들리면서 레이디 트레실리언이 불쑥 내 시야에 들어왔다. 그녀는 나와 가까운 줄 좌석 끝에 앉아서(나는 그녀가 모성 본능 때문에 일부러 나와 가까운 데 앉은 거라 짐작했다) 깊게 숨을 내쉬었다.

"다리가 저렇게 평범하다는 게 정말 안타깝군."

나는 그 말뜻을 바로 알아들었다. 그게 무슨 뜻인지, 혹은 평범한 다리가 어떤 건지 설명해보라면 확실히 할 수 없었겠지만. 게이브리얼은 키가 크지 않았다. 그의 다리는 정상이라고 할 수 있었다. 키에 비해 과하게 길거나 짧지 않았다. 그는 상당히 잘 지은 양복을 입고 있었다. 그런데도 그 바지 속의 다리는 신사의 다리가 아니었다. 혹시 기품의 핵심이 다리의 형태나 균형에 있는 걸까? 전문가들에게나 어울리는 질문일 것이다.

게이브리얼의 얼굴은 그를 숨겨주듯 어떠한 정보도 주지 않았다. 못생겼지만 나름대로 독특한 얼굴이었고, 아름다운 눈을 가지고 있었다. 하지만 다리는 언제나 그를 배반했다.

게이브리얼이 일어나서 (매력적인 미소로) 웃고, 단조롭고 조금은 런던내기 같은 말투로 연설하기 시작했다.

그는 이십 분 동안 말했고 아주 잘해냈다. 그가 무슨 말을 했는지 묻지는 말아주길. 그는 평범한 이야기를 더도 덜도 아니고 그저 평범하게 이어갔다. 하지만 게이브리얼의 의지는 청중에게 전달됐다. 그에게는 역동적인 뭔가가 있었다. 청중은 그의 외모를 잊어버렸고, 듣기 싫은 목소리와 억양도 잊어버렸다. 대신에 태도가 진지하고 목표에 오롯이 몰두한다는 깊은 인상을 받았다. 그는 분명 최선을 다할 거라는 느낌을 주었다. 진정성. 그것이 있었다, 진정성이.

우리는 그랬다, 그가 마음을 쓴다고 느꼈다. 그는 주거 문제에 대해, 가정을 꾸릴 수 없는 젊은 커플에 대해, 오랫동안 외국에 파병됐다가 집으로 돌아온 병사들에 대해 마음을 썼다. 그는 산업 시설의 안전에, 실업 대책에 마음을 썼다. 그는 영국의 번영에 간절하게 마음을 썼다. 그것이야말로 국가를 구성하는 작은 구성인자들의 행복과 안녕을 의미하기 때문이었다. 때로는 아주 불쑥 폭죽을 터뜨리듯 알아듣기 쉬운 저속한 농담을 던졌다. 아주 빤하고 전에 수없이 들어본 농담. 그것은 익숙하고 편안하게 다가왔다. 하지만 청중에게 다가온 건 그의 유머 감각이 아니라 진지한 태도였다. 마침내 전쟁이 종결되면, 일본이 전쟁에서 손을 떼고 평화가 찾아오면, 자신의 과업에 착수할 거라는 것. 만약 그를 뽑아준다면 바로 그 일을 시작하리라는 것……

그게 전부였다. 나는 그것이 전적으로 개인적인 성과라고 생각했다. 게이브리얼이 당의 슬로건을 무시했다는 말이 아니다. 그는 그러지 않았다. 그는 적절하게 전부 말했고, 당의 수장에 대해 적절하게 존경심과 열정을 보였다. 또 대영제국에 대해서도 언급했다. 그는 완벽하게 적절했다. 하지만 청중은 보수당 후보가 아닌 존 게이브리얼을 지지해달라는 요청을 받고 있었다. 일을 시작할 인물, 또한 그 일에 열정적으로 헌신할 존 게이브리얼이라는 인물을.

청중은 그를 좋아했다. 물론 그를 좋아할 마음의 준비를 하고 온 사람들이었다. 그들은(남녀 할 것 없이) 마지막 한 사람까지 보수당 지지자였지만, 나는 그들이 스스로 예상했던 것보다 훨씬 더 게이브리얼을 좋아하게 됐다는 인상을 받았다. 청중이 약간 경각심을 갖기까지 했다고 생각했다. 그리고 그런 생각에 흡족해하면서 혼잣말을 중얼거렸다. "그래, 이 남자는 정력가야!"

실로 열렬한 박수갈채가 그치고, 본부에서 온 연사가 소개됐다. 그는 훌륭했다. 적당한 이야기였고, 적당하게 말을 쉬었고, 적재적소에서 적당한 웃음을 끌어냈다. 그러나 내 주의가 산만해졌음을 고백한다.

집회는 형식적인 절차대로 끝났다.

모두 일어나서 홀을 빠져나가기 시작했을 때, 레이디 트레실리언이 내 옆으로 와서 섰다. 내 생각이 맞았다. 그녀는 내

보호자를 자처하고 있었다. 그녀가 천식 환자같이 숨찬 목소리로 말했다.

"당신은 어땠나요? 어떻게 생각하는지 말해줄래요?"

"훌륭한 사람이네요. 확실히 훌륭해요." 내가 말했다.

"그렇다니 정말 다행이군요." 그녀는 깊게 한숨을 쉬었다.

왜 내 의견을 듣고 싶어했는지 궁금했다. 그녀가 입을 열었을 때 나는 어느 정도 알아차렸다.

"난 애들레이드나 모드처럼 똑똑하지 않아요. 정치를 공부한 적도 없고—또 나는 옛날 사람이죠. 국회의원이 봉급을 받는다는 것 자체가 난 마음에 들지 않아요. 그런 사고방식에 익숙해지질 않거든. 국회의원직은 국가에 봉사하는 자리지 보수를 받는 자리가 아니에요."

"국가에 봉사할 형편이 안 되는 사람도 있으니까요, 레이디 트레실리언." 내가 지적했다.

"네, 그건 알아요. 요즘은 그렇죠. 그래서 안타까워요. 입법자들은 밥벌이할 필요가 없는 계층에서 나와야 해요. 돈벌이에 완전히 무심할 수 있는 계층에서."

나는 '아이고 부인, 노아의 방주에서 나오셨나요!'라고 말할 뻔했다.

어쨌든 영국 한가운데서 아직도 구시대적인 사고가 존속하는 고립 지대를 발견한 것은 흥미로웠다. 지배 계층, 통치 계층, 상류 계층. 모두 혐오스러운 말들. 하지만 아직—솔직히 말하면—거기에 뭔가 있는 건 아닐까?

레이디 트레실리언이 계속 말했다.

"당신도 알겠지만, 우리 아버님은 국회의원에 출마하셨고 삼십 년 동안 개러비시의 의원이셨죠. 아버님은 의원직이 시간을 많이 뺏는 무척 피곤한 자리라는 걸 아셨지만 당신의 의무로 여기셨어요."

내 눈은 연단으로 향했다. 게이브리얼은 레이디 세인트 루와 이야기하고 있었다. 그의 다리의 움직임은 확실히 부자연스러워 보였다. 저 사람은 국회의원이 되는 것을 자신의 의무로 여길까? 그럴 것 같지 않았다.

레이디 트레실리언이 내 시선을 좇으며 말했다. "대단히 성실해 보이긴 했어요. 그렇지 않았나요?"

"저도 그렇게 생각했습니다."

"그리고 우리 처칠 수상에 대해 정말 듣기 좋게 말하더군요…… 이 나라가 처칠 수상을 굳건히 지지한다는 데는 의심의 여지가 없다고 생각해요. 안 그런가요?"

나는 동의했다. 좀더 정확히 말하자면 틀림없이 보수당이 근소한 표차로 집권하게 될 거라고 생각했다.

테리사가 내게 다가왔고, 보이스카우트 단원도 휠체어를 밀어주려고 왔다.

"즐거웠나요?" 나는 테리사에게 물었다.

"그럼요."

"우리 후보가 어떤 것 같아요?"

테리사는 홀을 빠져나갈 때까지 대답을 미뤘다가 밖에 나와 서야 말했다. "난 모르겠어요."

이틀쯤 지났을 때, 나는 카스레이크와 상의하기 위해 찾아
온 후보를 직접 만나게 됐다. 카스레이크는 한잔하자며 그를
우리집으로 데려왔다.

테리사의 업무에 관련한 몇 가지 문제를 의논하기 위해 카
스레이크와 그녀가 방에서 나갔다.

나는 일어설 수 없는 것에 대해 게이브리얼에게 양해를 구
하고 술이 있는 곳을 가리키며 원하는 걸 마시라고 말했다. 그
는 제법 독한 술을 따랐다.

그가 내게도 술을 건네며 말했다.

"전쟁 부상입니까?"

"아니요, 해로 로드에서 교통사고가 났습니다." 내가 말했

다. 이 무렵 내게는 이것이 정해진 답변이었고, 사람들의 다양한 반응을 지켜보는 것이 꽤 재미있었다. 게이브리얼은 아주 흥미로운 듯했다.

"그렇게 말해버리다니 아깝네요." 그가 말했다. "이득을 포기하는 셈이니까."

"무용담이라도 지어내라는 겁니까?"

그는 아무것도 지어낼 필요가 없다고 말했다.

"그냥 북아프리카나 미얀마 같은, 어디든 실제로 가본 나라를 대면서 거기 살았다고만 말해봐요. 외국에 나가본 적은 있죠?"

나는 고개를 끄덕였다. "알알라메인*에 있었죠."

"그러면 그렇게만 말하는 겁니다, 알알라메인. 그걸로 충분해요. 아무도 자세히 묻지 않을 겁니다. 사람들은 알아서 생각할 거예요."

"그럴 만한 가치가 있습니까?"

"흐음……" 게이브리얼은 생각에 잠겼다. "여자들한테는 그럴 만한 가치가 있죠. 그들은 부상당한 영웅을 사랑하니까."

"그건 나도 압니다." 나는 약간 비통하게 말했다.

게이브리얼은 바로 알아들은 듯 고개를 끄덕였다.

---

* 이집트 지중해 연안의 도시로, 1942년 연합군과 독일군의 격전지였다.

"그래요. 그래서 때때로 우울하겠죠. 이 지역에는 어머니 같은 부인들도 있고, 아무튼 여자들이 많으니까요." 그는 빈 잔을 들며 물었다. "한 잔 더 해도 괜찮겠습니까?"

나는 그러라고 했다.

"오늘밤 성에서 만찬 약속이 있어요." 그가 설명했다. "그 늙은 암캐가 사람을 아주 불안하게 한다니까요!"

우리가 레이디 세인트 루와 절친한 사이였다면 그런 말을 하지 않았겠지만, 그는 우리가 그렇지 않다는 것을 간파하고 있던 듯했다. 존 게이브리얼은 여간해선 실수를 하지 않았다.

"레이디 세인트 루 말입니까? 아니면 그 부인들 모두가요?" 내가 물었다.

"뚱뚱한 부인은 신경쓸 것도 없어요. 금세 마음대로 주무를 수 있는 타입이니까. 빅엄 차터리스 부인은 진짜 말 같으니까 히힝 울어주기만 하면 되고 말이죠. 하지만 세인트 루는 사람 속을 꿰뚫어보는 여자예요. 그런 여자 앞에선 그럴듯하게 연기할 수가 없습니다!"

그리고 덧붙였다. "나라면 시도조차 안 할 겁니다."

"당신도 알겠지만," 게이브리얼이 생각에 잠겨 다시 말을 이었다. "이기지 못할 진짜 귀족과 맞닥뜨리면 어떻게 해볼 도리가 없어요."

"무슨 말인지 난 잘 모르겠습니다." 내가 말했다.

그는 씩 웃었다.

"그러니까 어떤 면에서 보면 나는 엉뚱한 캠프에 와 있는 겁니다."

"실은 정치적으로 보수당이 아니라는 뜻입니까?"

"아닙니다, 그건 아니에요. 내가 원래 그들 같은 부류가 아니라는 뜻이죠. 그들은 보수주의를 좋아하고, 아니 좋아하지 않을 수가 없죠. 물론 요즘에는 그들도 너무 까다롭게 굴 수 없어서 나 같은 놈을 영입할 수밖에 없지만 말입니다." 그는 생각에 빠져서 덧붙였다. "우리 아버지는 배관공이었어요—딱히 솜씨 좋은 배관공은 아니었죠."

게이브리얼은 눈을 빛내며 나를 쳐다봤다. 나는 그에게 미소 지었다. 그 순간 나는 그의 매력에 함락됐다.

"맞습니다." 그가 말했다. "사실 나는 노동당에 어울리죠."

"하지만 그들의 강령에는 찬성하지 않는군요?" 내가 물었다.

그는 아무렇지 않게 대답했다. "이런, 내게 신념 같은 건 없습니다. 그건 순전히 수단의 문제일 뿐이죠. 나는 일자리가 필요해요. 전쟁이 끝난 거나 다름없으니 사람들이 요직을 다 채가지 않겠습니까. 나는 정치가로 자수성가할 거라고 생각하며 살았습니다. 내가 하는지 못 하는지 두고 보세요."

"그래서 보수당 후보로 나선 겁니까? 집권당에 소속되는 편이 이득이라서요?"

"이런, 보수당이 집권 못할 거라고 생각하는 거 아닙니까? 그렇습니까?"

나는 집권할 거라고 생각한다고 분명히 말했다. 표는 줄어들겠지만.

"말도 안 되는 소리예요. 노동당이 온 나라를 휩쓸 겁니다. 그들의 표가 어마어마할 거라고요." 게이브리얼이 말했다.

"하지만 그렇다면—그런 예측을 하면서 왜—"

나는 말을 멈췄다.

"왜 이기는 쪽에 서지 않느냐고요?" 그는 씩 웃었다. "이것 보십시오, 그게 바로 내가 노동당 후보가 아닌 이유입니다. 난 무리 속에 가라앉고 싶지 않으니까요. 야당이 내게 맞는 자리죠. 어쨌거나 보수당이 뭡니까? 무능력한 신사들과 수완 떨어지는 사업가들이 뒤섞인 최고 멍청이들의 집단 아닙니까? 그들에겐 가망이 없어요. 정책다운 정책도 없고, 모두 허둥대기만 합니다. 누구든 능력이 있는 사람이 눈에 확 띌 겁니다. 두고 보십시오. 내가 로켓처럼 솟아오를 테니까!"

"당선이 된다면 말이겠죠." 내가 말했다.

"아뇨, 난 분명히 당선됩니다."

나는 의아한 눈으로 그를 바라보았다.

"정말 그렇게 생각해요?"

그가 다시 씩 웃었다.

"바보짓만 하지 않는다면요. 내게도 약점은 있지 않겠습니까." 그는 남은 술을 들이켰다. "주로 여자 문제죠. 난 여자를 멀리해야 해요. 여기서는 어려운 일도 아니겠죠. 세인트 루 암스*에 예쁘고 귀여운 아가씨가 있긴 하지만. 혹시 그 아가씨 본 적 있습니까? 아니지……" 그의 눈길이 움직이지 못하는 내 몸에 쏠렸다. "미안합니다, 당연히 본 적 없겠군요." 그는 동정하며 진심에서 우러나오는 것처럼 덧붙였다. "참 안됐습니다."

동정을 받고도 화가 나지 않았던 것은 그때가 처음이었다. 그는 정말 자연스럽게 말했다.

"말해봐요, 카스레이크 대위에게도 이런 식으로 이야기합니까?" 내가 물었다.

"그 멍청이한테요? 맙소사, 그럴 리가요."

그후로 지금까지 나는 게이브리얼이 우리가 만난 첫날 저녁에 왜 그렇게 솔직했는지 이유가 궁금했다. 나는 그가 외로워서 그랬을 거라고 결론 내렸다. 게이브리얼은 후보 역할을 썩 훌륭하게 연기하고 있었지만, 긴장을 풀 막간이라는 게 거의 없었다. 불구이고 움직이지 못하는 사람에게는 언제나 듣는 역할이 떨어진다는 것을 게이브리얼도 알았다. 틀림없이 알았

---

*7장에 나오는 술집 킹스 암스를 가리킨다.

을 것이다. 나는 오락거리를 원했다. 존 게이브리얼은 나를 그의 삶의 배후로 데려감으로써 기꺼이 그것을 제공해줬다. 게다가 그는 천성적으로 솔직한 인간이었다.

나는 레이디 세인트 루가 그를 어떻게 대하는지 궁금해서 물었다.

"기가 막히죠." 그가 말했다. "아주 기가 막혀요. 그 망할 눈빛이라니! 그걸로 사람 환장하게 만들죠. 어디가 어떻다고 꼬집어 말할 순 없지만 아무튼 능수능란해요. 그 쭈그렁할망구들은 무례하게 굴고 싶으면 악 소리가 날 만큼 무례하게 행동합니다. 반대로 그러고 싶지 않으면, 억지로 그렇게 만들래도 그럴 수가 없어요."

나는 그의 격렬함에 조금 놀랐다. 레이디 세인트 루 같은 노부인이 무례한지 그렇지 않은지가 그에게 중요할 수 있음을 나는 몰랐다. 그녀는 조금도 중요하지 않은 인물이었다. 구시대에 속하는 사람이었다.

내가 그렇게 말하자 게이브리얼은 나를 묘하게 곁눈질했다.

"당신은 이해 못할 겁니다." 그가 말했다.

"그래요, 그런 것 같네요."

게이브리얼이 아주 조용하게 말했다. "그 부인은 날 쓰레기 취급하죠."

"이봐요!"

"그들은 사람을 그런 식으로 쳐다봐요. 사람을 꿰뚫어보죠. 그 사람이 누군지는 중요하지 않습니다. 그 사람은 거기 없으니까. 그들 눈엔 존재하지 않는 거예요. 그저 신문을 가져다주거나 생선을 배달하는 아이일 뿐이죠."

나는 그때 이 이야기가 게이브리얼의 과거와 관계있다는 것을 알았다. 오래전 배관공의 아들을 향한 어떤 무시, 어떤 무심한 무례.

그는 내 말을 가로막았다.

"아, 그래요. 내겐 그런 면이 있어요. 계급의식이 있죠. 난 그런 오만한 귀족 부인들을 증오합니다. 그들은 내가 무슨 수를 써도 거기 도달하지 못할 거라고 느끼게 만들죠. 날 항상 형편없는 사람이라고 느끼게 만들어요. 내가 정말 어떤 사람인지 그들은 잘 알아요."

나는 깜짝 놀랐다. 적개심의 심연을 보게 될 줄은 전혀 예상하지 못했다. 거기에는 도저히 달랠 수 없는 증오가 있었다. 나는 과거의 어떤 사건이 이 남자의 의식 아래서 부풀어 그를 괴롭히는지 궁금했다.

"형편없는 건 그 사람들이에요." 그가 말했다. "좋은 시절은 다 갔으니까요. 그들은 이 나라 각지의 무너져가는 집에서 무일푼이나 다름없이 살아가고 있습니다. 입에 풀칠하기 빠듯한 사람도 많아요. 텃밭에 자란 푸성귀나 뜯어 먹으면서요. 직접 집안일을 하는 사람도 있죠. 하지만 그들은 내가 가질 수 없는 것—결코 갖지 못할 것—을 가졌습니다. 그 망할 우월감 말입니다. 난 그들 못지않게 훌륭하지만—아니 어떤 면에서는 내가 더 낫지만 그들과 같이 있으면 그렇게 느낄 수가 없어요."

그러더니 그는 불쑥 웃음을 터뜨렸다.

"신경쓸 것 없습니다. 좀 울컥했을 뿐이니까." 게이브리얼은 창밖을 응시했다. "진저브레드*로 만든 가짜 성—깍깍대는 늙은 까마귀 세 마리—그리고 막대기 같은 아가씨는 아주 거만하게 말 한마디 걸지 않고. 아마 층층이 쌓은 매트리스들 사이에서 완두콩을 발견하는** 부류일 겁니다."

나는 웃었다.

"나는 늘 『완두콩 공주』가 억지로 꾸며낸 이야기 같다고 생각했습니다." 내가 말했다.

게이브리얼은 한 단어에 집착했다.

"공주죠! 하는 행동을 보면 그래요. 그들도 그 여자를 그렇게 대하고요. 동화에 나오는 왕족처럼. 하지만 공주가 아니라 평범한 여자예요. 그 입술을 보면 알 수 있습니다."

---

* 생강을 넣어 만든 쿠키. 허울만 좋고 실속 없는 것, 장식만 훌륭한 예술작품을 비유하는 말로 쓰인다.

** 안데르센의 동화 『완두콩 공주』는 매트리스 스무 개를 쌓은 침대에서 잔 공주들 중에서 왕자의 어머니가 매트리스들 사이에 숨겨놓은 완두콩을 발견한 공주가 왕자와 결혼하게 되는 이야기다.

그때 테리사와 카스레이크가 돌아왔다. 카스레이크와 게이브리얼은 곧 떠났다.

　　"가버려서 아쉽네요. 그 사람과 얘기해보고 싶었는데." 테리사가 말했다.

　　"앞으로 자주 만날 것 같은데요." 내가 말했다.

　　테리사가 나를 보며 말했다.

　　"관심이 생겼어요? 그런 거죠?"

　　나는 생각에 잠겼다.

　　"우리가 여기 온 후로 당신이 뭔가에 관심을 갖는 건 처음 보네요." 테리사가 말했다.

　　"내가 생각보다 정치에 관심이 있나보죠."

　　"아뇨." 그녀가 말했다. "정치 때문이 아니에요. 그 사람 때문이죠."

　　"확실히 정력가더군요." 나는 인정했다. "얼굴이 못생겨서 안타깝지만."

　　"그건 그래요." 테리사가 생각에 잠겨서 덧붙였다. "하지만 아주 매력적인 사람이에요."

　　나는 몹시 놀랐다.

　　테리사가 말했다. "그렇게 쳐다볼 거 없어요. 그는 매력적이에요. 여자들은 다 그렇게 말할걸요."

　　"글쎄요." 나는 말했다. "놀랍네요. 난 그가 여자들에게 그렇게 매력적인 남자란 생각은 들지 않던데."

"당신이 잘못 생각했어요." 테리사가 말했다.

다음날 이저벨라 차터리스는 레이디 세인트 루가 카스레이크 대위에게 보내는 편지를 들고 찾아왔다. 나는 테라스에서 햇볕을 쬐고 있었다. 그녀는 편지를 전달한 뒤 테라스로 와서 곧바로 내 옆에 있는 돌의자에 걸터앉았다.

나는 그녀가 레이디 트레실리언처럼 다리를 절뚝이는 개에게 친절을 베풀려는 게 아닌지 의심했지만, 이저벨라는 나를 전혀 신경쓰지 않았다. 나는 그런 사람을 처음 보았다. 그녀는 한동안 말없이 앉아 있었다. 그러더니 일광욕을 좋아한다고 말했다.

"나도 그래요. 그런데 얼굴은 별로 타지 않았네요?" 내가 말했다.

"잘 타지 않는 피부예요."

맑은 햇빛 아래서 본 그녀의 피부는 백목련처럼 아름다웠다. 어깨선에서 이어지는 얼굴은 아주 당당해 보였다. 그 순간 깨달았다. 나는 왜 게이브리얼이 그녀를 공주라고 불렀는지 알 것 같았다.

게이브리얼을 떠올리자 이런 말이 튀어나왔다. "게이브리얼 소령과 어제 저녁식사 하지 않았나요?"

"맞아요."

"드릴 홀 집회에도 갔습니까?"

"네."

"당신은 보이지 않던데요."

"저는 두번째 줄에 앉아 있었어요."

"재미있었습니까?"

그녀는 한참 생각하더니 대답했다.

"아뇨."

"그런데 왜 갔어요?" 내가 물었다.

이저벨라는 다시 생각에 잠겼다가 입을 열었다. "우리가 해야 하는 일이니까요."

나는 궁금했다.

"이곳에서 사는 게 좋아요? 행복한가요?"

"네."

단답형 대답을 듣는 게 얼마나 드문 일인가. 대부분의 사람들은 자세하게 설명한다. 보통은 '바다 옆에 사는 게 좋아요'라거나 '내 고향이니까요'라거나 '시골을 좋아해요'라거나 '여기가 맘에 들어요' 같은 대답을 했을 것이다…… 그러나 이 아가씨는 "네"라는 대답이면 된다고 생각했다. 하지만 그 "네"는 묘하게도 강력했다. 진짜로 그렇다는 의미였다. 단호하고 확실한 긍정이었다. 이저벨라는 성 쪽을 바라보고 있었고 입가에 살짝 미소가 떠올랐다.

그때 그녀가 내게 무엇을 연상시키는지 깨달았다. 기원전 5세기 아크로폴리스의 처녀 조각상이었다. 이저벨라는 그 조각상과 똑같은 천상의 절묘한 미소를 지니고 있었다……

이저벨라 차터리스는 세인트 루 성에서 노부인 셋과 사는 인생을 행복하다고 여기고 있었다. 그리고 지금 여기 햇볕 아래서 성을 바라보며 행복해하고 있었다. 그녀를 감싼 확실한 행복감이 내게 전해지는 것 같았다. 나는 갑자기 두려워졌다―그녀 때문에.

"지금까지 늘 행복했어요, 이저벨라?" 내가 물었다.

하지만 나는 대답을 듣기도 전에 이미 그녀가 한참 생각하다 "네"라고 대답할 걸 알고 있었다.

"학교에서도요?"

"네."

어쩐지 학교에 다니는 이저벨라는 상상이 되지 않았다. 그녀는 영국 기숙학교의 평범한 학생들과 비슷한 구석이 전혀 없었다. 하기야 학교에는 온갖 부류의 학생들이 있으니까.

갈색 다람쥐가 테라스를 가로질러 달려왔다. 다람쥐는 멈춰 서서 우리를 쳐다보았다. 그리고 한동안 찍찍 울더니 쪼르르 달아나 나무로 올라갔다.

한순간 우주라는 만화경이 획 돌아 완전히 다른 패턴의 세상이 눈앞에 떠오른 듯했다. 존재만이 전부인 세상, 사고나 사색은 무의미한, 감각적인 세상의 패턴이었다. 여기에는 아침과 저녁, 낮과 밤, 먹을 것과 마실 것, 추위와 더위가 있었다. 움직임, 목적, 아직 의식意識인 줄 모르는 의식이 있었다. 다람쥐의 세상, 끊임없이 자라는 초록 풀과 나무가 살아 숨쉬는 세상이었다. 여기, 이 세상 안에 이저벨라의 터전이 있었다. 그리고 너무도 이상하지만 내게도, 부서져 망가진 남자에게도 여기서 살 곳을 찾을 수 있을지도 모른다는 기분이 찾아들었다……

사고 후 처음으로 저항을 멈췄다…… 비통감, 절망감, 병적인 자의식이 떠나갔다. 나는 더이상 활동적이고 목적이 있던 남자의 길에서 엉거주춤 밀려난 휴 노리스가 아니었다. 장애가 있지만 햇살과 가만히 숨쉬는 세상과 나 자신의 규칙적인 호흡을 의식하는 인간이었다. 오늘이 영원의 잠으로 가는 도

정의 하루임을 아는 휴 노리스였다……

그 느낌은 오래가지 않았다. 짧은 순간이었지만 나는 그 세상에 있었다. 나는 이저벨라가 언제나 그 세상에서 살고 있는 게 아닌가 생각했다.

한 아이가 세인트 루 항구에서 물에 빠진 것은 분명 그날로
부터 하루인가 이틀 뒤였을 것이다. 아이들이 무리 지어 선창
가 끝에서 놀고 있었는데 한 아이가 환성을 내지르며 달려가
다 발을 헛디뎌 20피트 아래 물속으로 떨어졌다. 반조* 때였
고, 항구 주변의 수심은 12피트 남짓이었다.

그때 우연히 선창가를 지나던 게이브리얼은 망설이지 않았
다. 그는 아이가 빠진 물로 곧장 뛰어들었다. 스물다섯 명쯤이
선창가 끝으로 모여들었다. 선창가 계단 아래서 한 어부가 배
를 물가로 밀더니 아이와 게이브리얼을 향해 노를 젓기 시작

---

* 만조와 간조의 중간.

했다. 하지만 그가 닿기 전에 다른 남자가 게이브리얼이 수영할 줄 모른다는 사실을 알아차리고 물에 뛰어들었다.

사고는 무사히 마무리되었다. 게이브리얼과 아이는 구조됐고, 아이는 의식을 잃었지만 인공호흡을 하자 곧 깨어났다. 무척 흥분한 아이 엄마는 달려들다시피 게이브리얼의 목을 끌어안고 흐느끼면서 감사와 축복의 말을 쏟아냈다. 게이브리얼은 이 소란에도 아무렇지 않은 듯 그녀의 어깨를 두드리더니, 옷을 말리고 한잔할 생각으로 서둘러 킹스 암스로 향했다.

그날 늦게 카스레이크와 게이브리얼이 차를 마시러 왔다.

"살면서 본 행동 중에 가장 용기 있는 행동이었습니다." 카스레이크가 테리사에게 말했다. "일 초의 망설임도 없었습니다. 익사할 수도 있었어요. 안 그랬다는 게 놀라울 뿐이죠."

하지만 게이브리얼은 적당히 겸손했고, 별일 아니라는 듯이 굴었다.

"멍청한 짓이었어요." 게이브리얼이 말했다. "도움을 청하거나 배를 띄우는 게 훨씬 현명했을 겁니다. 어쨌거나 멈춰서 생각을 하지 않는다는 게 문제죠."

테리사는 "조만간 소령님은 멋진 일을 너무 많이 하시겠네요"라고 말했다.

상당히 메마른 말투였다. 게이브리얼은 테리사를 재빨리 쳐다보았다.

그녀가 찻잔을 챙겨서 나가자, 카스레이크도 할일이 있다며 양해를 구하고 나갔다. 게이브리얼이 생각에 잠겨 말했다.

"예리하지 않나?"

"누가?"

"당신 형수 말이야. 뭐가 뭔지 아는 여자야. 노리스 부인은 속이지 못하겠는데." 그는 앞으로 조심해야겠다고 덧붙였다.

그러고서 내게 "내가 제대로 말했나?"라고 물었다.

나는 도대체 무슨 뜻이냐고 물었다.

"내 말투 말이야. 괜찮았나? 전부 아무렇지 않은 것처럼 말했느냐고. 그저 무모했을 뿐이라고 생각한다는 걸 분명히 드러냈느냔 말이지."

게이브리얼은 매력적으로 미소 짓더니 말을 이었다.

"당신한테는 이런 걸 물어도 괜찮겠지? 제대로 효과가 있는 건지 통 모르겠어서 말이야."

"꼭 효과를 계산해야 하나? 그냥 자연스럽게 할 순 없는 건가?"

게이브리얼은 골똘히 생각하더니 그러는 건 도움이 안 된다고 말했다.

"내가 여기서 흡족한 듯 손을 비비며 '정말 횡재했습니다!'라고 말할 순 없지 않겠나?"

"정말 그렇게 생각하나? 횡재라고?"

"이보게, 친구. 나는 잔뜩 긴장한 상태로 그런 일을 찾아다니고 있었어. 도망친 말이나 화재, 자동차에 치일 뻔한 아이 같은 걸 말이야. 눈물 콧물 짜게 하는 데는 아이가 최고지. 도로에서 일어난 사망 사고 기사가 매일같이 나오는 신문을 보면 그런 기회가 곧 올 것 같았거든. 그런데 그런 일이 안 일어나더라고. 재수가 없는 건지 세인트 루의 애새끼들이 징그럽게 조심성이 많은 건지."

"설마 그 아이에게 물에 빠지라고 돈이라도 준 건 아니겠지?" 내가 물었다.

그는 내 말을 아주 진지하게 받아들였고, 전적으로 자연스럽게 벌어진 일이라고 대답했다.

"나라면 그런 모험은 하지 않을 거야. 아이가 제 어미한테 일러바칠 게 뻔한데 그러면 내 꼴이 뭐가 되겠나?"

나는 웃음을 터뜨렸다.

"그나저나 수영을 못한다는 게 사실인가?" 내가 물었다.

"팔을 세 번 휘저을 동안 물에 떠 있을 수는 있지."

"그렇다면 큰 위험을 무릅쓴 거잖나? 진짜 익사할 수도 있었군."

"그럴 수도 있었지…… 하지만 노리스, 모든 걸 얻을 순 없는 법이네. 조금이라도 용감하게 행동할 각오가 없다면, 영웅으로 불릴 수 없는 거야. 아무튼 주변에 사람들이 꽤 있었어.

물론 몸이 젖길 바라는 사람은 없었겠지만 누군가는 나서야 했지. 그들이 나를 위해서는 아니더라도 아이를 위해서는 뭔가 했을 거야. 그리고 배도 몇 척 있었어. 나 다음에 뛰어든 사람이 아이를 붙잡았고, 배를 띄운 사람은 내가 가라앉기 전에 도착했지. 아무튼 잠시 물에 빠졌더라도 인공호흡을 하면 보통은 의식을 찾으니까."

그 특유의 매력적인 미소가 얼굴에 번졌다.

"정말 바보 같지 않나?" 게이브리얼이 말했다. "사람들이 정말 바보 같단 뜻이네. 수영을 제대로 하고 체계적인 인명구조 방법으로 아이를 구한 것보다 수영도 못하면서 뛰어든 내가 훨씬 더 큰 찬사를 받는다는 사실이 말이지. 많은 사람이 아주 용기 있는 행동이었다고 말할 걸세. 지각이 있는 사람이라면 지독한 바보짓에 불과하다고 할 거고. 사실 그건 바보짓이지. 실제로 잘한 사람은 내 뒤에 뛰어들어서 우리 둘을 구한 남자니까. 하지만 그는 내가 받은 찬사의 반도 받지 못할 거야. 그는 일급 수영 선수니까. 안타깝게도 그는 고급 양복을 버렸고, 아이뿐만 아니라 허우적대는 나까지 그에게 큰 짐이 됐지. 하지만 누구도 상황을 그렇게 보지 않을 거네. 당신 형수 같은 사람이라면 모를까, 하지만 그런 사람은 많지 않아."

게이브리얼이 덧붙였다. "그런 사람이 많지 않은 게 고마울 뿐이지. 선거에서는 상황을 제대로 파악하고 머리를 쓰는 사람이 많으면 아주 곤란하니까."

"뛰어들기 전에 꺼리는 마음은 전혀 없었나? 뱃속이 쪼그라 드는 것 같은 불편한 느낌이라든가?"

"그러고 말고 할 시간도 없었어. 그 일은 나더러 떠먹으라고 차려놓은 상이었으니 더없이 신바람이 났지."

"난 왜 이런 눈요깃거리 같은 일이 필요한지 잘 모르겠어."

그의 표정이 변했다. 사납고 엄격해졌다.

"그게 내가 가진 유일한 자산인 걸 모르겠나? 난 변변치 않은 외모를 가졌어. 뛰어난 연사도 아니지. 배경도 없고, 돈도 영향력도 없어. 오직 한 가지 재능만 타고났단 말일세―" 게이브리얼은 내 무릎에 손을 얹고 말을 이었다. "육체적인 용기. 내가 빅토리아 십자무공훈장 소지자가 아니었다면 여기서 보수당 후보로 감히 나올 수나 있었을 거 같은가?"

"하지만 빅토리아 십자무공훈장만으로도 충분하지 않나?"

"군중심리를 모르는군. 오늘 아침에 일어난 이런 바보 같은 곡예가 이탈리아 남부에서 얻은 무공훈장보다 훨씬 더 효과적이네. 이탈리아는 멀리 떨어진 곳이지. 사람들은 내가 훈장을 받는 것을 보지 못했어. 그리고 안타깝게도 난 그 일에 대해 대중에게 말할 수가 없네. 할 수만 있다면 모두에게 제대로 들려줄 텐데…… 난 사람들에게 내 경험에 대해 떠들 거고 이야기가 끝날 때쯤 그들 역시 빅토리아 십자무공훈장을 받은 기분이 들 거야! 하지만 이 나라의 관습은 그런 꼴을 허락하지 않지. 그래, 난 겸손해 보여야 하고, 그런 건 별것 아니라는 것처럼 굴어야 해—누구든 그럴 수 있었을 거라고 말이야. 당치도 않은 소리—그럴 수 있는 사람이 어디 흔한 줄 아나. 한 연대에서 대여섯이나 그럴 수 있을까, 절대 그보다 많진 않아. 판단, 계산, 흔들리지 않는 냉철함, 그리고 어떤 면에서는 자기 일을 즐겨야 할 수 있는 거라고."

그는 잠시 침묵을 지키다가 입을 열었다. "나는 입대하면서 빅토리아 십자무공훈장을 받기로 작정했었지."

"세상에, 게이브리얼!"

그는 의지가 어린 못생기고 작은 얼굴을 내게 돌렸다. 눈이 반짝거렸다.

"그렇지, 그런 건 받기로 작정한다고 받을 수 있는 게 아니야. 운도 따라야 하지. 하지만 노력하겠다는 거였어. 나는 그것이 큰 기회가 되리란 걸 알았네. 용기란 일상생활에서는 무용지물이나 마찬가지지. 용기를 보일 기회가 있다 해도, 그런다고 내가 뭔가 얻기는 힘들어. 하지만 전쟁은 달라. 전쟁에서는 용기가 가치를 발휘하지. 그것에 대해서는 꾸며서 말하지 않겠네. 용기는 신경 작용이나 분비선, 혹은 다른 어떤 것처럼 생리적인 거야. 그것이 결국 죽음도 두렵지 않은 상태로 끌고 가는 거고. 전쟁에서는 용기를 가진 인간이 그렇지 않은 인간보다 얼마나 유리한 입장에 서는지 알 수 있어.

물론 내게 기회가 올 거라 확신할 순 없었어…… 조용히 용감하게 싸우다가 훈장 하나 없이 돌아올 수도 있었지. 아니면 엉뚱한 시점에 무모하게 나섰다가 몸이 산산조각나서 누구도 고마워하지 않을 수도 있었고."

"빅토리아 십자무공훈장은 사후에 받는 경우가 대부분이지." 내가 중얼거렸다.

"물론 알고 있네. 내가 거기 끼지 않았다는 게 놀랍지. 총알이 머리를 스칠 듯 획획 지나가던 기억을 떠올리면 오늘 내가 어떻게 여기 있는지 상상할 수도 없을 지경이야. 나는 총알을 네 발이나 맞았지만 치명적인 곳에 맞진 않았어. 신기하지 않나? 다리가 부러진 채 몸을 질질 끌던 고통은 절대 못 잊을 걸세. 어깨의 심한 출혈도—그런 상태로 스파이더 제임스를 끌고 나왔지—녀석은 쉬지 않고 욕지거리를 했어. 게다가 정말 무거웠지."

게이브리얼은 잠시 생각에 잠기더니 한숨을 내쉬고 말했다.

"아, 그래도 그때가 행복했어." 그는 술을 따르러 갔다.

"용자는 겸손하다는 통념이 틀렸다는 걸 일깨워준 자네에게 고마워해야겠는데." 내가 말했다.

"젠장맞을!" 게이브리얼이 말했다. "도시의 거물 인사가 수완 좋게 거래를 성사시키면 그는 그 일을 자랑할 수 있고 다들 그를 더 좋게 생각해. 화가가 훌륭한 작품을 그렸다고 자랑해도 누구도 이상하게 생각하지 않아. 골프 라운드에서 보기 bogey를 해도 모두에게 떠벌릴 수 있어. 하지만 이 전쟁 영웅은—" 게이브리얼은 고개를 저었다. "누군가 대신 나팔을 불어줘야 하지. 사실 카스레이크는 그런 일에 익숙지 않아. 그는 보수당원다운 절제된 표현을 좋아하지. 그들이 하는 일이라곤 자기편을 위한 나팔 불기가 아니라 상대편을 공격하는 일뿐이야." 그는 다시 생각에 잠겼다. "같이 복무했던 준장님에게 다음주에 여기 내려와서 연설해달라고 부탁했네. 내가 얼마나 뛰어난 군인이었는지 그가 조목조목 말해줄지 모르겠지만, 내가 그렇게 해달라고 부탁할 순 없어. 뭐가 이리 어려운지!"

"그것도 있고 오늘의 미담도 있으니까 그리 나쁘지 않을 거야." 내가 말했다.

"오늘 일을 과소평가하지 말게." 게이브리얼이 말했다. "두고 보면 알 거야. 그 일로 모두가 내 빅토리아 십자무공훈장에 대해 다시 떠들게 될 테니까. 아이 덕분이지. 내일 그 아이에게 인형이라도 사줘야겠군. 그것도 좋은 홍보가 될 거야."

"말해주게." 내가 말했다. "궁금해서 묻는데, 혹시 사고 현장에 보는 사람이 아무도 없었더라도, 한 사람도 없었더라도 아이를 따라 물에 뛰어들었을 것 같은가?"

"아무도 보지 않는데 왜 그런 짓을 하지? 그럼 둘 다 익사했을 거고 파도에 휩쓸려 어딘가로 떠내려가도 아무도 몰랐을 텐데."

"그럼 아이가 빠져죽게 놔두고 집으로 갔겠군?"

"물론 그러진 않았을 거야. 날 뭐로 보는 건가? 이래 봬도 난 인정이 있는 사람이야. 아마 미친듯이 항구 계단으로 뛰어 내려가 배를 띄우고 아이가 빠진 곳으로 정신없이 노를 저어 갔을 걸세. 운이 따라줬다면 아이를 구해서 무사히 돌려보냈 겠지. 아이를 구하는 데 최선이라고 생각되는 행동을 했을 거 야. 난 아이를 좋아하니까." 그가 덧붙였다. "내가 양복을 버 렸다고 정부에서 남는 배급표라도 던져줄 것 같나? 이 양복은 이제 입지 못해. 점점 줄어들 테니까. 이놈의 정부 부서들은 어찌나 인색한지!"

현실적인 이 말을 남기고 그는 떠났다.

나는 존 게이브리얼에 대해 오래 생각했다. 내가 그를 좋아 하는지 싫어하는지 결론을 내릴 수가 없었다. 그의 노골적인 기회주의에는 정나미가 떨어졌지만 솔직함은 매력적이었다. 그의 판단이 정확했다는 것은 이후 여론의 동향에서 여러 번 증명되었다.

게이브리얼을 어떻게 생각하는지 처음 이야기한 사람은 레 이디 트레실리언이었다. 그녀는 책 몇 권을 들고 찾아왔다.

"당신도 알겠지만," 그녀는 가쁘게 숨을 몰아쉬며 말했다. "난 언제나 게이브리얼 소령에게 어딘가 정말 근사한 면이 있다고 느꼈어요. 이번 일이 그 사실을 증명하죠, 안 그래요?"

나는 "어떤 면이 그런데요?"라고 물었다.

"이리저리 재지 않는 거요. 수영도 못하면서 그냥 물에 뛰어들었잖아요."

"그건 별로 잘한 일이 아닐 텐데요? 제 말은 누가 도와주지 않았다면 아이를 못 구했을 거라는 뜻입니다."

"그렇긴 하지만 그는 전혀 재지 않고 행동했어요. 내가 감탄하는 건 바로 그 용감한 충동이에요, 아무것도 계산하지 않는."

나는 부인에게 충분히 계산된 행동이었다고 말해줄 수도 있었지만 그러지 않았다.

그녀가 통통하고 둥근 얼굴을 소녀처럼 붉히며 말을 이었다.

"나는 진짜 용감한 사람을 정말 존경해요……"

존 게이브리얼에게 한 명 넘어갔군. 나는 생각했다.

심하게 감상적이고 고양이 같은 느낌을 주는 카스레이크 부인을 나는 별로 좋아하지 않았다.

"내가 지금껏 들어봤던 일 중 가장 용감한 일이었어요. 전쟁터에서 게이브리얼 소령은 혀를 내두를 정도로 용맹했다죠. 두려움이 뭔지도 몰랐대요. 부하들이 모두 그를 숭배했어요. 순전히 영웅적인 면으로 보자면 그의 이력은 너무도 대단해요. 그의 지휘관이었던 분이 목요일에 여기 내려올 거예요. 나는 대놓고 질문을 퍼부을 작정이랍니다. 물론 내가 뭘 하려는지 게이브리얼 소령이 안다면 역정을 내겠죠. 그 사람은 정말 겸손하니까요, 안 그래요?"

"그가 그런 인상을 주는 건 분명하죠." 내가 말했다.

카스레이크 부인은 내 말에 숨은 모호한 뜻을 알아차리지 못했다.

"하지만 나는 우리의 이 대단히 멋진 남자들이 겸손하기 위해 장점을 감춰서는 안 된다고 생각해요. 그들이 했던 훌륭한 일은 모두 알려져야 한다고요. 남자들은 표현력이 너무 부족해요. 나는 이런 사실을 널리 알리는 것이 여자의 임무라고 생각해요. 현직 국회의원인 윌브러햄은 전시에 집무실 밖으로 나온 적이 없었죠."

존 게이브리얼이라면 그녀의 생각이 맞는다고 하겠지만, 나는 카스레이크 부인이 마음에 들지 않았다. 그녀는 말을 쏟아냈고, 그러는 동안에도 작고 검은 눈동자는 야비하고 계산하는 것처럼 보였다.

"애석한 일이에요, 안 그래요?" 그녀가 말했다. "로버트 노리스 씨가 공산주의자라니."

"어느 집에나 골칫덩이 하나는 있죠." 내가 말했다.

"공산주의자들은 무서운 사고방식을 지녔어요―사유재산

제도 공격 같은."

"그들은 다른 것들도 공격하죠." 내가 말했다. "프랑스의 레지스탕스 운동은 공산주의자들이 주도하고 있어요."

카스레이크 부인에게는 상당히 곤란한 화제였는지 그녀는 이내 물러갔다.

빅엄 차터리스 부인이 배포할 전단 때문에 찾아왔다가 선창가 일에 대해 한마디했다.

"분명 좋은 혈통을 이어받았을 거예요." 그녀가 말했다.

"그렇게 생각하세요?"

"확실해요."

"그 사람 아버지는 배관공이었는데요." 내가 말했다.

빅엄 차터리스 부인은 수월하게 받아넘겼다.

"그럴 거라 짐작했어요. 하지만 어딘가에서 좋은 혈통을 받았을 거예요, 훨씬 윗대겠죠."

그녀가 말을 이었다.

"그를 우리 성에 더 자주 초대해야겠어요. 애들레이드에게 말해둘 거예요. 그이는 가끔 적절치 못한 태도로 사람들을 불편하게 만드니까. 난 성에서 우리가 본 모습이 그의 최고의 모습이었다고는 생각하지 않아요. 물론 개인적으로 나와는 마음이 잘 맞았지만."

"그 남자는 여기서 대체로 인기가 있는 것 같군요."

"그럼요, 아주 잘하고 있어요. 제대로 골랐죠. 당에는 새로운 피가 필요하니까요—아주 절실히."

그녀는 잠시 멈췄다가 말을 이었다. "그가 제2의 디즈레일리*가 될지 누가 알아요."

"그렇게까지 될 거라고 생각하시는군요."

"나는 그가 정상에 오를 거라고 생각해요. 그에겐 패기가 있죠."

나는 레이디 세인트 루가 이 사건에 관해 뭐라고 했는지 테리사에게 들었다. 테리사는 성에 다녀온 참이었다.

"흠!" 레이디 세인트 루는 말했다. "보는 눈을 의식하고 그랬을 테지, 당연히—"

게이브리얼이 왜 그녀를 늙은 암캐라고 부르는지 이해할 수 있었다.

---

* 영국의 전 수상.

날씨는 여전히 화창했다. 나는 휠체어를 타고 햇살 좋은 테
라스에 나가 하루 대부분의 시간을 보냈다. 테라스를 따라 장
미 화단이 있고, 한쪽 끝에 아주 오래된 주목 한 그루가 있었
다. 그곳에서 바다와 세인트 루 성의 흉벽이 건너다보였다. 성
에서 들판을 가로질러 폴노스 하우스로 걸어오는 이저벨라의
모습도 볼 수 있었다.

그녀는 거의 매일같이 왔다. 때로는 개들을 데리고 왔고 때
로는 혼자 왔다. 도착하면 미소를 지으며 아침 인사를 건넸고
곧바로 내 휠체어 옆에 있는, 돌을 깎아 만든 커다란 의자에
앉았다.

기묘한 우정이었지만, 우정이라고밖에 달리 부를 수 없었

다. 이저벨라는 장애인에 대한 친절이나 연민, 동정심 때문에 나를 찾아오는 것이 아니었다. 내게는 그것이 다른 어떤 태도보다 훨씬 나았다. 그건 호감이었다. 나를 좋아해서 왔고, 정원에서 내 옆에 앉았다. 마치 동물처럼 자연스럽고 느긋하게 그랬다.

우리는 주로 눈에 보이는 것에 대해 이야기했다. 구름의 모양, 바다에 쏟아지는 햇빛, 새의 움직임……

내가 이저벨라의 특별한 면을 알게 된 계기는 새였다. 그 새는 죽어 있었다. 거실 유리창에 머리를 부딪고 창문 아래 테라스 바닥에 쓰러져 있었다. 뻣뻣해진 다리를 애처롭게도 공중으로 뻗고 있었고, 부드럽게 빛났을 눈은 감겨 있었다.

먼저 그 새를 발견한 이저벨라가 충격과 공포에 질린 목소리로 말하자 나는 깜짝 놀랐다.

"봐요, 새예요―죽었어요." 그녀가 말했다.

그 목소리에 서린 공포에 나는 이저벨라를 탐색하듯 바라보았다. 그녀는 겁에 질린 말 같았고, 처진 입술이 파르르 떨렸다.

"만져봐요." 내가 말했다.

그녀가 세차게 고개를 저었다.

"만질 수 없어요."

"새를 만지는 게 싫어요?" 내가 물었다. 그런 사람들도 있다는 걸 나는 알았다.

"뭐든 죽은 건 만질 수가 없어요."

나는 그녀를 물끄러미 바라보았다.

"죽음은 두려워요, 소름 끼치게 두려워요. 뭐가 죽었든 견딜 수가 없어요. 죽음은 제게―저도 언젠가 죽을 거라고 일깨우니까요." 그녀가 말했다.

"우리 모두 언젠가는 죽어요." 내가 말했다.

(나는 그 순간 손만 뻗으면 쉽게 잡히는 곳에 있는 뭔가를 생각했다.)

"당신은 괜찮나요? 마음에 걸리지 않아요? 그것이 당신 앞으로―시시각각 다가오고 있다고 생각해봐요. 그러다가 어느 날―" 그녀는 좀처럼 극적으로 움직이는 법이 없는 길고 고운 손으로 자기 가슴을 쳤다. "오고 말 거예요. 삶의 마지막이."

"정말 이상한 아가씨군요, 이저벨라. 그런 생각을 하는 줄은 전혀 몰랐어요." 내가 말했다.

이저벨라가 침울하게 말했다. "남자로 태어나지 않은 게 다행이에요. 전쟁이 나면 병사가 돼야 하고―그랬다면 난 분명 불명예스러운 행동을 했을 거예요―탈영이든 뭐든." 그녀는 명상에라도 잠긴 듯 다시 조용하게 말했다. "그래요, 제가 겁쟁이인 게 끔찍해요……"

나는 조금 모호하게 웃었다.

"막상 그때가 되면 그렇게 겁먹지 않을 겁니다. 사람들은 대부분, 뭐랄까, 실은 두려워한다는 것 자체를 두려워하는 거예요."

"당신도 두려웠어요?"

"맙소사, 당연하죠!"

"그런데 그것이 다가왔을 때는―괜찮았다는 건가요?"

나는 특별했던 어떤 기억을 떠올렸다. 진격 명령을 기다리며 어둠 속에서 대기하던 순간의 중압감―명치에 차오르는 메슥거림……

나는 솔직했다.

"아니요," 나는 말했다. "괜찮았다고 말하진 못하겠네요. 하지만 그럭저럭 받아들일 수 있게 되더군요, 다른 사람들이 받아들이는 것만큼은요. 그리고 얼마 후에는 이런 감정을 느꼈죠. 탄환을 멈출 수 있는 사람은 내가 아니다…… 그가 누군지는 모르겠지만 아무튼 나는 아니다, 라고 말이죠." 내가 말했다.

"게이브리얼 소령도 그렇게 생각하게 됐을까요?"

나는 게이브리얼에 대한 경의를 드러냈다.

"게이브리얼은 두려움이 뭔지 모르는 몇 안 되는 행운아 중 하나죠." 내가 말했다.

"네, 저도 그렇게 생각했어요." 이저벨라가 말했다.

그녀의 얼굴에 묘한 표정이 떠올랐다.

나는 그녀에게 항상 죽음이 두려웠느냐고 물었다. 혹시 특별한 공포감을 갖게 된 충격적인 일을 겪은 건 아니냐고.

이저벨라는 고개를 저었다.

"그런 것 같지는 않아요. 제가 태어나기도 전에 아버지가 세상을 뜨긴 하셨지만. 그것 때문인지는 모르겠어요—"

"아뇨, 꽤 관계가 있을 겁니다. 그게 죽음을 두려워하게 된 이유일지도 몰라요." 내가 말했다.

이저벨라는 얼굴을 찌푸렸다. 그녀의 마음은 과거로 가 있었다.

"다섯 살 때였나, 키우던 카나리아가 죽었어요. 전날 밤까지도 아주 멀쩡했는데 아침에 보니 새장에 쓰러져 있었어요. 다리를 뻣뻣하게 뻗은 채로—아까 저 새처럼요. 카나리아를 만져봤어요." 그녀는 몸을 떨었다. "차가웠어요……" 이저벨라는 안간힘을 쓰며 말했다. "그건—그건 더이상 진짜가 아니었어요…… 그저 물체…… 보지도 듣지도 못하고…… 감각도 없는…… 그건—그건 거기 존재하지 않았어요!"

그러고는 갑자기 내게 애절하게 물었다.

"우리가 죽어야 한다는 게 끔찍하지 않아요?"

그때 뭐라고 대답해야 좋았을까. 나는 사려 깊은 대답 대신 불쑥 내뱉었다—나만의 특별한 진실을.

"때로 죽음은—누군가가 기대하는 유일한 것이기도 해요."

이저벨라는 알아듣지 못한 듯이 멍한 눈으로 나를 쳐다보았다.

"무슨 뜻인지……"

"모르겠어요?" 나는 우울하게 말했다. "이저벨라, 한번 봐요. 내 삶이 어떨 것 같은가요? 누군가 날 씻기고 입히고 아침이면 아기 깨우듯 일으켜 석탄 자루처럼 옮겨놔요. 난 여기 햇볕 아래 누워 하는 일도 없이, 기대도 희망도 전혀 없이…… 생기 없고 쓸모없는 폐선 같죠. 차라리 망가진 의자나 탁자라면 쓰레기 더미에 버려졌겠죠. 하지만 인간이기 때문에 옷을 갖춰 입히고, 부서진 잔해에 덮개를 씌워 여기 햇볕에 내다놓는 거라고요!"

그녀의 눈이 당혹감과 의문으로 휘둥그레졌다. 처음으로, 아니 내가 느끼기에 처음으로 그녀의 눈길이 내 뒤가 아니라 나를 향했다. 그녀는 내게 초점을 맞췄다. 그때까지도 그녀의 눈은 아무것도 보지 못했고 이해하지도 못했다─눈에 보이는 표면적 사실 외에는.

그녀가 말했다. "그러나 어쨌든 당신은 햇볕 아래 있어요…… 살아 있다고요. 하마터면 목숨을 잃을 수도 있었는데……"

"아주 쉽게 그럴 수 있었죠. 내가 신에게 죽음을 달라고 빌었다는 게 이해되지 않아요?"

그랬다, 그녀는 이해하지 못했다. 내 말이 이저벨라에게는 외국어처럼 들리는 듯했다. 그녀는 겁먹은 듯이 말했다.

"계속 통증이 있나요? 그래서 그런가요?"

"때로 그렇지만 아니, 그게 아니에요, 이저벨라. 그래서 그런 게 아니라고요. 내겐 살아야 할 이유가 하나도 없어요. 그걸 모르겠어요?"

"저는 바보라서 잘 모르지만, 사람에게 살아야 할 이유가 꼭 있어야 하나요? 왜죠? 그냥 살 수는 없나요?"

나는 그 단순함 앞에서 숨을 죽였다.

바로 그때, 나는 방향을 바꾸려고 휠체어에서 뻣뻣한 몸을 돌리려고 애쓰다가 아스피린 라벨이 붙은 작은 약병을 건드렸다. 약병이 떨어지면서 뚜껑이 열렸고 작은 알약들이 풀밭 위에 흩어졌다.

나는 비명에 가까운 소리를 내질렀다. 신경질적이고 부자연스러운 목소리가 내 귀에도 들렸다.

"잃어버리면 안 돼…… 아아, 주워야 해요…… 찾아봐요…… 없으면 안 된다고요!"

이저벨라는 몸을 굽혀 빠르게 알약을 주웠다. 나는 고개를 돌리다가 밖으로 나오는 테리사를 보았다. 나는 숨죽인 채 비명을 질렀다.

"형수가 오고 있어요……"

그 순간 이저벨라는 놀랍게도 내가 전혀 상상하지도 못했던 일을 했다.

그녀는 여름용 드레스에 맞춰 목에 둘렀던 화사한 스카프를 신속하고 침착하게 풀어서 알약들이 흩어진 풀밭에 덮었다…… 그러고는 평소와 같은 차분한 목소리로 이야기했다.

"─그래요, 루퍼트가 돌아오면 모든 게 많이 달라질 거예요─"

누가 들었다면 우리가 한창 대화하는 중이었다고 믿었을 것이다.

테리사가 다가와서 말했다.

"마실 걸 내올까요, 두 분?"

나는 준비하는 데 손이 가는 음료로 부탁했다. 테리사는 집쪽으로 몸을 돌리려다 바닥에 떨어진 스카프를 집으려는 듯몸을 굽혔다. 이저벨라가 서두르지 않는 목소리로 말했다.

"그냥 두세요, 노리스 부인. 풀밭에 펼쳐놓으니까 색감이 예뻐서요."

테리사는 미소 짓더니 안으로 들어갔다.

나는 이저벨라를 우두커니 바라보았다.

"이봐요 아가씨, 도대체 왜 그랬죠?" 내가 말했다.

이저벨라는 수줍게 나를 쳐다보았다.

"당신이 노리스 부인에게 보이고 싶어하지 않는 것 같아서요……" 그녀가 말했다.

"맞아요." 내가 우울하게 말했다.

회복기에 접어들 무렵 계획을 세웠다. 나는 다른 사람에게 의존하지 않고는 살아갈 수 없는 무기력한 상태가 되리라고 확실히 예상하고 있었다. 그런 자신에게서 도망칠 수단을 가까이에 확보해두고 싶었다.

모르핀 주사를 맞는 동안은 아무런 준비도 할 수 없었다. 하지만 곧 주사 대신 액상이나 알약 수면제를 처방받게 됐다. 기회였다. 처음 액상 클로랄*을 받았을 때는 화가 났지만 나중에 형 부부와 함께 지내게 되자 의사의 왕진이 차츰 줄었고, 알약 수면제를 처방받게 됐다. 세코날 아니면 아미탈이었을 것이다. 무슨 약이었든 간에 나는 되도록 약 없이 지내기로 노력한다고 약속했고, 영 잠을 이루기 힘들 때를 대비해 수면제 두 알을 처방받게 됐다. 나는 조금씩 약을 모았다. 불면을 호소해서 계속 수면제를 처방받았다. 나는 탈출구가 조금씩 열리고 있다는 사실에 각오를 다지며 고통의 긴 밤들을 뜬눈으로 견뎠다. 그리고 얼마 전 일을 벌이기에 충분하고도 남을 만한 양이 모였다.

그러나 목표를 달성하자 그 일을 감행하려던 다급한 욕구가 수그러들었다. 난 기꺼이 조금 더 기다릴 수 있었다. 물론 영원히 기다릴 생각은 없었다.

---

* 최면 진정제.

나는 고통스러웠던 그 몇 분 사이에 내 계획이 위기에 처하고 지체되고 어쩌면 완전히 망가지는 것을 보았다. 이저벨라의 기지가 나를 재앙에서 구했다. 그녀는 알약들을 주워서 다시 병에 담았다. 그리고 곧바로 내게 건넸다.

나는 약병을 원래 자리에 두고 깊은 한숨을 내쉬었다.

"고마워요, 이저벨라." 나는 진심으로 말했다.

그녀는 호기심도 불안감도 보이지 않았다. 이저벨라는 내 초조함을 눈치채고 날 구해줄 만큼 명민한 여자였다. 나는 전에 그녀를 바보라고 생각했던 것에 대해 속으로 사과했다. 이저벨라는 바보가 아니었다.

그녀는 무슨 생각을 했을까? 그 알약이 아스피린이 아니라는 것쯤은 분명 알아차렸을 것이다.

나는 이저벨라를 바라보았다. 그녀가 무슨 생각을 하는지 전혀 실마리를 찾을 수 없었다. 그녀를 이해하는 일이 무척 어렵다는 것을 깨달았다……

그때 갑작스러운 호기심이 나를 휘감았다.

그녀가 아까 누군가의 이름을 말했는데……

"루퍼트가 누굽니까?" 내가 물었다.

"제 사촌이에요."

"세인트 루 경을 말하는 겁니까?"

"네. 그가 곧 돌아올 것 같아요. 전쟁 기간 동안 그는 거의 미얀마에 있었어요." 그녀는 잠시 멈췄다가 말을 이었다. "여기서 살게 될지도 몰라요…… 성이 루퍼트의 것이거든요. 우리가 임대한 거고요."

"내가 궁금한 건," 나는 말했다. "왜—왜 갑자기 그 이름이 튀어나왔는지예요."

"대화하던 것처럼 보이려고 떠오른 대로 말했을 뿐이에요." 그러더니 이저벨라는 잠시 생각에 잠겼다.

"아마도—제가 루퍼트를 말했다면—언제나 그를 생각하고 있어서겠죠……"

그때까지 세인트 루 경은 하나의 이름, 추상이었다. 세인트 루 성의 부재중인 성주. 이제 그가 살아 있는 존재로 현실에 들어왔다. 나는 그가 궁금해지기 시작했다.

오후에 레이디 트레실리언이 내가 '관심 있어할 것 같은 책'이라며 들고 찾아왔다. 척 봐도 내가 관심을 가질 만한 책이 아니었다. 누워서 멋진 생각을 하는 것만으로도 세상을 더 밝고 좋은 곳으로 만들 수 있다고 주장하는 재치 있는 인생론이 담긴 책이었다. 레이디 트레실리언의 좌절됐던 모성 본능이 눈을 떴고, 그건 내게 늘 뭔가를 가져다주는 것으로 발현됐다. 그녀는 내가 작가가 되면 좋겠다고 생각했다. 『24강의만으로 전업 작가가 되는 법』등 레이디 트레실리언이 지금까지 가져온 통신강좌 안내서만 해도 최소 세 권은 됐다. 그녀는 역경에 빠진 사람을 혼자 고통받도록 내버려두고 지나치지 못하는 착하고 친절한 부인이었다.

그녀를 싫어할 수는 없었지만 그래도 나는 그녀의 보살핌을 피하려고 애썼고, 그럴 수 있었다. 가끔은 테리사가 거들어줬지만 모른 체할 때도 있었다. 나를 향해 미소 지으면서, 나를 운명에 떠넘기고 일부러 나가버렸다. 나중에 내가 타박하면 테리사는 가끔은 유도 자극*이 좋은 거라고 말했다.

이날 오후에는 테리사가 선거운동 때문에 외출하는 바람에 레이디 트레실리언을 피할 도리가 없었다.

부인은 한숨을 내쉬더니 내게 기분이 어떠냐고 물었고, 오늘은 훨씬 좋아 보인다고 말했다. 나는 책을 가져다줘서 감사하고 아주 재밌을 것 같다고 말했고, 그런 다음 동네 이야기를 나눴다. 이즈음 동네 이야기라 하면 주로 정치에 관한 것이었다. 레이디 트레실리언은 몇몇 집회가 어떻게 진행됐는지, 게이브리얼이 방해꾼들을 얼마나 잘 처리했는지 들려주었다. 그리고 이 나라에 진정 필요한 것이 무엇인지, 모든 기업이 국유화되면 얼마나 끔찍해질지에 대해 이야기했다. 또 상대 후보가 얼마나 부도덕한지, 농민들이 우유판매위원회를 어떻게 생각하

---

* 생물의 생장이나 행동에 영향을 주는 외부 자극.

는지에 대해서도 말했다. 사흘 전에도 했던 말이었다.

잠시 침묵이 흐른 뒤 레이디 트레실리언이 한숨을 내쉬더니, 루퍼트가 얼른 와야 할 텐데, 라고 중얼거렸다.

"그럴 것 같습니까?" 내가 물었다.

"그럼요. 루퍼트는 미얀마에서 부상을 당했어요. 신문에 그 아이가 소속된 14부대 이야기가 별로 다뤄지지 않는 건 부당하다고 생각해요. 루퍼트는 한동안 병원에 있었지만 곧 장기 병가를 얻을 거예요. 여기서 해결해야 할 일이 아주 많거든요. 우리도 성심껏 일처리를 해왔지만 상황이 계속 달라지고 있지 않겠어요."

나는 세금이나 다른 문제 때문에 어쩌면 그가 부지의 일부를 곧 팔아야 하나보다고 짐작했다.

"바다 근처 부지는 좋은 건축 용지지만 보기 흉한 작은 집들이 우후죽순 들어서는 건 곤란해요."

이스트 클리프를 개발한 건설업자들이 미적인 안목을 발휘하지 못했다는 데는 나도 동의했다.

레이디 트레실리언이 말했다. "7대 세인트 루 경인 오라버니가 그 부지를 세인트 루에 기증했죠. 그는 그 땅이 주민들을 위해 쓰이기를 바랐지만 보호 조항들을 내걸 생각까지는 못했어요. 결국은 지방의회에서 그 땅을 모두 건축 용지로 팔아넘겼죠. 그가 의도하던 바가 아니었으니 배신행위나 다름없어요."

나는 루퍼트 세인트 루가 그래도 이곳에 와서 살 생각인지 물었다.

"모르겠네요. 확실하게 말한 건 아니라서." 그녀는 한숨을 내쉬었다. "난 그러기를 바라죠―그러기를 간절히 바라고 있어요."

그녀가 덧붙였다. "우리는 루퍼트가 열여섯 살이었을 때 마지막으로 보고는 못 봤어요. 이튼 사립학교에 다닐 때는 방학하면 오곤 했었는데. 루퍼트의 어머니는 뉴질랜드 출신의 대단히 매력적인 여자였어요. 남편이 세상을 떠나자 친정으로 돌아가면서 아이를 데려가버렸죠. 그녀를 탓할 순 없지만, 난 루퍼트가 자기 소유가 될 이곳에서 줄곧 살지 않았던 게 늘 안타까웠어요. 돌아오면 틀림없이 이곳이 낯설 겁니다. 하기야 모든 건 변하기 마련이니까……"

그녀의 상냥하고 둥근 얼굴에 괴로운 기색이 떠올랐다.

"우리도 최선을 다해왔어요. 상속세가 과중했죠. 이저벨라의 아버지는 지난 전쟁에서 목숨을 잃었어요. 성은 임대를 해야 했죠. 애들레이드와 나와 모드가 비용을 분담해서 그럭저럭 살아왔고, 그편이 모르는 사람들에게 임대하는 것보다 훨씬 나을 것 같았죠. 그 성은 언제나 이저벨라의 집이었어요."

부인은 부드러운 표정을 지으며 내 쪽으로 은근히 몸을 기울였다.

"내가 몹시 감상적인 노인네처럼 보이겠지만, 난 이저벨라와 루퍼트—그러니까 그 일이 이상적인 해결 방법이 되기를 간절히 바라고 있어요……"

내가 가만있자 레이디 트레실리언이 말을 이었다.

"정말 잘생기고 매력적인데다 우리 모두에게 다정한 아이였어요. 이저벨라에게는 늘 특별한 애정을 느끼는 것 같았고요. 그때 이저벨라는 겨우 열한 살이었는데 루퍼트 뒤만 졸졸 따라다녔답니다. 루퍼트에게 일편단심이었어요. 애들레이드와 나는 그 아이들을 보면서 '만약 그렇게만 된다면—'이라고 말하곤 했지요. 물론 모드는 두 아이가 사촌지간이니 결혼하는 건 좋지 않다고 줄곧 말했지만. 모드는 항상 혈통의 견지에서 생각해요. 사촌끼리 결혼하는 경우가 드물지 않고 그래도 아무 일 없다는 게 밝혀지고 있는데도 말이죠. 우린 왕실 가족이어서 반드시 특별 허가를 받아야 하는 것도 아니고."

레이디 트레실리언은 다시 말을 멈췄다. 이번에는 몰두한 표정을 지었다. 중매하는 여자가 지을 법한 맹렬하고 여성스러운 표정이었다.

"루퍼트는 해마다 이저벨라의 생일을 챙겨줬어요. '아스프레이'*에 편지를 써서요. 정말 감동적이에요, 안 그런가요? 이

---

* 런던에 본점이 있는 보석 가게로 왕족과 귀족이 애용했다.

저벨라는 정말 사랑스러운 아가씨고, 세인트 루를 정말 사랑하죠." 그녀는 성의 흉벽 쪽을 바라보았다. "두 사람이 함께 저곳에 정착할 수 있다면……" 나는 그녀의 눈에 고인 눈물을 보았다……

(그날 저녁 나는 테리사에게 말했다. "이 동네는 전보다 더 동화처럼 흘러가네요. 동화 속 왕자님이 공주님과 결혼하기 위해 금방이라도 도착할 것 같은데요. 우리가 지금 어디 있는 걸까요? 그림 형제의 이야기 속일까요?")

다음날 이저벨라가 돌의자에 앉자 내가 말했다. "당신의 루퍼트에 대해 이야기해줘요."

"별로 할말이 없는데요."

"언제나 그를 생각한다고 했잖아요. 진짜 그런가요?"

이저벨라는 한동안 생각에 잠겼다.

"아뇨, 그를 생각하지 않아요. 제 말은―루퍼트가 제 마음속에 있다는 뜻이었어요. 전―언젠가 루퍼트와 결혼하게 될 거라고 생각하니까요."

이저벨라는 내 침묵이 불편했는지 나를 향해 몸을 돌렸다.

"터무니없는 말같이 들리나요? 제가 열한 살이고 그가 열여섯 살이었을 때 본 후로 우린 한 번도 만나지 못했어요. 그때 루퍼트는 언젠가 돌아와 저와 결혼하겠다고 말했어요. 전 죽 그 말을 믿었어요…… 지금도 믿고 있고요."

"그렇게 세인트 루 경 부부는 결혼해서 바닷가 세인트 루 성에서 영원히 행복하게 살았고요." 내가 말했다.

"그렇게 되지 않을 거라고 생각해요?" 이저벨라가 물었다.

그녀는 마치 그 문제에 대한 내 의견이 결정적이기라도 한 것처럼 나를 빤히 쳐다보았다.

나는 깊이 숨을 들이쉬었다.

"그렇게 될 거라고 생각하고 싶어졌어요. 동화 같은 이야기죠."

빅엄 차터리스 부인이 갑자기 테라스에 나타나는 바람에 우리는 불쑥 동화에서 현실로 돌아왔다.

부인은 불룩한 꾸러미를 내 옆에 턱 내려놓더니 카스레이크 대위에게 전해달라고 퉁명스럽게 말했다.

"대위는 사무실에 있을 텐데요." 내가 말했지만 부인이 말을 끊었다.

"알아요―하지만 들어가고 싶지 않아요. 그 부인을 대면할 기분이 아니라서."

개인적으로 나 역시 카스레이크 부인을 대면할 기분이 아니었다. 하지만 빅엄 차터리스 부인의 격하다 싶은 퉁명스러운 태도 뒤에 뭔가 있는 것 같았다.

이저벨라 역시 알아차렸다. 그녀가 물었다.

"무슨 일이 있나요?"

빅엄 차터리스 부인은 완고한 표정으로 쏘아붙였다.

"루신더가 차에 치였다."

루신더는 빅엄 차터리스 부인이 애지중지하는 갈색 스패니얼이었다.

부인은 한층 격하게 말을 이었고, 동정 따윈 필요 없다는 듯내게 차가운 시선을 고정했다.

"선창가에서 못된 관광객이—차를 아주 빠르게 몰고 나와서—그래놓고 차를 세우지도 않더구나. 가자, 이저벨라, 이제집에 가야지—"

나는 차를 권하지도, 안됐다는 내색을 하지도 못했다.

"루신더는 어디 있는데요?" 이저벨라가 물었다.

"버트에게 데려갔지. 게이브리얼 소령이 도와줬고. 그는 정말 친절했어, 참으로 친절하더구나."

루신더가 길바닥에 쓰러져 끙끙대고 빅엄 차터리스 부인이옆에서 무릎을 꿇고 있을 때, 마침 게이브리얼이 그 광경을 목격했다. 그도 무릎을 꿇고는 조심스럽고 능숙한 손길로 개의몸을 만져보았다.

게이브리얼이 말했다.

"다리에 힘이 하나도 없군요. 장기를 다친 것 같아요. 수의사에게 데려가야겠습니다."

"난 언제나 폴위던의 존슨 씨에게 맡겨요. 그는 개를 잘 보거든요. 그런데 여기서는 너무 멀어요."

게이브리얼이 고개를 끄덕였다. "세인트 루에서 가장 솜씨 좋은 수의사가 누구죠?"

"제임스 버트요. 솜씨는 좋지만 몹쓸 사람이죠. 난 루신더를 그에게 맡길 마음이 없어요. 그의 진료실에 보내고 싶지 않다고요. 그자는 술꾼이란 말이에요. 하지만 여기서 꽤 가깝긴 하니까 그래요, 거기로 데려가는 게 낫겠네요. 조심해요, 물지도 몰라요."

게이브리얼은 자신 있게 말했다.

"물지 않을 겁니다." 그가 루신더에게 달래듯이 말했다. "괜찮아, 자, 괜찮아." 그는 양손을 루신더 밑으로 가만히 넣었다. 소년들, 어부들, 쇼핑백을 든 젊은 부인들이 모여들어 위로하거나 참견했다.

빅엄 차터리스 부인이 흥분한 어조로 말했다. "착하지, 루신더, 착하지."

그녀는 게이브리얼에게 말했다. "정말 친절하군요. 버트의 진료실은 바로 저 모퉁이 돌아서 웨스턴 플레이스에 있어요."

수의사의 집은 슬레이트 지붕을 인 단정한 빅토리아식 주택이었다. 현관문에는 낡은 황동 문패가 걸려 있었다.

꽤 곱상한 여자가 문을 열었다. 스물여덟 살쯤 된 그녀는 버트 부인이었다.

그녀는 빅엄 차터리스 부인을 바로 알아보았다.

"아, 빅엄 차터리스 부인, 정말 죄송한데 지금 남편은 외출 중이에요. 조수도 나갔고요."

"언제 돌아오죠?"

"금방 올 거예요. 물론 진료 시간은 아홉시에서 열시, 두시에서 세시죠—하지만 제임스가 틀림없이 최선을 다해서 봐드릴 거예요. 개에게 무슨 문제가 생겼어요? 치였나요?"

"그래요, 방금—자동차에."

"가엾어라. 사람들이 너무 속도를 낸다니까요. 개를 진료실로 데려가시겠어요?" 밀리 버트가 말했다.

그녀는 부드럽고 조금 과장되게 고상한 말투로 중얼거렸다. 빅엄 차터리스 부인은 옆에서 연신 개를 쓰다듬었다. 풍상을 겪은 그녀의 얼굴이 고통으로 일그러졌다. 허둥지둥하며 두서없이 위로의 말을 늘어놓는 밀리 버트는 안중에도 없었다.

밀리 버트는 로어 그레인지 농장에 전화해서 남편이 거기 있는지 알아보겠다고 말했다. 전화기는 복도에 있었다. 게이브리얼은 빅엄 차터리스 부인이 개와 둘이서 아픔을 나눌 수 있도록 밀리 버트를 따라갔다. 게이브리얼은 눈치 빠른 남자였다.

밀리 버트는 다이얼을 돌렸고 이윽고 수화기에서 목소리가 들려왔다.

"안녕하세요, 위든 부인. 밀리 버트인데요. 제 남편 거기 있나요?―아, 그렇군요. 괜찮다면 그래주시면 좋겠네요. 네―"

잠시 침묵이 흘렀고, 밀리 버트를 지켜보던 게이브리얼은 그녀가 얼굴을 붉히고 찡그리는 것을 알아차렸다. 목소리도 달라졌다. 그녀는 사과하는 것처럼 소심하게 말했다.

"미안해요, 제임스. 아뇨, 당연하죠―" 게이브리얼은 전화를 받은 남자가 뭐라고 하는지는 알아들을 수 없었지만, 거만하고 거슬리는 어조는 들을 수 있었다. 밀리 버트의 목소리가 점점 더 사과하는 투가 됐다.

"빅엄 차터리스 부인이요―성에 사시는―그 부인의 개가 차에 치였대요. 네, 지금 여기 와 계세요."

그녀는 다시 얼굴을 붉히면서 수화기를 내려놓았지만, 게이브리얼은 그 직전에 수화기 너머에서 남자가 화를 내며 고함치는 소리를 들었다.

"그 말을 먼저 했어야지, 바보야!"

잠시 어색한 분위기가 감돌았다. 게이브리얼은 밀리 버트가 안쓰러웠다. 곱상하고 자그마한 이 여자는 남편을 두려워하고 있었다. 게이브리얼은 진지하고 다정한 목소리로 말했다.

"여러 가지로 도와주고 위로해주어서 정말 감사합니다, 버트 부인." 그러고는 밀리 버트에게 미소를 지었다.

"아, 아니에요, 게이브리얼 소령님. 게이브리얼 소령님 맞

죠?" 그녀는 그가 이 집에 온 것이 꽤 흥분됐다. "지난번 밤에
회관에서 열린 집회에 갔었어요."

"정말 감사합니다."

"당선을 빌어요. 물론 그렇게 될 거예요. 모두 윌브러햄 씨
에게 진저리치는 게 분명하거든요. 사실 그는 여기 사람도 아
니에요. 그는 콘윌 사람이 아니죠."

"그건 저도 마찬가지인데요."

"아, 당신은 —"

그녀는 루신더의 갈색 눈과 닮은 눈으로 그를 응시했다. 숭
배하는 영웅을 바라보는 듯한 눈길이었다. 그녀의 머리 역시
갈색, 보기 좋은 짙은 갈색이었다. 그녀는 입을 살짝 벌린 채
존 게이브리얼을 바라보고 있었다. 그녀는 이곳이 아닌 다른
곳에 서 있는 그를 보고 있었다. 전쟁터를 배경으로 서 있는
인물. 사막, 열기, 탄환, 피, 탁 트인 들판을 비틀거리며 걸어
가는…… 그녀가 지난주에 본 영화 속 풍경과 비슷했다.

그는 아주 자연스러웠다. 정말 친절했고, 가식이 없었다!

게이브리얼은 그녀에게 말을 걸려고 애썼다. 그는 밀리 버
트가 진료실에 들어가서 개와 단둘이 있고 싶어하는 가여운
노인네를 위로하려는 것이 별로 마음에 들지 않았다. 무엇보
다 그는 개도 부인과 단둘이 있고 싶어한다고 확신했다. 딱하
게도 서너 살도 안 된 귀여운 개였다. 밀리 버트는 착한 여자

지만, 말로 위로하려 들었다. 그녀는 매년 차에 치여 죽는 개가 얼마나 되는지, 루신더가 얼마나 예쁜 개인지 연신 이야기할 게 뻔했고, 빅엄 차터리스 부인에게 차까지 권했을 것이다.

그래서 존 게이브리얼은 밀리 버트에게 말을 걸었고 그녀를 웃게 만들었다. 그녀는 보기 좋은 치아와 한쪽 입가에 귀여운 보조개를 드러내며 웃었다. 밀리 버트가 꽤 생기 있고 활기차게 보였을 때 갑자기 현관문이 열리더니 승마용 반바지를 입은 아주 뚱뚱한 남자가 쿵쾅거리며 들어왔다.

게이브리얼은 그의 부인이 움츠러드는 모습을 보고 깜짝 놀랐다.

"아, 제임스, 왔군요." 그녀가 초조하게 외쳤다. "이분은 게이브리얼 소령님이에요."

제임스 버트가 무뚝뚝하게 목례하자 그녀가 말을 이었다.

"빅엄 차터리스 부인은 개와 함께 진료실에 계세요—"

제임스 버트가 말을 끊었다. "부인은 내보내고 당신이 거기 있었어야지! 이렇게 눈치가 없어서야."

"부인에게 나오시라고 할까요?"

"됐어."

제임스 버트는 그녀의 어깨를 밀치고 계단을 내려가 진료실로 갔다.

밀리 버트는 눈물을 참으려는 듯 얼른 눈을 깜빡거렸다.

그녀는 게이브리얼에게 차를 마시겠느냐고 물었다.

게이브리얼은 밀리 버트가 안쓰럽고 그녀의 남편이 예의를 모르는 무뢰한이란 생각이 들어서 그러겠다고 대답했다.

그것이 그 일의 시작이었다.

다음날—아니면 그다음날—이었을 것이다. 그날 테리사가 밀리 버트를 내 거실로 데려왔다.

"제 시동생 휴 노리스예요. 휴, 이분은 버트 부인이신데 친절하게도 우리를 도와주시겠대요." 테리사가 말했다.

'우리'는 개인이 아니라 보수당을 뜻하는 것이었다.

나는 테리사를 쏘아보았다. 그녀는 눈도 깜짝하지 않았다. 밀리 버트는 이미 여성스러운 연민이 차오른 부드러운 갈색 눈으로 애처로운 듯 날 바라보고 있었다. 가끔 자기연민이라는 사치에 빠지는 나를 바로 이런 순간이 건전한 방향으로 돌려세워줬다. 나는 그녀의 눈에 담긴 뜨거운 연민을 막을 도리가 없었다. 테리사는 얄밉게도 거실에서 나가버렸다.

밀리 버트는 내 옆에 앉아서 말동무할 준비를 하는 듯했다. 자의식과 쓰라린 비탄에서 벗어나자 나는 그녀가 좋은 사람이라고 인정하지 않을 수 없었다.

"전 이번 선거에서 우리가 할 수 있는 일은 다 해야 한다고 생각해요." 밀리 버트가 말했다. "제가 많은 일을 할 수는 없겠죠. 전 똑똑하지 못하니까요. 사람들 앞에서 이야기하는 건 무리겠지만, 노리스 부인에게 말했다시피 뭔가를 쓰거나 전단 배포 같은 거라면 할 수 있어요. 집회에서 게이브리얼 소령님이 여자들이 할 수 있는 역할에 대해 정말 멋진 연설을 했어요. 그 연설을 듣고 지금까지 제가 지독하게 게을렀다고 느끼게 됐죠. 그분은 뛰어난 연사예요, 그렇지 않나요? 아, 깜빡했어요—노리스 씨는—"

허둥대는 것이 애처로웠다. 밀리 버트는 낭패한 듯 나를 쳐다보았다. 내가 얼른 그녀를 구제해주었다.

"드릴 홀에서 그의 첫 연설을 들었습니다. 그는 확실히 효과를 거뒀죠."

밀리 버트는 내가 빈정거린다고 의심하지 않았다. 그녀는 감정에 북받친 듯 말했다.

"대단한 분이에요."

"그렇게 생각해주는 게 그가 우리에게—음—모든 사람에게 바라는 바죠."

"다 그렇게 생각할 거예요. 제 말은—그런 분이 세인트 루를 대표하게 된다면 정말 좋겠다는 뜻이에요. 진짜 남자잖아요. 실제로 군 복무를 하고 전쟁터에서 싸웠으니까요. 물론 윌브러햄 씨도 괜찮은 사람이지만, 전 사회주의자들이 너무 이상하다고 생각해요. 아무튼 그는 교사인가 그렇잖아요. 너무 선이 가늘고 목소리도 가식적이고요. 윌브러햄 씨가 뭔가 해냈다고 생각하는 사람은 없어요."

나는 흥미를 느끼며 유권자의 목소리에 귀를 기울였고, 존 게이브리얼이 확실히 효과를 거뒀음을 확인했다.

그녀는 얼굴을 붉히며 열렬하게 말했다.

"전군을 통틀어서 가장 용감했던 분이라고 하던데요. 사람들은 게이브리얼 소령님이 빅토리아 십자무공훈장을 몇 번이라도 받을 수 있었다고 말하더라고요."

게이브리얼은 일종의 적절한 대중 홍보에 성공한 것이 분명해 보였다. 밀리 버트의 열렬함이 개인적인 감정이 아니라면. 영웅에 대한 숭배로 뺨을 살짝 붉히고 갈색 눈을 반짝이는 그녀는 상당히 예뻐 보였다.

"게이브리얼 소령님은 빅엄 차터리스 부인과 함께 왔어요." 밀리 버트가 설명했다. "부인의 개가 차에 치인 날이었죠. 그분은 정말 친절해요. 그렇지 않나요? 무척 마음을 써주더군요."

"개를 좋아하나보죠." 내가 말했다.

그 대답이 밀리 버트에게는 너무 미적지근했다.

"아뇨." 그녀가 말했다. "저는 그분이 정말 친절하기 때문이라고 생각해요. 정말 놀랄 만큼 친절했어요. 게다가 말도 무척 자연스럽고 유쾌하게 하고요."

그녀는 잠시 멈췄다가 말을 이었다. "저는 너무 부끄러웠어요. 이제까지 그 중요한 일을 나서서 돕지 못한 것이 부끄러웠다는 뜻이에요. 물론 언제나 보수당 후보를 뽑긴 했지만, 투표만으로는 충분하지 않아요. 그렇죠?"

"그건 견해의 문제죠." 내가 대꾸했다.

"뭔가 해야 한다고 뉘우쳤어요. 그래서 카스레이크 대위님에게 제가 무슨 일을 할 수 있는지 물어보려고 찾아왔어요. 사실 저는 시간이 넉넉하거든요. 남편이 워낙 바쁘고―진료 시간 외에는 늘 밖에서 지내니까―자식도 없어서요."

순간적으로 그녀의 갈색 눈에 다른 표정이 어렸다. 나는 그녀가 안쓰러웠다. 밀리 버트는 꼭 자식을 두어야 할 여자였다. 그랬다면 아주 좋은 엄마가 됐을 것이다.

그녀는 좌절당한 모성을 표정에 드러낸 채 존 게이브리얼에 대한 이야기를 접고 내게 관심을 돌렸다.

"알알라메인에서 부상을 당하셨다고요?" 그녀가 물었다.

"아니에요. 해로 로드에서 다쳤습니다." 나는 불쾌해하며 말했다.

"아," 그녀는 화들짝 놀랐다. "하지만 게이브리얼 소령님 말로는—"

"그라면 그렇게 말했을 겁니다. 그 사람 말은 한마디도 믿어선 안 됩니다." 내가 말했다.

밀리 버트는 애매하게 미소 지었다. 그녀는 농담을 알아듣지 못했음을 인정했다.

"컨디션이 좋아 보이시는데요." 그녀가 격려하듯이 말했다.

"친절하신 버트 부인, 전 컨디션이 좋아 보이지도 않고, 좋지도 않습니다."

그녀는 무척 따뜻하게 말했다. "정말 진심으로 안타까워요, 노리스 씨."

내가 도저히 참을 수 없게 되기 직전, 문이 열리며 카스레이크와 게이브리얼이 들어왔다.

게이브리얼은 자기 역할을 아주 잘해냈다. 그는 환한 표정을 지으며 밀리 버트에게 다가갔다.

"안녕하세요, 버트 부인. 정말 고맙습니다! 정말 고마운 일입니다."

그녀는 행복하고도 수줍은 표정을 지었다.

"오, 아니에요, 게이브리얼 소령님. 제가 무슨 소용이 될까 싶네요. 그래도 뭔가 도움이 되는 일을 하고 싶어요."

"도움을 주셔야죠. 우리가 부인을 일하게 만들 겁니다." 게이브리얼은 여전히 그녀의 손을 잡고 있었고, 못생긴 얼굴에 미소가 가득했다. 나는 이 사내가 가진 매력과 사람을 끌어당기는 힘을 느낄 수 있었고, 내가 느꼈다면 밀리 버트에게는 훨씬 강력했을 것이다. 밀리 버트는 얼굴을 붉히며 웃음을 터뜨렸다.

"열심히 할게요. 온 국민이 처칠 수상을 지지한다는 것을 보여주는 게 중요하잖아요?"

나는 그녀에게 우리가 존 게이브리얼을 지지하고 그에게 큰 득표 차의 승리를 안겨주는 게 훨씬 더 중요하다고 말할 수도 있었지만 가만히 있었다.

"그게 핵심이죠." 게이브리얼이 기운차게 말했다. "요즘 선거에서 대세를 좌우하는 힘은 바로 여성에게 있죠. 여성들이 힘을 쓰기만 한다면 말이죠."

"네, 알아요." 그녀는 진지했다. "우리 여자들이 충분히 신경쓰지 않는 거죠."

"어쩔 수 없는 일이죠." 게이브리얼이 말했다. "결국 이 후보나 저 후보나 별 차이가 없으니까……"

"아니에요, 게이브리얼 소령님." 그녀는 충격을 받았다. "당연히 큰 차이가 있어요."

"그렇습니다, 버트 부인." 카스레이크가 말했다. "저는 게이브리얼 소령이 웨스트민스터*에서 사람들을 깜짝 놀라게 할 거라고 자신 있게 말씀드릴 수 있습니다."

나는 '과연 그럴까요?'라고 말하고 싶었지만 참았다. 카스 레이크가 전단 배포와 타이핑할 일거리가 있다며 그녀를 데리고 나가고 문이 닫히자 게이브리얼이 말했다.

"착하고 사랑스러운 여자야."

"확실히 넘어온 것 같던데."

그는 얼굴을 찌푸렸다.

"말도 안 되는 소리 말게, 노리스. 나는 버트 부인을 좋아해. 안됐기도 하고. 왜냐고 묻는다면, 그녀가 평온하게 살지 못하기 때문이라고 해두지."

"그럴 수도 있지. 그녀가 아주 행복해 보이지는 않으니까."

"제임스 버트는 냉혹한 악마야. 술을 퍼마시지. 폭력도 쓰는 것 같아. 어제 저 여자의 팔에서 심한 멍 자국을 두 개나 봤어. 그 작자가 부인을 괴롭히는 게 분명해. 그런 걸 보면 난 너무 화가 나."

나는 조금 놀랐다. 게이브리얼이 내가 놀란 걸 알아차리고 힘주어 고개를 끄덕였다.

"과장하는 게 아니야. 난 학대를 참고 볼 수가 없어…… 여자의 인생에 대해 생각해본 적 있나? 입다물고 살아야 하는 인

---

* 영국의 의회와 정부를 가리킴.

생에 대해?"

"법에 호소할 수 있잖은가." 내가 말했다.

"아니, 노리스, 그러지 못해. 그건 최후의 수단이니까. 상습적인 괴롭힘, 지속적이고 냉소적인 무시, 술에 취하면 나오는 거친 언행—여자가 대체 뭘 어떻게 하겠나? 묵묵히 받아들이고 견디는 것 말고 달리 뭘 할 수 있지? 버트 부인같이 자기 재산이 없는 여자들이 남편과 헤어지면 갈 데가 있을 것 같나? 누구도 부부 문제에는 끼어들지 않으려고 해. 그러니 버트 부인 같은 여자들은 철저히 외톨이지. 누구도 그 여자들을 위해 손가락 하나 까딱하지 않는다고."

"그래, 그렇긴 하지……" 내가 말했다.

나는 호기심을 느끼며 그를 바라보았다.

"꽤 흥분하는데?"

"나도 마땅한 동정심 조금쯤은 가질 수 있는 거 아닌가? 난 그 여자가 마음에 들어. 가엾기도 하고. 어떻게 해주면 좋겠지만 내가 할 수 있는 일은 없을 거야."

나는 불편하게 몸을 뒤척였다. 아니, 뒤척이려고 애썼다. 그러자 불구의 몸에 날카로운 통증이 일었다. 하지만 육체적인 고통과 함께 다른 종류의 예민한 아픔이 밀려왔다. 기억이라는 아픔. 나는 다시 콘월발 런던행 기차에 타고 있었고 눈물방울이 수프 그릇으로 뚝뚝 떨어지는 광경을 보았다……

일은 그렇게 시작됐다. 생각했던 것과는 아주 다른 방식으로. 동정으로 인한 무력감은 인생의 공격에 자신을 내동댕이치고 끌려가게 한다. 어디로? 내 경우에는 미래가 없고 나를 조롱하는 과거밖에 없는 휠체어였다……

나는 불쑥 게이브리얼에게 말했다. (그는 분명히 이런 화제 전환이 당혹스러웠겠지만 내가 생각하기에는 연관이 있었다.)

"킹스 암스의 예쁘고 귀여운 아가씨는 어쩌고?"

게이브리얼은 씩 웃었다.

"그건 괜찮네, 친구. 내가 아주 신중하게 처신하고 있으니까. 세인트 루에 있는 동안은 오로지 일만 할 작정일세." 그는 한숨을 내쉬고 말했다. "안타깝긴 하지. 그 아가씨는 딱 내 스타일인데…… 하지만 전부를 가질 수는 없잖나! 보수당을 실망시키면 안 되지."

나는 보수당이 그렇게 특별하냐고 물었고, 게이브리얼은 세인트 루에는 대단히 강력한 청교도 정신이 존재한다고 대답했다. 그리고 어부들에게는 종교적인 성향이 있다고 덧붙였다.

"각지의 항구에 정부를 두는 그 사람들이?"

"해군이 그런 거지, 친구. 혼동하면 안 돼."

"글쎄, 자네야말로 혼동하면 안 되지, 킹스 암스 아가씨와 버트 부인."

그 말에 게이브리얼은 뜻밖에도 발끈했다.

"이봐, 얘기를 어디로 몰고 가는 건가? 버트 부인은 정숙한 여자야, 아주 정숙한 여자라고. 착한 사람이고."

나는 호기심에 차서 그를 바라보았다.

"분명히 말하지만 버트 부인은 올바른 사람이야." 그가 주장했다. "어떤 이상한 짓도 용납하지 않는 여자라고."

"그렇겠지." 나는 동의했다. "나도 버트 부인이 이상한 짓을 할 거라 생각하진 않아. 하지만 자네도 알다시피 그 여자는 자네를 무척이나 숭배하고 있어."

"아, 그거야 빅토리아 십자무공훈장이나 선창가 사건, 이 지역에 도는 소문들 때문이지."

"안 그래도 물어볼 참이었어. 그런 소문들은 대체 누가 내는 거지?"

게이브리얼이 눈을 찡긋했다.

"이 말만 해두지—그런 소문들은 유용해—대단히 유용하지. 월브러햄은 완전히 몰락했어, 불쌍한 양반."

"누가 그런 소문을 퍼뜨리는 건가? 카스레이크 대위인가?"

게이브리얼은 고개를 저었다.

"아냐. 그는 지나치게 엄격하거든. 난 그에게 맡길 수 없었어. 내가 직접 나서야 했지."

나는 웃음이 터졌다.

"빅토리아 십자무공훈장을 세 번이라도 받을 수 있었다고 뻔뻔하게 말한 사람이 본인이라고 진지하게 얘기하는 건가?"

"딱 그렇다는 게 아닐세. 난 여자를 이용해, 머리가 좋지 않은 타입으로. 내게 세세한 사항들을 묻게 유도하고, 난 마지못한 듯이 시시콜콜 말하고, 그런 다음에는 끔찍하게 당황하면서 제발 아무에게도 이야기하지 말아달라고 부탁하지. 그러면 여자들은 쪼르르 가서 가까운 사람들에게 털어놓는 걸세."

"징그럽게 뻔뻔하군."

"나는 선거전을 치르고 있네. 내 이력을 생각해야 하지. 이건 관세나 배상, 동일 노동에 동일 임금이니 하는 것보다 내겐 훨씬 중요하네. 여자들은 언제나 개인적인 부분에 더 주목하니까."

"그 말을 들으니 생각났어. 대체 무슨 심산으로 버트 부인에게 내가 알알라메인에서 부상을 당했다고 말했나?"

게이브리얼은 한숨을 내쉬었다.

"당신이 그 부인의 환상을 깨뜨렸나보군. 그러면 안 되는데. 점수도 딸 수 있을 때 따야지. 지금으로서는 영웅만큼 높은 점수를 받는 것도 없어. 나중엔 그 가치가 떨어질 테지만. 가능할 때 이용하라고."

"사기를 치라고?"

"여자들한테 반드시 진실을 말할 필요는 없네. 난 그러지 않지. 여자들도 그걸 달가워하지 않는다는 걸 당신도 알게 될 거야."

"그건 의도적인 거짓말과도 다른 거잖나."

"거짓말할 필요가 없어. 당신을 위해 내가 말해뒀으니까. 당신은 그냥 이렇게 중얼대기만 하면 돼. '쓸데없는 소리…… 전혀 아닙니다…… 게이브리얼이 괜한 소리를 했어요……' 그런 다음 날씨나 정어리 포획이나 우울하기 그지없는 러시아에 대해 떠들면 되네. 그러면 여자는 열중하며 눈이 휘둥그레질걸세. 젠장, 재미 좀 보고 싶지 않나?"

"지금 내가 무슨 재미를 볼 수 있다고?"

"그렇지, 당신이 여자랑 침대로 갈 수 있는 것도 아니고―" 게이브리얼은 돌려서 말하지 않았다. "그래도 눈물 짜게 하는 게 아무것도 없는 것보다야 낫지. 여자들이 당신에 대해 안달하는 걸 원치 않는 건가?"

"전혀."

"이상하군. 나라면 좋을 텐데."

"글쎄."

게이브리얼의 표정이 변했다. 그는 얼굴을 찡그렸고, 천천히 말했다.

"당신 말이 맞는지도 모르지…… 누구도 자기 자신을 완전히 알지는 못하니까…… 나는 존 게이브리얼을 꽤 잘 안다고 생각하지. 당신은 내가 스스로 생각하는 것만큼 나 자신을 모를 거라고 생각하고. 존 게이브리얼 소령을 만나봐라―난 둘이 서로를 안다고 생각하지 않는다⋯⋯"

그는 방안을 서성거렸다. 내 말이 그의 내면 깊은 곳의 불안을 건드린 것 같았다―나는 불현듯 깨달았다―그는 겁먹은 작은 소년 같았다.

"당신이 틀렸어." 그가 말했다. "당신이 완전히 틀렸어. 난나 자신을 잘 알아. 그게 내가 아는 유일한 사실이지. 가끔은 모르고 싶지만⋯⋯ 난 내가 어떤 사람인지, 뭘 할 수 있는지 확실히 알아. 그래서 사람들에게 들통나지 않으려고 조심하는 거야. 난 내가 어디서 왔는지 알고, 어디로 가고 있는지 알지―뭘 원하는지도 알고, 그것을 꼭 손에 넣을 생각이야. 그것을 갖기 위해 온 힘을 다해 신중하게 노력해왔고, 난 실수하지 않을 거야." 게이브리얼은 잠시 생각한 후 다시 입을 열었다. "그래, 난 잘하고 있어. 내가 원하는 자리에 가게 될 거야!"

그 목소리의 울림이 내 관심을 끌었다. 아주 잠깐이지만 나는 존 게이브리얼을 사기꾼 이상의 인물이라고 믿었다―나는 그를 권력으로 보았다.

"그러니까 자네가 원하는 게 그것이군. 그래, 자넨 그걸 얻을 거야."

"얻다니 뭘?"

"권력이지. 자네가 원하는 게 그것 아닌가?"

게이브리얼은 나를 빤히 쳐다보더니 웃음을 터뜨렸다.

"맙소사, 아니네. 날 뭐로 보는 거지? 히틀러? 난 권력을 원하지 않아. 인간을 지배하고 세상에 군림하려는 야망 따윈 있지도 않네. 아이고 맙소사! 내가 왜 이 난리판에 뛰어든 것 같나? 권력이라니, 터무니없는 소리네! 내가 원하는 건 거저먹는 일자리야. 그게 전부라고."

나는 게이브리얼을 응시했다. 실망스러웠다. 한순간 존 게이브리얼이 위대하기까지 한 인물로 보였지만 이제 그는 다시 실물 크기로 쪼그라들어 있었다. 그는 의자에 털썩 주저앉더니 다리를 쭉 뻗었다. 나는 매력이 사라진 존재 그대로의 그를 보았다―품위 없고 비열하고 보잘것없는 남자―탐욕스럽고 하찮은 남자.

"그리고 행운에 감사할 수 있는 것." 그가 말했다. "그것이 내가 원하는 전부네! 욕심 많고 이기적인 인간은 세상에 아무런 해도 끼치지 않아. 세상에 그런 인간들을 위한 자리는 충분하지. 또 그런 인간은 지배자로서도 적합하네. 이상에 도취된 인물이 권력을 쥐는 나라에 신의 가호가 있기를! 이상에 도취된 인물이야말로 평범한 인간들에게 고통을 주고, 아이들을 굶주리게 하고, 여자들을 괴롭히지. 그들은 자신이 그런 일을 하는지도 모르고, 안다 해도 개의치 않네. 하지만 자기 본위의 욕심 많은 녀석은 큰 해를 끼치지 않아. 녀석이 원하는 건 자신만의 안락한 구석자리고. 그것만 확보되면 보통 사람을 행복하고 만족스럽게 하는 일을 선뜻 반기지. 사실 그런 자는 보통 사람들이 행복하고 만족하기를 더 바라네―그래야 골치가 덜 아프니까. 난 사람들이 원하는 게 뭔지 아주 잘 알고 있네. 그리 대단한 게 아냐. 내가 남보다 중요한 사람이라고 느끼는 것, 잘나갈 수 있는 기회를 얻는 것, 남들에게 괴롭힘당하지 않는 것. 내 말을 명심하게, 노리스. 노동당이 집권하면 그들은 큰 실수를 저지를―"

"만일 집권하게 된다면이겠지." 내가 말을 끊었다.

"분명 그들이 승리할 걸세." 게이브리얼은 확신했다. "그들이 어느 지점에서 잘못을 저지를지도 말해주지. 우선 그들은 국민들을 들볶을 거야. 최고의 선의를 죄다 내걸고 말이지. 진짜 골수 보수당원이 아닌 정치가들은 죄다 괴짜들이야. 신이 괴짜들로부터 우리를 지켜주시길! 고결한 이상주의에 빠진 괴짜가 온건한 법치국가에 가할 수 있는 위해는 어마어마할 정도지."

내가 맞받아쳤다. "결국 이 나라에 뭐가 최선인지 아는 사람은 자네라고 말하고 싶은 건가?"

"절대 아니야. 나는 존 게이브리얼에게 뭐가 이득인지 알 뿐이지. 난 국가를 실험할 생각이 없네. 내가 안락하게 살기 위해 어떻게 길을 닦아나가야 하나 생각하는 것만으로도 벅차니까. 나는 수상 자리엔 아무 관심도 없어."

"놀랍군!"

"오해하지 말고 듣게, 노리스. 난 마음만 먹으면 수상도 될 수 있다고 생각하네. 사람들이 무슨 말을 듣고 싶어하는지 연구하고 그들에게 그 말을 해주기만 하면 된다는 게 놀라울 따름이지! 하지만 수상이 되면 엄청난 근심과 고역을 짊어져야 하지. 난 유명해지고 싶을 뿐이야—"

"그러면 돈은 어디서 구할 건가? 연봉 600파운드면 넉넉하지 않을 텐데."

"노동당이 집권하면 그것도 올라갈 걸세. 아마 너끈히 1천 파운드는 될 거야. 하지만 오해 말게, 그 세계에서는 돈을 벌 수 있는 수단이 많으니까—우회적으로 벌 수도 있고 직접적으로 벌 수도 있겠지. 결혼이란 수단도 있고—"

"결혼 계획도 세웠나? 작위를 얻으려고?"

무슨 이유인지 그는 얼굴을 붉혔다.

"아니네." 그가 열을 내며 대꾸했다. "나와 신분이 다른 여자와는 결혼하지 않을 작정이야. 그럼, 그래야지. 난 분수를 잘 알아. 나는 신사가 아니지."

"신사라는 단어에 요즘 무슨 의미가 있다고?" 내가 의심스럽게 물었다.

"단어 그 자체에는 의미가 없지. 하지만 그 단어가 뜻하는 실체는 여전히 남아 있어."

게이브리얼은 앞을 응시했다. 다시 입을 열었을 때 그의 목소리는 생각에 잠기고 마음은 멀리 떠나 있는 듯했다.

"예전에 아버지를 따라 큰 저택에 간 적이 있었네. 아버지는 주방에서 보일러를 손보고 나는 바깥에서 어슬렁거렸지. 한 아이가 오더니 말을 걸더군. 나보다 한두 살 많은 착한 여자애였어. 그 여자애가 날 데리고 정원으로 갔네. 분수, 테라스, 커다란 삼나무들이 있고 초록 잔디가 융단처럼 깔린 거대한 정원이었지. 여자애의 남동생도 거기 있었는데 우리는 함께 놀았어. 숨바꼭질, 아이 스파이*를 즐겁게 하면서 금방 친해졌지. 그때 제복을 입은 유모가 집에서 거만하게 걸어나오더군. 팸이, 그 여자애 이름이네, 춤추는 것처럼 유모에게 다가가서는 나와 함께 방으로 가서 간식을 먹겠다고 말했네.

거드름 피우던 유모 얼굴이 지금도 눈에 선하군. 깐깐하고 거만한 그 목소리가 아직도 귀에 쟁쟁해!

'그건 안 돼요, 아가씨. 저 아이는 평민의 자식이라고요.'"

게이브리얼은 말을 멈췄다. 나는 충격을 받았다. 그 잔인함에, 무의식적이고 아무 생각 없는 잔인함이 남겼을 뭔가에. 그는 그후로도 줄곧 그 목소리를 듣고 그 얼굴을 보고 있었던 것

---

* 한 명이 눈에 보이는 사물의 첫 글자를 말하면 나머지 사람들이 그것을 알아맞히는 놀이.

이다…… 그는 뼛속까지 상처받았다.

"하지만 아이들의 어머니가 그런 건 아니었잖은가. 고작 일하는 사람이 생각 없이—잔인하긴 하지만—내뱉은 말이었겠지—"

그는 희고 침울한 얼굴을 나를 향해 돌렸다.

"노리스, 당신은 몰라. 교양 있는 여자였다면 그런 말은 하지 않았겠지. 그보다 배려를 해줬을 거야. 하지만 그런다고 사실이 달라지지는 않아. 나는 평민의 자식이었고, 지금도 평민의 자식이고, 죽을 때까지도 평민의 자식이야."

"말도 안 되는 소리! 그런 게 무슨 문제가 된다는 건가?"

"문제가 아니지. 이제는 문제가 아니야. 사실 요즘은 귀족이 아닌 게 장점이 되기도 하니까. 사람들은 집안만 좋고 가진건 없는 처량하고 꼿꼿한 늙은 귀족들을 비웃어. 요즘 사람들의 우월의식은 교육에서 나오지. 그래서 모두가 교육에 집착해. 하지만 노리스, 문제는 내가 평민의 자식이 되고 싶지 않았다는 거네. 난 집에 돌아가서 아버지에게 '전 커서 귀족이 되고 싶어요. 존 게이브리얼 경이 되고 싶어요'라고 했네. 아버지는 그러셨지. '그건 무리다, 존. 귀족은 타고나야 하는 거거든. 네가 대단한 부자가 된다면 그들이 너와 친구가 돼줄 수도 있지만 그래도 그건 같지가 않지.' 그래, 그건 같지가 않았네. 뭔가—내가 절대 가질 수 없는 뭔가가 있었어. 작위를 말하는 게 아니야. 자기 확신을 갖고 태어나는 것―자기가 어떤 말이나 행동을 할지 아는 것―무례하고 싶을 때만 무례한 것―단지 덥거나 불편하다는 이유로, 또는 자기가 누구 못지않게 잘났다는 걸 과시하고 싶어서 무례한 것이 아니라. 남들이 나를 어떻게 생각하는지 전전긍긍하지 않고 내가 그들을 어떻게 생각하는지만 신경쓰면 되는 것을 말하는 거지. 내가 이상하거나 초라하거나 별난 사람이라는 것을 알아도 나는 나이기에 조금도 문제가 되지 않는 것……"

"난 레이디 세인트 루니까요, 그런 거?" 내가 물었다.

"빌어먹을, 망할 할망구!" 존 게이브리얼이 내뱉었다.

나는 상당히 흥미를 느끼며 그를 바라보았다.

"자네는 아주 흥미로운 인간이야, 게이브리얼." 내가 말했다.

"당신한테는 현실감 없는 이야기일 거야, 안 그런가? 당신은 내 말의 의미를 몰라. 안다고 생각하지만 사실은 어림도 없지."

"알아." 나는 천천히 말했다. "뭔가 이유가 있었겠지…… 과거에 받은 충격…… 어린 시절에 상처를 입고, 마음을 다쳤던 거지. 어떤 면으로는 그것을 극복하지 못하고 있는 거고―"

"심리분석 따윈 그만두게." 게이브리얼이 무뚝뚝하게 말했다. "당신도 알겠지만 난 밀리 버트같이 착한 여자와 있으면 편안해. 내가 원하는 배필도 그런 여자지. 물론 돈도 있어야겠지만 돈이 있든 없든 나는 같은 계층의 여자를 만날 생각이야.
말상의 거만한 여자와 결혼해서 평생 그 여자에게 맞춰 살려
고 애써야 한다면 정말 지옥 같지 않겠나?"

그는 말을 끊었다가 불쑥 입을 열었다.

"당신은 이탈리아에 가봤겠지? 피사에도 가봤나?"

"가봤지―몇 년 전에."

"피사였던 것 같은데…… 거기 벽화가 있지, 천국과 지옥
과 연옥과 나머지 모든 것이 그려진. 지옥은 꽤 지독하더군.
작은 악마들이 쇠스랑으로 사람들을 아래로 밀쳐내고 있었어.
저 위 천국에서는 축복받은 자들이 우쭐한 표정으로 나무 아
래 앉아 있었고. 맙소사, 그 여자들이라니! 그들은 지옥에 대
해서도 모르고, 지옥에 떨어진 사람들에 대해서도 몰라―그
들은 아무것도 몰라! 잘난 척 미소 지으며 그냥 거기 앉아 있
지―" 그는 감정이 북받쳐오르는 듯했다. "잘난 척, 잘난 척,
자기만족―빌어먹을! 난 그들을 나무와 지복至福에서 끌어내
불길 속에 던져버리고 싶어! 거기서 몸부림치게 짓누르고, 느
끼고 고통받게 하고 싶어! 그들은 무슨 권리로 고통이 뭔지도
모르는 거지? 그들은 미소 지으며 거기 앉아 있는데, 아무것
도 그들을 건드릴 수 없어…… 그들의 머리는 별들 사이에 있
고…… 그래, 그거야, 별들 사이에……"

게이브리얼이 일어섰다. 그의 목소리는 잦아들었고, 눈길은

나를 지나쳤다. 모호하고, 뭔가를 찾는 것처럼……

"별들 사이에." 그가 되뇌었다.

그러더니 웃었다.

"이런 이야기로 괴롭혀서 미안하네. 하지만 못 할 것도 없지 않나? 해로 로드가 당신을 아주 엉망으로 망가뜨렸는지는 모르지만 그래도 당신은 여전히 어딘가에 쓸모가 있어. 내가 말하고 싶어할 때 귀기울여줄 수 있고…… 사람들이 당신에게 많은 이야기를 할 걸세, 두고 보면 알 거야."

"이미 알지."

"왠지 아나? 당신이 공감력이 뛰어나거나 다른 이유가 있어서가 아니야. 당신이 다른 일에는 도움이 안 되는 사람이기 때문이지."

그는 고개를 갸웃하고 서서 성난 눈으로 나를 보았다. 게이브리얼은 그 말에 내가 상처받길 바랐던 것 같다. 하지만 나는 상처받지 않았다. 그러기는커녕 머릿속으로만 생각하던 것을 실제로 듣자 커다란 안도감이 느껴졌다……

"당신이 대체 왜 이 모든 것으로부터 도망치지 않는지 모르겠어." 그가 말했다. "그럴 수단이 없어서인가?"

"수단은 충분히 있지." 나는 말하고 약병을 움켜잡았다.

"그렇군. 내가 생각했던 것보다는 용기가 있군……" 그가 말했다.

Chapter

11

다음날 아침 카스레이크 부인이 찾아와 한참 이야기하다 갔다. 나는 카스레이크 부인을 좋아하지 않았다. 마르고 가무잡잡한 그녀는 말버릇이 고약했다. 폴노스 하우스에서 지내는 동안 나는 그녀가 누구를 칭찬하는 소리를 들어본 적이 없었던 것 같다. 나는 때로 그저 재미삼아 몇몇을 차례로 거명하고 그 여자의 신랄한 코멘트가 줄 첫 달콤함을 기다리곤 했다.

카스레이크 부인은 밀리 버트를 도마에 올렸다.

"착하고 사랑스러운 사람이죠." 그녀가 말했다. "돕고 싶어서 안달이고요. 물론 상당히 아둔하고 정치적 소양도 형편없지만요. 그런 계층의 여자들은 정치에 정말 무관심하죠."

그러나 밀리 버트가 속한 계층이 카스레이크 부인이 속한 계층이라는 게 내가 받은 인상이었다. 나는 그녀의 속을 긁을 심산으로 말했다.

"사실 내 형수와 똑같죠."

카스레이크 부인은 충격받은 표정을 지었다.

"어머, 노리스 부인이야 정말 똑똑하죠―" 그러더니 여느 때처럼 심술을 드러냈다. "가끔은 내가 감당하기에 지나칠 만큼 똑똑해서 탈이지만요. 가끔 우리를 좀 깔보는 것 같긴 해요. 지적인 여자들은 종종 자기 생각에만 빠져 있잖아요? 물론 노리스 부인이 이기적이라는 건 아니에요―"

그러고는 다시 밀리 버트에게 화살을 돌렸다.

"버트 부인에게 할일이 생긴 건 다행이죠." 그녀가 말했다. "그 부인은 정말 불행한 것 같거든요."

"거참 안됐군요."

"제임스 버트 그 남자는 점점 내리막을 걷고 있어요. 그는 킹스 암스에서 문 닫는 시간에야 비틀거리며 나오죠. 사실 난 그 술집에서 그 남자를 받아주기나 하는지 의심스러워요. 게다가 가끔 굉장히 폭력적으로 변한다더군요. 아무튼 이웃들이 그렇게 수군대요. 아내가 남편 무서워 벌벌 떤다고."

카스레이크 부인의 콧등이 파르르 떨렸다. 나는 그것이 쾌감을 드러내는 거라 판단했다.

"그런데 왜 남편과 헤어지지 않는 걸까요?" 내가 물었다.

카스레이크 부인은 어이없다는 표정을 지었다.

"아이고, 노리스 씨, 그런 일이 가능할 리가 없잖아요! 갈 데가 어디 있다고요? 그 부인에게는 친정이 없어요. 동정심 많은 젊은 남자라도 나타난다면 모를까─난 그런 생각을 종종 해봐요. 그 부인한테 확고한 의지가 있는 것 같진 않거든요. 게다가 겉으로 봐선 상당한 미인이고."

"그 부인이 별로 마음에 들지 않으신가봐요?" 내가 말했다.

"아, 아니에요. 그렇지 않아요. 물론 난 그 부인을 잘 몰라요. 남편은 수의사…… 뭐 의사와는 같지 않다는 뜻이에요."

카스레이크 부인은 신분상의 격차를 분명하게 지적한 다음 선심이라도 쓰듯 내게 도와줄 일이 없느냐고 물었다.

"정말 감사합니다만, 그럴 일은 없는 것 같습니다."

나는 창밖을 내다보고 있었다. 카스레이크 부인이 내 시선을 좇아 내가 보는 것을 봤다.

"아, 이저벨라 차터리스가 오는군요." 그녀가 말했다.

우리는 이저벨라가 걸어오는 모습을 함께 지켜보았다. 그녀가 들판으로 난 문을 통과해 테라스 계단을 올라왔다.

"정말 예쁜 아가씨예요." 카스레이크 부인이 말했다. "하지만 말이 너무 없어요. 난 너무 조용한 여자를 보면 교활한 것 같다는 생각이 들어요." 카스레이크 부인이 말했다.

나는 교활이라는 단어에 화가 치밀었다. 하지만 카스레이크 부인이 이 말을 끝으로 돌아갔기 때문에 아무 말도 할 수 없었다.

교활―소름 끼치는 단어였다! 이저벨라에게라면 더욱 그랬다. 이저벨라의 가장 두드러지는 성질은 정직이었다―두려움을 모르는 거의 고지식할 정도의 정직.

그때 문득 그녀가 처참하게 흩어진 알약들 위로 스카프를 펼쳤던 일이 떠올랐다. 한창 대화중이었던 척 눙치는 능수능란함. 흥분하지도 않고 야단을 떨지도 않으면서―간단하고 자연스럽게―그런 일을 늘 해오던 사람처럼 굴던 태도.

카스레이크 부인이 '교활하다'고 말한 건 그런 의미였을까?

테리사에게 물어봐야겠다고 생각했다. 테리사는 나서서 의견을 말하지는 않지만 질문하면 대답해줬다.

이저벨라가 도착했을 때, 나는 그녀가 흥분한 상태라는 걸 알아차렸다. 다른 사람 눈에도 확실하게 보였을지 모르지만 나는 바로 눈치챘다. 언제부터인지 나는 이저벨라를 꽤 잘 알게 되었다.

그녀는 인사치레에 시간을 허비하지 않고 곧바로 용건을 말했다.

"루퍼트가 돌아와요―정말 온대요. 당장이라도 올 수 있나봐요. 물론 비행기를 타고요." 그녀가 말했다.

이저벨라는 앉아서 미소 지었다. 길고 가는 손을 무릎 위에

포개고 있었다. 그녀의 머리 뒤에는 주목이 하늘에 패턴을 만드는 듯 드리워져 있었다. 이저벨라는 더없이 행복한 표정으로 앉아 있었다. 그녀의 태도, 그녀가 만들어내는 정경이 내게 뭔가를 연상시켰다. 아주 최근에 보거나 들은 적이 있는 뭔가를……

"그가 돌아오는 것이 그렇게 중요한 일인가요?" 내가 물었다.

"네, 그럼요. 물론 그렇죠." 그녀가 덧붙여 말했다. "오랫동안 기다려왔으니까요."

〈해자로 둘러싸인 저택의 마리아나〉* 속의 이저벨라랄까? 어떤 의미에서는 그녀를 테니슨**의 시대에 속한 사람이라고도 할 수 있지 않을까?

"루퍼트를 기다려왔다고요?"

"네."

"그가 그렇게 좋아요?"

"세상 누구보다 좋아하는 것 같아요." 그러더니 억양을 바꿔 되뇌었다. "전—그런 것 같아요."

"확신이 들지는 않고요?"

이저벨라는 순간 아주 침울하게 나를 바라보았다.

---

* 영국 화가 존 에버렛 밀레이의 그림.
** 빅토리아시대 영국 시인.

"사람이 확신할 수 있는 일이 있을까요?"

감정을 설명하는 말이 아니었다. 그건 분명 질문이었다.

이저벨라가 내게 물었던 건, 그녀는 모르는 답을 내가 알지 모른다고 생각했기 때문이다. 그녀는 그 특별한 질문이 얼마나 내 마음을 아프게 하는지 짐작도 못했다.

"그렇죠." 내가 말했다. 내가 듣기에도 거친 말투였다. "사람은 아무것도 확신할 수 없죠."

이저벨라는 그 대답을 받아들이고, 가만히 포갠 손을 내려다보았다.

"그래요. 그렇군요." 그녀가 말했다.

"못 만난 지 얼마나 됐죠?"

"팔 년이요."

"낭만적이군요, 이저벨라." 내가 말했다.

그녀는 의아한 듯이 나를 바라보았다.

"제가 루퍼트가 돌아오고 우리가 결혼할 거라 믿기 때문에 그렇다는 건가요? 하지만 그건 낭만적이지 않아요. 그저 패턴이랄까—" 그녀는 기다란 손을 살짝 떨면서 드레스 위에 손가락으로 뭔가 그리는 것 같았다. "제 패턴과 루퍼트의 패턴이요. 그게 한데서 합쳐지는 거예요. 저는 세인트 루를 떠날 수 있을 것 같지 않아요. 전 여기서 태어났고 여기서 자랐고 계속 여기서 살고 싶어요. 그리고—여기서 죽을 거예요."

마지막 말을 할 때 그녀는 조금 떨었고, 그때 마침 구름이 해를 가렸다.

나는 죽음에 대한 이저벨라의 기묘한 공포심에 다시 놀랐다.

"당신은 오래오래 살 거예요, 이저벨라." 나는 위로하듯 말했다. "아주 튼튼하고 건강하잖아요."

이저벨라가 열심히 동의했다.

"네, 튼튼하죠. 아픈 적도 없어요. 아흔 살까지 살 것 같죠? 아니 백 살까지라도. 사실 그런 사람이 많으니까요."

나는 아흔 살의 나와 이저벨라를 상상해보려 애썼다. 그러나 그럴 수 없었다. 하지만 백 살이 된 레이디 세인트 루의 모습은 쉽게 상상할 수 있었다. 하기야 레이디 세인트 루는 활발하고 강렬한 개성을 가졌고, 인생의 일들에 부딪치며 감독이자 창조자로 살았다. 그녀는 인생에 맞서 싸웠고, 이저벨라는 그대로 받아들였다.

게이브리얼이 문을 열고 들어오면서 말했다.

"이봐, 노리스—" 그러다가 이저벨라를 보자 멈췄다.

게이브리얼이 말했다. "아— 안녕하세요, 차터리스 양?"

그의 태도는 어색하고 멋쩍은 듯했다. 나는 재미있다고 생각했다. 혹시 레이디 세인트 루의 그림자라도 본 걸까?

"삶과 죽음에 대해 이야기하던 중이었네." 내가 명랑하게 말했다. "난 이저벨라에게 아흔 살까지 살 거라고 예언하던 참이었지."

"그렇게 살고 싶지 않을 것 같은데. 누가 그러고 싶겠어?" 게이브리얼이 말했다.

"제가요." 이저벨라가 대답했다.

"왜요?"

그녀가 말했다. "죽고 싶지 않으니까요."

"아." 게이브리얼은 경쾌하게 대꾸했다. "누구도 죽음은 원하지 않아요. 사람들은 죽음 그 자체를 꺼린다기보다 죽어가는 걸 두려워하죠. 고통스럽고 구접스러우니까."

"제가 꺼리는 건 죽음 그 자체예요. 고통은 두렵지 않아요. 저는 큰 고통도 견딜 수 있어요." 이저벨라가 말했다.

"그거야 당신 생각이죠." 게이브리얼이 말했다.

그의 조롱하는 말투에 이저벨라는 화가 난 것 같았다. 그녀의 얼굴이 새빨개졌다.

"전 고통을 견딜 수 있어요."

그들은 서로를 바라보았다. 그의 눈길에는 여전히 조롱이, 이저벨라의 눈길에는 도전이 담겨 있었다.

바로 그때 게이브리얼이 내 눈으로 보고도 믿을 수 없는 행동을 했다.

나는 피우던 담배를 막 내려놓은 참이었다. 그는 재빠르게 내 쪽으로 몸을 숙여 그 담배를 집더니 이저벨라의 팔 가까이로 가져갔다.

그녀는 움찔하지도 팔을 빼지도 않았다.

나는 소리치며 말렸지만 아무도 내게 신경쓰지 않았다. 게이브리얼은 타오르는 담배 끝을 그녀의 살갗에 지그시 눌렀다.

그 순간 장애인이라는 오욕과 비애가 모두 내 차지가 됐다. 무력하고 옴짝달싹할 수 없이 묶인 몸…… 나는 아무것도 할 수 없었다. 게이브리얼의 야만적인 행동에 분노하면서도 아무런 저지도 할 수 없었다.

나는 이저벨라의 얼굴이 고통으로 차츰 창백해지는 것을 보았다. 그녀는 입을 꾹 다물고 있었다. 미동도 없었다. 그러나 시선은 게이브리얼의 눈에 머물러 있었다.

"돌았나, 게이브리얼! 지금 무슨 짓을 하는지 알고는 있나!" 내가 소리쳤다.

그는 전혀 아랑곳하지 않았다. 나는 방에 없는 사람이나 마찬가지였다.

게이브리얼이 갑자기 몸을 빠르게 움직여 담배를 벽난로에 던졌다.

"미안합니다." 그가 이저벨라에게 말했다. "정말 고통을 잘 견디는군요."

그러더니 방에서 나가버렸다.

나는 말문이 막힌 채 무슨 말을 해야 할지 궁리했다.

"잔인한 인간―야만인―자기가 대체 무슨 짓을 했는지 알기나 했을까? 총으로 쏴버려야 했는데……"

이저벨라는 문에 눈길을 고정한 채, 덴 팔에 천천히 손수건을 감았다. 그녀는, 이런 표현을 써도 좋을지 모르겠지만, 거의 넋을 놓은 듯했다. 정신 나간 사람처럼.

그때 마치 멀리 있는 것을 보듯 그녀가 나를 쳐다보았다.

이저벨라는 조금 놀란 것 같았다.

"왜 그러세요?" 그녀가 물었다.

나는 게이브리얼의 행동에 대한 내 감정을 두서없이 늘어놓았다.

"전 모르겠어요." 이저벨라가 말했다. "당신이 왜 그렇게 흥분하는지. 게이브리얼 소령은 제가 고통을 견딜 수 있는지 알아보려고 그런 것뿐이에요. 이제 그는 제가 그럴 수 있다는 걸 알았고요."

그날 오후에 우리는 티파티를 했다. 카스레이크 부인의 조카가 세인트 루에 머무르고 있었다. 카스레이크 부인은 조카가 이저벨라와 같은 학교에 다녔다고 우리에게 말했다. 나는 이저벨라의 학창시절을 상상할 수 없던 터라 테리사가 카스레이크 부인과 조카를 초대하자고 제안하자 흔쾌히 동의했다. 이제 그 조카는 결혼해서 모돈트 부인이었다. 테리사는 이저벨라도 초대했다.

"앤 모돈트가 올 거예요. 이저벨라와 학교를 같이 다녔다던데요."

"앤이 여러 명 있었어요." 이저벨라는 막연한 듯이 말했다. "앤 트렌처드, 앤 랭리, 앤 톰프슨."

"결혼 전 성을 잊어버렸네요. 카스레이크 부인에게 들었는데."

앤 모돈트는 결혼 전 앤 톰프슨이었다. 그녀는 다소 거슬릴 정도로 활달하고 생기 넘치는 젊은 여성이었다. (아무튼 내 관점에서는 그랬다.) 그녀는 런던의 어느 관청에서 근무하고 있었고, 남편은 다른 관청에서 일했다. 아이가 하나인데, 전시戰時의 가치 있는 공헌을 방해하지 않을 곳에 맡겨놓았다고 했다.

"친정어머니는 이제 공습도 끝났으니 우리가 토니를 데려와야 한다고 생각하시는 것 같아요. 하지만 전 런던에서 아이를 키우는 게 당장은 너무 힘들다고 생각해요. 아파트는 비좁고 마땅한 보모를 구할 수도 없고요. 식사 문제도 있고, 물론 제가 온종일 밖에 나가 있기도 하고요."

"그렇게 중요한 일을 하면서 아이까지 낳다니 애국심이 대단하네요." 내가 말했다.

나는 커다란 차 쟁반 너머 의자에 앉아 있던 테리사가 살짝 웃는 걸 보았다. 테리사는 나를 보며 살짝 고개를 저었다.

하지만 젊은 모돈트 부인은 내 말을 아주 좋게 받아들였다. 사실 그녀는 반색하는 눈치였다.

"어떤 책임도 회피하고 싶지 않았어요. 아이들은 꼭 필요한 존재니까요, 우리 계층에서는 특히 더 그렇죠." 그녀는 잠시 생각하더니 덧붙였다. "게다가 전 토니에게 전적으로 헌신하고 있어요."

그러고는 이저벨라를 향해 고개를 돌리고 세인트 니니언스 학교 시절의 추억을 늘어놓았다. 내 눈에는 둘 중 하나가 자기 역할을 잘 모르는 대화처럼 들렸다. 앤 모돈트가 이저벨라를 도와줘야 할 때도 몇 번 있었다.

카스레이크 부인이 테리사에게 사과조로 말했다.

"남편이 늦네요. 죄송해요. 무슨 일 때문에 이렇게 붙들려 있는지 모르겠어요. 네시 반까지는 돌아오기로 했는데."

"게이브리얼 소령과 있을 거예요. 십오 분 전쯤에 테라스를 지나갔어요." 이저벨라가 말했다.

나는 놀랐다. 누가 지나가는 인기척을 느끼지 못했기 때문이다. 창을 등지고 앉아 있던 이저벨라가 지나가는 사람을 봤을 리 없었다. 나는 계속 그녀를 쳐다보고 있었기 때문에 그녀가 고개를 돌린 적도 누군가를 의식하는 기미를 보인 적도 없다는 걸 알았다. 물론 그녀의 귀가 예사롭지 않게 예민하다는 건 알고 있었다. 하지만 지나간 사람이 게이브리얼이라는 걸 그녀가 어떻게 알았는지 궁금했다.

테리사가 말했다. "이저벨라, 괜찮다면—아뇨, 그냥 계세요, 카스레이크 부인—이저벨라가 옆집에 가서 두 분에게 차를 마시겠는지 물어봐줄래요?"

우리는 문을 나서는 호리호리한 이저벨라를 지켜보았다. 앤 모돈트가 입을 열었다.

"이저벨라는 하나도 변하지 않았네요. 예전과 똑같아요. 언제나 특이한 친구였어요. 꿈꾸는 듯한 얼굴로 걸어다녔거든요. 우리는 이저벨라가 머리가 너무 좋아서 그렇다고 생각했죠."

"머리가 좋다고요?" 내가 재빨리 받아쳤다.

앤 모돈트가 내 쪽으로 몸을 돌렸다.

"모르셨어요? 이저벨라는 아주 똑똑해요. 이저벨라가 서머빌*에 진학하지 않으려고 하자 커티스 교장선생님이 꽤 실망하셨죠. 이저벨라는 열다섯 살 때 이미 최종 학년을 마쳤고 여러 과목에서 우등상을 받았어요."

나는 여전히 이저벨라를 매력적이지만 별로 머리가 좋지는 않은 사람으로 생각하고 싶었다. 나는 믿을 수 없다는 눈빛으로 앤 모돈트를 빤히 바라보았다.

"무슨 과목을 특히 잘했나요?" 내가 물었다.

"천문학과 수학이요. 수학은 정말 뛰어났어요. 라틴어와 프랑스어도 잘했고요. 마음만 먹으면 뭐든 척척 외웠죠. 하지만 이저벨라는 성적은 신경쓰지 않았어요. 그게 커티스 교장선생님을 속상하게 했죠. 이저벨라가 원하는 일이라곤 그저 이 답답하고 낡은 성으로 돌아가 정착하는 것뿐인 듯했어요."

---

* 옥스퍼드대학교의 서머빌 칼리지를 가리킴.

이저벨라가 카스레이크와 게이브리얼을 데리고 돌아왔다.

티파티는 활기가 넘쳤다.

그날 밤 내가 테리사에게 말했다. "정말 당황스러운 건, 누군가가 진짜 어떤 사람인지 알 수가 없다는 거예요. 이저벨라만 해도 그래요. 앤 모돈트는 이저벨라가 똑똑하다고 했어요. 나는 전에 이저벨라를 바보라고 생각했거든요. 그러다 나는 그녀의 두드러지는 성질 가운데 하나가 정직이라고 생각하게 됐죠. 하지만 카스레이크 부인은 이저벨라가 교활하다고 말하더군요. 교활이라니! 혐오스러운 단어예요. 또 존 게이브리얼은 이저벨라를 무례하고 거만하다고 말해요. 형수―당신이 어떻게 생각하는지는 모르겠어요. 타인의 사적인 면에 대해서는 거의 말하지 않으니까요. 아무튼―사람에 따라 그렇게 다르게 보이는 인간의 진면목이란 대체 어떤 걸까요?"

웬만해서는 우리의 대화에 끼어들지 않는 로버트가 부산스럽게 움직이며 불쑥 말했다.

"그게 핵심이지 않을까? 한 인간이 상대에 따라 이렇게도 보이고 저렇게도 보인다는 게? 사물도 마찬가지지. 나무나 바다도 그렇고. 두 화가가 세인트 루 항구를 그리더라도 둘은 완전히 다른 개념을 내놓을걸."

"그러니까 한 사람은 자연주의로, 한 사람은 상징주의로 그릴 수 있단 뜻이야?"

로버트는 짜증이 난 듯 고개를 저었다. 그림에 대해서는 말하고 싶지 않은 듯했다. 그는 자신의 생각을 제대로 표현할 어휘를 쉽게 찾지 못하는 사람이었다.

"그게 아니지." 로버트가 말했다. "두 사람은 실제로 완전히 다른 눈으로 대상을 보는 거야. 모르긴 해도 인간이란 모든 것 중에서 자신에게 의미 있는 것만을 취사선택하는 존재야."

"그 대상이 인간이라도 마찬가지라고 생각해? 하지만 한 인간이 정반대의 성질을 동시에 가질 순 없어. 이저벨라의 경우도, 똑똑한 동시에 바보일 순 없는 거라고."

"그 대목에서는 휴가 잘못 생각하는 것 같은데요." 테리사가 말했다.

"형수!"

테리사는 미소 지었다. 그녀는 생각에 잠긴 채 천천히 말했다.

"어떤 성질을 가졌지만 그걸 사용하지 않을 수도 있죠. 같은 결과를 만드는 더 간단한 방법이 있다면. 아니면—그래요, 이게 더 그럴듯하겠네요—덜 고역스러운 단순한 방법이 있을 때는 그 성질을 사용하지 않는 거예요. 요점은 우리가, 우리 모두가 그런 의미의 단순함에서 너무 멀어졌기 때문에 그런 단순함을 접하면 곤혹스럽다는 거죠. 뭔가를 느끼는 게 생각하는 것보다 언제나 훨씬 더 쉽고 편해요. 다만 문명화된 복잡한 삶 속에서는 감정 그 자체도 충분히 명확하지 않다는 거죠.

대충 이런 의미예요. 하루 중 지금이 어느 때이냐는 질문을 받는다 쳐요. 아침, 정오, 늦은 오후, 저녁—생각할 필요가 없고, 정확한 지식이나 기구—해시계, 물시계, 크로노미터, 손목시계, 벽시계—가 필요하지 않아요. 하지만 약속을 지키기 위해 기차를 타고 특정한 시간에 특정한 장소에 가야 한다면 생각을 해야 하고 정확성을 확보하기 위해 복잡한 방법을 고안해야 하죠. 나는 인생에 대한 태도도 그와 똑같다고 생각해요. 사람은 행복하다고 느끼고, 화가 나고, 어떤 사람이나 사물을 좋아하고, 어떤 사람이나 사물을 싫어하고, 슬픔을 느껴요. 휴나 나 같은 사람들은(로버트는 별로 그렇지 않죠) 무엇을 느끼는지에 대해 심사숙고해요. 우린 분석하고, 그것에 대해 생각해요. 검토를 끝내고 자신에게 이유를 대죠. '나는 이런저런 이유 때문에 행복하다, 나는 이런저런 이유 때문에 이런저런 것을 좋아한다, 나는 이런저런 이유 때문에 지금 슬프다.' 의도적으로 자신을 기만하는 엉뚱한 이유를 댈 때도 아주 많아요. 하지만 내 생각에 이저벨라는 추측하지 않아요, 자신에게 이유를 설명하는 일은 없을 거예요. 왜냐하면, 솔직히 말하자면 관심이 없기 때문이죠. 이저벨라에게 생각을 하라고, 어떤 것에 대해 왜 그렇게 느끼는지 말해보라고 하면 아마도 완벽하고 확실하게 이유를 알아낼 거예요. 그리고 정확한 답을 내놓을 거고요. 하지만 그녀는 벽난로 선반에 훌륭하고 값비싼 시계를 두고도 태엽을 감지 않는 사람과 비슷해요. 그녀가 영위하는 삶에서는 정확히 몇시인지 아는 게 중요하지 않으니까요.

세인트 니니언스에 다닐 때는 머리를 쓰지 않으면 안 됐고 사실 그녀는 뛰어난 머리를 가졌어요. 하지만 특별히 심사숙고를 잘하는 머리는 아니었을 거예요. 그녀는 수학, 어학, 천문학에 소질이 있었어요. 상상력이 요구되지 않는 분야죠. 우리는, 우리 모두는 도피의 수단으로—자신에게서 벗어나는 수단으로 상상력과 심사숙고를 이용해요. 이저벨라는 자신에게서 벗어날 필요가 없어요. 자신을 껴안고 살 수 있고, 자신과 조화를 이루며 지내니까. 이저벨라에게는 더 복잡한 삶의 양식이 필요치 않은 거죠.

중세에도, 심지어 엘리자베스시대에도 인간들은 다 비슷했어요. 책에서 읽었는데 그 시대에 '훌륭한 사람'에는 딱 한 가지 의미만 있었대요. 큰 재산을 가진 사람, 간단히 말해 부유하고 힘이 있는 사람이었어요. 그 어구에는 우리가 거기 덧붙이는 영적이고 도덕적인 건 전혀 포함되지 않았죠. 그 어구는 인성과는 아무 관계가 없었던 거예요."

"그러니까 그 시대 사람들은 인생에 대해 솔직하고 구체적인 태도를 보였다는 말이군요. 그들은 별로 심사숙고하지 않았고요." 내가 말했다.

"맞아요. '죽느냐 사느냐'를 번민하는 햄릿은 그 시대에는 완전히 낯선 인물상이었어요. 그때도 그랬고 그 이후로도 너무 생경한 인물상이었기 때문에 비평가들은 플롯상의 치명적인 허점을 지적하며 희곡『햄릿』을 폄하했죠. 한 비평가는 이렇게 말했어요. '햄릿이 1막에서 왕을 죽이지 못할 이유가 없다. 햄릿이 그러지 않은 유일한 이유는, 그러면 더이상 연극이 흘러갈 수 없기 때문이다!' 그들은 성격극性格劇이란 것을 받아들일 수 없었던 거예요.

하지만 현대를 살아가는 우리는 전부 햄릿과 맥베스예요. 우리는 끊임없이 자신에게 물어요—"(그녀의 목소리에 갑자기 깊은 권태가 감돌았다.) "'사느냐 죽느냐', 존재할 것이냐 사라질 것이냐. 햄릿이 포틴브라스*를 분석하듯(그리고 부러워하듯!) 우린 성공한 사람을 분석해요.

오늘날 이해되지 않는 인물상은 바로 포틴브라스 같은 자죠. 자신에 대해 아무런 의문도 없이 당당하게 전진하는 인간. 지금 세상에 그런 사람이 얼마나 있을까요? 난 많지 않다고 생각해요."

"말하자면 이저벨라가 여자 포틴브라스라는 건가요?" 내가 웃으며 물었다.

---

*『햄릿』에 등장하는 노르웨이 왕자. 아버지가 잃은 국토를 되찾기 위해 끊임없이 도전한다.

테리사도 웃었다.

"그렇게 호전적이지는 않지만 직선적인 목표와 완전히 몰두하는 일면은 그래요. 이저벨라는 '나는 왜 이럴까? 나는 정말 어떻게 느끼는 걸까?' 같은 자문은 하지 않을 거예요. 하지만 자신이 어떻게 느끼는지, 어떤 사람인지 알죠." 테리사는 부드럽게 덧붙였다. "그리고 해야 할 일을 하죠."

"이저벨라가 운명론자라는 뜻인가요?"

"아니요. 이저벨라에게는 다른 길이 없다는 거죠. 두 개의 길 중에서 하나를 선택한다 같은 것이 없는 거예요―오직 하나만 있을 뿐. 걸음을 되돌릴 생각도 하지 않죠, 그저 나아갈 뿐이에요. 이저벨라에게 퇴보란 없어요⋯⋯"

"우리 중에 퇴보가 있는 사람이 과연 있을까요!"

나는 비통함을 느끼며 말했다.

테리사가 침착하게 대답했다. "아마 없겠죠. 하지만 보통은 빠져나갈 구멍이 있다고 생각하잖아요."

"그건 정확히 무슨 뜻이죠, 형수?"

"누구에게나 빠져나갈 기회가 한 번은 있어요⋯⋯ 나중까지는⋯⋯ 나중에 돌아보기 전까지는 그게 기회였다는 걸 깨닫지 못하기 일쑤지만요⋯⋯ 하지만 분명 그런 기회가 있는 법이에요⋯⋯"

나는 담배를 피우며 한동안 조용히 생각에 잠겼다⋯⋯

테리사의 말을 듣고 불현듯 생생한 기억이 하나 떠올랐다. 내가 캐러 스트레인지웨이즈가 연 칵테일파티에 갔을 때였다. 나는 어두운 램프 불빛과 자욱한 담배 연기에 눈을 적응시키느라 문가에서 잠시 머뭇거렸다. 바로 그때, 안쪽 구석에 있는 제니퍼가 눈에 들어왔다. 그녀는 나를 보지 못한 채 자연스럽고 활달하게 누군가와 이야기하고 있었다.

나는 날카롭게 대립하는 두 가지 감정을 맛보았다. 하나는 승리감이었다. 나는 우리가 재회할 줄 알고 있었고, 거기서 내 육감이 옳았다는 것이 증명됐다. 기차에서의 만남은 일회적인 사건이 아니었다. 나는 그것을 알았고, 내 믿음이 사실로 밝혀졌다. 하지만 흥분감과 승리감에도 불구하고 난 바로 돌아서서 나가고 싶었다…… 기차에서의 만남을 일회적인 사건으로 간직하고 싶었다―잊지 못할 해프닝으로. 누군가 내게 '그 일은 두 사람이 나눌 수 있는 최선이었어―잠깐의 완벽한 시간. 그냥 그렇게 내버려둬'라고 말하는 것 같았다.

테리사의 말이 맞는다면, 그 순간이 나의 '빠져나갈' 기회였다……

하지만 나는 그 기회를 잡지 않았다. 나는 계속 나아갔다. 제니퍼도 계속 나아갔다. 그리고 다른 일이 연달아 일어났다. 서로의 사랑에 대한 믿음, 해로 로드의 대형트럭, 휠체어, 폴노스 하우스……

나는 원래의 출발점으로 돌아왔고, 마음은 다시 이저벨라에게로 향했다. 나는 마지막으로 테리사에게 항의조로 말했다.

"하지만 교활한 건 아니죠, 너무 심한 말이잖아요. 교활한 건 아니에요."

"글쎄요." 테리사가 말했다.

"교활하다고요? 이저벨라가?"

"교활함은 인간에게 가장 쉬운 방어선 아닌가요? 굴속에 웅크리고 있는 토끼처럼, 자신의 둥지를 향한 주의를 돌리려고 히스 꽃밭에서 퍼덕거리는 뇌조처럼 인간이 가진 가장 원초적인 특징 중 하나 아니에요? 그래요, 교활함은 천성적인 거예요. 궁지에 몰려서 속수무책일 때 쓸 수 있는 유일한 무기라고요."

테리사는 일어나서 문 쪽으로 갔다. 로버트는 이미 자러 가고 없었다. 테리사는 문손잡이를 잡은 채 고개를 돌렸다.

"난 휴가 그 약을 버릴 수 있다고 믿어요. 이젠 필요 없잖아요." 그녀가 말했다.

"형수! 알고 있었군요!" 내가 소리쳤다.

"당연히 알고 있었죠."

"하지만 왜ー" 나는 잠시 멈췄다가 말했다. "왜 이제 그 약이 필요 없다는 거죠?"

"이런, 아직도 필요해요?"

"아니요. 형수 말이 맞아요…… 필요 없어요. 내일 버리죠."
나는 천천히 말했다.

"정말 다행이에요. 불쑥불쑥 걱정되더라고요……" 테리사
가 말했다.

나는 궁금한 눈빛으로 그녀를 바라보았다.

"왜 그걸 치워버리지 않았나요?"

테리사는 한동안 침묵하다가 입을 열었다.

"그게 휴에게 위안이 됐을 테니까요, 아닌가요? 안정감을
줬겠죠? 빠져나갈 길을 알고 있다고?"

"맞아요. 그건 정말 다른 기분이죠."

"그러면서 왜 내게 그걸 치워버리지 않았느냐고 어리석게
묻는 거예요?"

나는 웃었다.

"그래요, 내일 하수구에 버릴게요. 약속해요."

"드디어 다시 인생이 시작됐네요. 살고 싶어진 거예요."

"그래요." 나는 신기한 기분으로 대답했다. "그런 것 같네
요. 사실 왜 그런지는 모르겠지만, 진심이에요. 내일 아침에
눈뜨는 일이 기대될 정도로."

"기대된다고요? 그게 누구 덕분일까요? 세인트 루에서의
생활 덕분에? 아니면 이저벨라? 아니면 존 게이브리얼?"

"존 게이브리얼이 아닌 건 분명합니다." 내가 말했다.

"아닌 것 같은데요? 그 남자에겐 뭔가가 있어요—"

"성적 매력은 넘치죠!" 내가 말했다. "하지만 내가 싫어하는 타입이에요. 나는 뻔뻔스러운 기회주의자는 참아줄 수가 없어요. 그래요, 그는 자신에게 이득이 된다면 자기 할머니라도 내다팔 사람이에요."

"그런다 해도 놀랍지 않을 거예요."

"난 그를 눈곱만큼도 신뢰하지 않아요."

"아주 신뢰할 만한 사람은 아니죠."

나는 계속했다. "그는 허풍쟁이예요. 유명해지려고 하는 속셈이 뻔히 보이죠. 그는 자신뿐 아니라 다른 사람까지 모조리 이용해요. 그자가 아무 이득 없는 일을 하나라도 할 것 같아요?"

테리사는 생각에 잠겨 대답했다. "어쩌면 할 수도 있겠지만, 그런다 해도 결국 그에게 이득이 되는 쪽으로 끝나겠죠."

며칠 지나지 않아 나는 테리사의 그 말을 떠올리게 됐다.

Chapter

13

다음에 열린 지역 행사는 휘스트 드라이브*였다.

휘스트 드라이브는 늘 하던 대로 폴노스 하우스의 별채인 롱 반에서 열렸다. 롱 반은 상당히 특별한 뭔가가 있는 듯했다. 열성적인 골동품 애호가들이 찾아와서 흐뭇해하며 구경하고 평가하고 사진을 찍고 이 건물에 대해 글을 썼다. 세인트 루에서는 롱 반을 일종의 공공 소유물처럼 여겼고, 주민들도 자랑스러워했다.

이틀 동안은 무척 북적거렸다. 부인회 임원들이 들락거렸다.

나는 다행스럽게도 주류에서 떨어져 있었지만, 테리사가 가

---

* 카드게임의 일종인 휘스트를 몇 사람이 상대를 바꿔가며 하는 것.

끔 사람들을 데려와 내게 소개했다. 내 재미와 여흥을 위해 특별히 선별한 표본들이라고밖에 달리 표현할 수 없는 사람들이었다.

테리사는 내가 밀리 버트에게 호감을 느낀 걸 알고 그녀를 자주 내 거실로 데려왔다. 우리는 티켓을 만들거나 행사용 소품을 풀칠하고 붙이는 등의 잡다한 일을 했다.

내가 밀리 버트의 인생사를 들은 건 함께 이런 작업을 할 때였다. 게이브리얼이 노골적으로 말했듯이, 나는 일종의 한결같은 수신기로서 내 존재를 합리화했다. 다른 일은 제대로 못해도 듣는 일만은 제법 잘했다.

밀리 버트는 자의식—지껄여대는 자기현시에 빠지지 않고 조용히 흐르는 실개천처럼 자기 이야기를 내게 풀어놓았다.

그녀는 게이브리얼에 대해 많은 이야기를 했다. 게이브리얼이라는 영웅에 대한 숭배는 잦아들기는커녕 오히려 더욱 커져 있었다.

"제가 감탄하는 점은 그분이 정말 친절하다는 거예요. 무척이나 바쁘고 정신없고 할일이 태산 같을 텐데도 그분은 정말 많은 걸 기억하더군요. 그리고 기분좋게 농담하듯 말을 걸어주고요. 전 그런 분을 만나본 적이 없어요."

"그런 면이 있죠." 내가 말했다.

"전장에서 대단한 수훈을 세우고 여러 면에서 훌륭한데도 우쭐대지 않죠. 또 중요한 사람들을 대할 때와 똑같이 절 대해 줘요. 소령님은 누구에게나 너무 잘해요. 사람들에 대해서도 일일이 기억해서, 누구의 아들이 죽었고 누구의 아들이 미얀마 같은 위험한 곳에 나가 있는지도 알죠. 또 어떤 말을 해줘야 할 지, 어떻게 하면 사람들에게 웃음을 주고 기운을 북돋는지 알 아요. 그분이 어떻게 그 모든 일을 다 해내는지 모르겠어요."

"그는 분명 키플링*이 쓴 「만약」**을 읽었을 겁니다." 내가 냉정하게 말했다.

"네, 그분이라면 용서할 수 없는 일 분을 거리를 두고 바라 보는 육십 초로 대신할 수 있을 거라고 확신해요."***

"아마 백이십 초는 될걸요. 게이브리얼은 육십 초로는 성에 차지 않을 겁니다." 내가 말했다.

"제가 정치에 대해 잘 알면 좋을 텐데요." 밀리 버트가 애석 하다는 듯이 말했다. "팸플릿을 다 읽어봤지만 전 유세나 설득 은 자신없어요. 사람들이 물어봐도 뭐라 대답해야 할지 모르 겠어요."

"그럴 수도 있죠." 내가 위로하듯 말했다. "그런 종류의 일

_____

* 『정글북』을 쓴 영국 소설가이자 시인.

** 키플링이 어린 아들을 위해 쓴 시. "만약 네가 모든 걸 잃고 모두가 너를 비난 할 때/ 너 자신은 머리를 똑바로 들 수 있다면"으로 시작된다.

*** 위의 시에 나오는 "만약 네가 도저히 용서할 수 없는 일 분을/ 거리를 두고 바라보는 육십 초로 대신할 수 있다면"을 인용함.

은 모두 요령에 지나지 않아요. 아무튼 내가 보기에 유세란 정말 윤리에 어긋나는 일이에요."

그녀는 알아듣지 못한 듯 나를 바라보았다.

내가 설명했다.

"개인의 소신에 어긋나게 투표하도록 이끌려는 건 잘못이라고요." 내가 말했다.

"아, 그런 뜻이었군요. 이제 알겠어요. 하지만 우리는 전쟁을 종결짓고 당장 평화를 가져다줄 수 있는 주체가 오직 보수당뿐이라고 생각하지 않나요?"

"밀리는 정말 충실한 보수당원이군요. 유세장에 가서도 그런 말을 합니까?" 내가 물었다.

그녀는 얼굴을 붉혔다.

"아니요, 사실 저는 정치에 대해 말할 수 있을 만큼 잘 알지 못해요. 하지만 게이브리얼 소령님이 얼마나 훌륭한지, 얼마나 성실한지는 말할 수 있어요. 소령님 같은 사람들의 시대가 왔다는 말도요."

나는 속으로 중얼거렸다. 그렇지, 그게 게이브리얼의 길이 될 거야…… 나는 밀리 버트의 달아오른 진지한 얼굴을 바라보았다. 그녀의 갈색 눈이 반짝거렸다. 어쩌면 영웅 숭배 이상의 감정이 섞였을지 모른다는 의구심이 들자 마음이 불편해졌다.

내가 말로 표현하지 않은 생각에 응답이라도 하듯 밀리 버트의 얼굴에 구름이 끼었다.

"제임스는 절 지독한 바보라고 생각해요." 그녀가 비난하듯이 말했다.

"남편이요? 왜요?"

"그 사람은 제가 워낙 바보여서 정치에 대해 아무것도 모른다고 말하죠. 그리고 어쨌거나 모든 일이 소란일 뿐이라고 해요. 또 그는 무슨―그러니까 제가 무슨 쓸모가 있겠느냐고 말해요. 제가 돌아다니면서 사람들에게 이야기한다면, 아마 그 사람들을 모두 상대 후보에 투표하게 만들 거라고요. 정말 그럴까요?"

"아닙니다." 나는 단호하게 대답했다.

그녀의 표정이 밝아졌다.

"제가 어떤 면에서는 멍청하단 걸 저도 알아요. 하지만 당황했을 때만 그런 거고, 제임스는 언제든 절 당황하게 만들 수 있는 사람이죠. 그 사람은 절 불안하게 만드는 걸 재미있어해요. 그 사람은―" 밀리 버트는 말을 멈췄다. 입술이 떨렸다.

갑자기 그녀는 작업하던 흰 종이들을 흩어버리며 울기 시작했다. 가슴 깊이 사무친 듯한 흐느낌이었다.

"아, 밀리―" 나는 무력하게 말했다.

휠체어에 도리 없이 묶인 자가 뭘 할 수 있겠는가! 나는 그녀의 어깨를 두드려줄 수 없었다. 그러기에는 그녀가 멀리 있었다. 나는 밀리 버트의 손에 손수건을 쥐여줄 수 없었다. 핑계를 대며 방에서 나갈 수도 없었다. '차를 가져다드리죠'라고 말할 수조차 없었다.

그랬다, 나는 기능을 제대로 해내야 했다. 게이브리얼이 친절하게(혹은 잔인하게) 말해줬던 그것이 내게 주어진 유일한 능력이었다. 그래서 나는 무력하게 말했다. "밀리—" 그리고 기다렸다.

"전 너무 힘들어요—끔찍하게 불행해요—이젠 알아요— 제임스와 결혼하는 게 아니었어요."

나는 힘없이 말했다. "자 자, 이러지 마세요. 그렇게까지 나쁘지는 않아요. 분명 그럴 거예요."

"그 사람은 무척 밝고 활기차고, 재미있는 농담도 많이 했어요. 우리집 말들이 어딘가 이상하면 보살펴줬고요. 아버지가 승마학교를 운영하셨거든요. 제임스는 말 타는 모습이 근사했죠."

"네—그랬군요."

"그리고 그때는 술도 별로 안 마셨어요. 아니, 아마 마셨을 테지만 전 알아차리지 못했어요. 사람들이 제게 얘기해줄 때 알아차려야 했는데 그러지 못했어요. 다들 그가 술꾼이라서 힘들 거라고 말했거든요. 하지만 전 그 말을 믿지 않았어요.

누구나 그렇잖아요?"

"그렇죠." 내가 말했다.

"결혼하면 끊을 줄 알았어요. 약혼 기간에는 전혀 마시지 않았을 거예요. 그랬다고 확신해요."

"아마 그랬겠죠. 남자는 사랑에 빠지면 무슨 일이든 하니까요." 내가 말했다.

"사람들은 제임스가 난폭하다는 말도 했어요. 하지만 그 말도 믿지 않았어요. 제게는 한없이 다정했으니까요. 물론 언젠가 한번 그 사람이 말과 함께 있는 모습을 봤어요—말을 혼내며 마구 화를 내고 있더라고요—" 밀리 버트는 눈을 반쯤 감고 몸을 떨었다. "그가 평소와는 아주 달라 보였어요—아주 잠시뿐이었지만 그랬어요. '당신이 그런 남자라면 결혼하지 않겠어.' 난 속으로 중얼거렸죠. 우습게도—그러자 제임스가 갑자기 제가 모르는 남이 된 것 같았어요—나의 제임스가 아니라요. 파혼했다면 재미있어졌을 텐데, 어땠을까요?"

재미있다는 표현은 그녀의 진심이 아니었지만 나는 재미있어졌을 거라고—또 대단히 운이 좋았을 거라고 맞장구쳤다.

밀리 버트가 계속했다. "하지만 다 지나쳐버렸어요—제임스가 설명했고 전 어느 남자나 가끔 격하게 화를 낸다는 걸 알게 됐죠. 대수롭지 않은 일 같았어요. 제가 제임스를 많이 행복하게 해주면 술도 안 마시고 화도 안 낼 거라고 생각했던 거예요. 제가 제임스와 그렇게 간절하게 결혼하고 싶었던 이유가 바로 그거였어요―그 사람을 행복하게 해주고 싶어서."

"결혼은 상대를 행복하게 해주기 위해 하는 게 아닙니다." 내가 말했다.

밀리 버트는 나를 빤히 쳐다보았다.

"하지만 누군가를 사랑하면 우선 그 사람을 행복하게 해주고 싶지 않나요?"

"그건 인간을 더욱 함정에 빠뜨리는 자기도취의 일종입니다." 내가 말했다. "상당히 만연하죠. 통계적으로 볼 때 결혼 생활에 다른 어떤 요소보다 불행을 초래하는 것이고요."

밀리 버트는 여전히 나를 빤히 쳐다보았다. 나는 에밀리 브론테의 서글픈 경구를 들려줬다.

나는 백 가지 사랑의 기술을 알았으나
그 하나하나가 연인을 슬프게 만들었다.

그녀는 반발했다. "끔찍해요!"

"누군가를 사랑한다는 건 그 상대에게 감당하기 힘든 짐을 지우는 겁니다." 내가 말했다.

"정말 이상한 말이네요, 노리스 씨."

밀리 버트는 웃음이라도 터뜨릴 것 같았다.

"신경쓸 거 없습니다. 정통적인 견해가 아니라 그저 슬픈 경험에서 나온 것일 뿐이니까." 내가 말했다.

"아, 당신도 불행했었나요? 당신도—"

나는 동정심이 깨어나기 시작한 그녀의 눈빛에 움찔했다. 나는 다시 화제를 제임스 버트로 돌렸다. 밀리 버트가 온순하고 쉽게 겁을 먹는 타입인 것이 안타까웠다. 제임스 버트 같은 사내와 결혼생활을 하기에는 최악이었다. 내가 들은 바에 따르면 제임스 버트는 말이든 여자든 활기찬 것을 좋아하는 사내였다. 잔소리 심한 아일랜드인 아내였다면 그를 잡고 몰아대서 마지못한 존중이라도 끌어냈을지 모른다. 그에게 치명적인 것은 동물에게든 인간에게든 지배력을 갖는 것이었다. 제임스 버트의 가학적인 성벽은 아내가 그를 몹시 무서워하고 눈물 흘리고 한숨짓는 것으로 충족됐다. 밀리 버트는 어떤 남자를 만났더라도 행복하고 좋은 아내가 됐을 텐데(적어도 나는 그렇게 생각했다) 나는 그 점이 안타까웠다. 다른 남자를 만났다면 그녀는 남편의 말을 귀담아듣고 기분을 맞춰주고 유별나게 다정한 아내가 됐을 것이다. 남편의 자존심을 세워주고 기분좋게 해줬을 것이다.

나는 불현듯 그녀가 존 게이브리얼과 결혼했다면 훌륭한 아내로 살았을 거라고 생각했다. 게이브리얼의 야망을 성공으로 이끌지는 못했겠지만(하지만 게이브리얼이 정말 야심만만할까? 나는 의심스러웠다) 그가 종종 참아주기 어려운 독단적인 태도로 가슴속 응어리와 자기불신을 드러내더라도 밀리 버트라면 다독여줬을 것이다.

제임스 버트는 아내에 대해 무시와 질투심이 뒤섞인 감정을 느끼는 듯했고, 남자에게 그건 결코 드문 양상이 아니다. 그는 아내에게 소심하고 멍청하다고 윽박질렀지만, 그녀가 다른 남자와 조금이라도 가까워 보이면 불같이 성을 냈다.

"노리스 씨는 믿지 못하겠지만 남편은 게이브리얼 소령님에 대해 끔찍한 소리를 했어요. 게이브리얼 소령님이 지난주에 제게 진저 캣에서 모닝커피를 마시자고 했다는 이유만으로요. 그는 정말 친절했고—제임스가 아니라 게이브리얼 소령님이요—우리는 거기 오랫동안 앉아 있었죠. 사실 그분이 시간을 낼 만한 상황이 아닌 게 분명했는데도요. 그분은 친절하게 말을 걸어줬고, 아버지와 딸들에 대해 그리고 예전에 세인트 루가 어땠는지 제게 물었어요. 그보다 더 친절할 수 없었을 거예요! 그런데—그런데—제임스가 그런 소리를 했고—화를 벌컥 내더니—제 팔을 비틀었어요—전 침실로 달아나 문을 잠갔죠. 가끔 제임스가 무서워요…… 아, 노리스 씨—전 정말 끔찍하게 불행해요. 죽고 싶어요."

"아니요, 이러지 말아요. 밀리, 정말 이러지 말아요."

"아니요, 그러면 좋겠어요. 앞으로 제게 무슨 일이 있겠어요? 기대할 것이 아무것도 없어요. 점점 더 나빠지기만 할 거예요…… 제임스는 술 때문에 일거리도 줄고 있어요. 그래서 더 화가 나 있죠. 전 그가 무서워요. 정말 겁이 나요……"

나는 최선을 다해 밀리 버트를 달랬다. 상황이 그녀가 말한 것만큼 나쁘지는 않을 거라 생각했다. 하지만 밀리 버트가 몹시 불행한 여자인 건 분명했다.

나는 테리사에게 밀리 버트가 몹시 비참한 삶을 산다고 말했다. 하지만 그녀는 별로 관심이 없는 눈치였다.

"이런 이야기는 듣고 싶지 않은 거예요?" 내가 타박하듯 물었다.

테리사가 대답했다. "딱히 듣고 싶진 않네요. 불행한 부인들 이야기는 매양 똑같거든요."

"너무해요, 형수! 진짜 인정머리 없네요." 내가 말했다.

"내가 동정심이 많지 않다는 건 인정해요." 그녀가 말했다.

"그 가련한 부인이 게이브리얼에게 빠진 것 같아 마음이 불편해요." 내가 말했다.

"거의 확실하죠." 테리사가 무심하게 대꾸했다.

"그런데도 딱하지 않다고요?"

"글쎄요—그 이유라면 딱하지 않아요. 게이브리얼에게 빠진 건 그 부인에게 꽤 즐거운 경험일 거라 생각하는데요."

"맙소사! 설마 형수가 게이브리얼에게 빠진 건 아니겠죠?

190

그렇죠?"

테리사는 아니라고 대답했다. 다행스럽게도, 라고 덧붙이며.

나는 그 말을 물고 늘어졌고, 그녀에게 앞뒤가 맞지 않는다고 말했다. 존 게이브리얼에게 빠진 것이 즐거운 경험일 거라고 방금 말하지 않았느냐면서.

"내겐 그렇지 않아요. 왜냐하면 나는 감정에 빠지는 걸 질색하니까요, 언제나." 테리사가 말했다.

"그래요." 나는 생각에 잠겨서 말했다. "그 말이 사실이라고 믿어요. 하지만 왜 그렇죠? 이해할 수가 없네요."

"그리고 난 설명할 수가 없네요."

"설명해봐요." 내가 채근했다.

"휴는 꼬치꼬치 캐묻는 걸 너무 좋아해요! 그건 내가 그 방면에 소질이 없기 때문일 거예요. 감정이 내 의지나 이성을 밀어내고 앞자리를 차지한다는 느낌을 참을 수 없거든요. 난 행동을 제어할 수 있고 어느 정도는 사고도 통제할 수 있어요. 감정을 억제하지 못하는 건 내 자존심이 용납하질 못해요—내게 굴욕감을 준다고요."

"존 게이브리얼과 밀리 버트 사이에 위험한 뭔가가 있다고 생각하는 건 아니죠?" 내가 물었다.

"그런 얘기는 있어요. 카스레이크 대위는 그걸 걱정하고 있고요. 그의 부인 말로는 소문이 파다하대요."

"그 여자가요! 자기가 소문을 냈겠죠."

"그렇겠죠. 하지만 그녀가 여론을 대변하는 거예요. 세인트 루에서 악의적인 소문을 퍼트리는 자들의 견해. 그리고 제임스 버트는 술이 한두 잔만 들어가도 입이 가벼워지는 남자라던데요. 자주 그러는 것 같고요. 물론 그가 질투 많은 남편이고 그가 하는 말은 감안해서 들어야 한다는 걸 다들 알지만, 어쨌든 그게 모든 소문을 부추기는 거예요."

"게이브리얼이 신중하게 처신해야겠네요." 내가 말했다.

"신중한 처신은 그의 장기가 아니죠, 안 그래요?" 테리사가 말했다.

"게이브리얼이 진심으로 밀리 버트를 좋아하는 건 아니겠죠?"

테리사는 깊이 생각한 뒤에 대답했다. "난 그가 밀리 버트를 몹시 안쓰러워한다고 생각해요. 그는 동정심에 쉽게 흔들리는 남자예요."

"남편과 헤어지게 하지는 않겠죠? 그러면 일이 커질 텐데."

"과연 그럴까요?"

"그런다면 쇼를 통째로 말아먹을 거라고요."

"그렇죠."

"그건 치명적이잖아요."

테리사는 이상한 목소리로 대답했다. "존 게이브리얼에게요? 아니면 보수당에게요?"

"게이브리얼을 생각하면서 한 말이에요. 하지만 당연히 보수당에게도 마찬가지겠죠." 내가 말했다.

"물론 나는 진정으로 정치에 관심 있는 사람은 아니에요." 테리사가 말했다. "노동당 후보가 한 명 더 웨스트민스터로 가게 된다 해도 난 아무 상관 없어요. 카스레이크 부부가 들으면 펄쩍 뛰겠지만요. 내가 궁금한 건 그 일이 존 게이브리얼에게 재앙이 될지 아닐지예요. 그래서 그가 행복해진다면 어떨까요?"

"하지만 그는 선거에서 이기려고 무서울 정도로 몰두하고 있어요." 내가 맞받아쳤다.

테리사는 성공과 행복은 전혀 별개의 것이라고 말했다.

"난 그 둘이 함께 온다고는 믿지 않아요." 그녀가 말했다.

휘스트 드라이브가 열리는 날 아침 카스레이크가 와서 잔뜩 푸념했다.

"사실이 아니에요. 당연히 아무것도 사실이 아니죠! 나는 평생 밀리 버트를 알고 지냈어요. 무척 엄하게 가정교육을 받은 아주 정숙한 여자예요. 흠잡을 데 없이 착하고 사랑스러운 사람이라고요. 하지만 사람들 심보가 어떤지 알잖습니까?" 카스레이크가 말했다.

나는 그의 아내 심보가 어떤지는 알았다. 어쩌면 그도 아내 때문에 다른 사람의 인간성을 평가하는 기준을 갖게 됐는지 모른다.

카스레이크는 계속 서성거렸고 몹시 짜증난 듯이 코를 문질

러댔다.

"게이브리얼은 성격 좋은 사람이에요. 그 부인에게 친절을
베푼 거라고요. 하지만 경솔했죠. 선거 기간에 경솔한 행동은
금물인데."

"당신이 진짜 하고 싶은 말은 절대 그렇게 친절을 베풀어선
안 됐다는 거겠죠."

"바로 그겁니다. 게이브리얼은 과했어요, 사람들 보는 앞에
서, 진저 캣에서 함께 모닝커피를 마셨단 말입니다. 그건 좋게
볼 수 없는 일이에요. 왜 거기서 밀리 버트와 커피를 마셨을까
요?"

"왜 그러면 안 되죠?"

카스레이크는 내 말을 무시했다.

"그 시간에는 늙은 고양이 같은 부인들이 모두 거기 모여 다
과를 한단 말입니다. 또 어느 날엔가는 둘이 한참이나 시내를
걸었다더군요. 장바구니까지 대신 들어주면서 말이죠."

"보수당 신사라면 못 할 일도 아니죠." 내가 중얼거렸다.

카스레이크는 여전히 내 말은 안중에 없었다.

"차에 태워준 날도 있었습니다. 스프레이그 농장까지 갔다
나. 제법 먼 곳이죠. 마치 둘이서 나들이라도 하는 것처럼 보
였을 겁니다."

"지금은 1845년이 아니라 1945년입니다." 내가 말했다.

"이곳 사정은 별로 바뀌지 않았습니다." 카스레이크가 대답했다. "새로 지어진 방갈로나 예술가 마을 주민들이 그렇단 건 아닙니다. 그들은 현대적이고 이렇다저렇다 도덕에 대해 떠들지도 않겠지만 어차피 노동당에 투표할 겁니다. 우리가 조심해야 하는 건 이곳의 굳건하고 점잖고 구식인 사람들이에요. 게이브리얼은 더 신중해야 한다고요."

삼십 분 후 게이브리얼이 분노로 씩씩거리며 나를 찾아왔다. 카스레이크가 그에게 요령 있게 돌려서 말했으나, 때에 맞는 충고를 요령 있게 돌려 말할 때 나오는 흔한 결과만 초래했다.

"카스레이크는 심보 고약한 늙은 여편네 같은 놈이야! 그자가 내게 뻔뻔하게 뭐라고 했는지 아나?" 게이브리얼이 말했다.

"알고 있어. 전부. 그런데 난 지금 휴식시간을 보내는 중이야. 이 시간에는 아무도 안 만나는데."

"말도 안 되는 소리 그만하시지." 게이브리얼이 말했다. "당신한테 휴식이 왜 필요하지? 계속 쉬고 있으면서 휴식은 무슨. 이 문제에 대해 난 말해야겠고 당신은 들어줘야겠어. 제기랄, 난 누구에게든 분통을 터뜨려야겠다고. 전에 내가 말했듯이 당신의 유일한 능력이 들어주는 일 아닌가. 그러니 누군가 자기 목소리를 자기만 듣더라도 말 않고는 못 배기겠다면 그걸 기꺼이 들어주는 게 당신에게도 좋은 일이야."

"전에 자네가 각별하고 대단하시게 그런 말을 했었지." 내가 말했다.

"난 사실 당신을 괴롭히고 싶어서 그랬어."

"알고 있었네."

"물론 상당히 잔인한 말인 줄은 알았지만, 어쨌든 예민하게 굴어봐야 좋을 것 없다 그거였지."

"실은 그 말에 기운이 났었어. 그동안 배려와 에두른 표현만 접하다가 단도직입적인 말을 들었더니 제법 안도가 되더군." 내가 말했다.

"발전했군." 게이브리얼은 그렇게 말하고는 곧 자신의 추문에 대해 속마음을 털어놓기 시작했다.

"불행한 여자에게 누구나 갈 수 있는 카페에서 커피 한잔 사 줬을 뿐인데 내가 왜 부도덕하다고 손가락질받아야 하지?" 게이브리얼이 물었다. "거리의 하수구처럼 더러운 심보를 가진 사람들이 어떻게 생각하는지 내가 왜 신경써야 하느냐고."

"왜라니, 자네는 국회의원이 되고 싶지 않은 건가?" 내가 말했다.

"당연히 돼야지."

"자네가 밀리 버트와의 우정을 과시하면 국회의원에 당선될 가망이 없다는 게 카스레이크 생각이지."

"돼먹지 못한 망할 인간들!"

"맞아, 옳소! 옳소!"

"정치야말로 최고로 지저분한 짓거리야!"

"다시 한번 옳소! 옳소!"

"웃지 말게, 노리스. 빌어먹을, 오늘 아침에는 성질나는 일만 생기는군. 나와 밀리 버트 사이에 있어선 안 될 일이 있었다고 생각했다면 오산이야. 난 그 여자가 안쓰러웠을 뿐이야. 난 그 여자의 남편이든 세인트 루 선거관리위원회든 누가 엿들어서 곤란한 말은 한마디도 하지 않았네. 맙소사, 여자 문제에 내가 얼마나 마음을 다잡았는데! 그렇게 여자를 좋아하는 내가!"

그는 크게 상처받았다. 이 문제에는 우스운 일면이 있었다.

게이브리얼이 진지하게 말했다. "그 여자는 끔찍하게 불행해. 당신은 몰라—그 여자가 어떻게 견디며 사는지 짐작도 못할 거라고. 얼마나 용기 있는 여자인지. 얼마나 정숙한 여자인지. 불평도 하지 않지. 그 여자는 분명 자기가 잘못한 부분도 있을 거라고 생각해. 입에 올리기도 싫은 망나니 같은 버트 그놈을 작살내버리고 싶어. 그놈 어머니도 알아보지 못할 만큼!"

"제발 진정해!" 나는 정말 놀라서 외쳤다. "사리분별이 안 되는 건가, 게이브리얼? 대놓고 그자와 싸운다면 자네가 당선될 가망은 사라지는 거야."

게이브리얼이 웃음을 터뜨리고는 말했다. "누가 아나? 그럴 가치가 있는 일인지도 모르지. 내 분명히 말하는데—"그는 잠시 말을 멈췄다.

나는 그의 쏟아지는 말을 중단시킨 게 뭔지 보려고 눈을 돌렸다. 이저벨라였다. 그녀가 유리문으로 들어와 우리에게 인사를 건넸고, 오늘밤 롱 반에서 열릴 행사 준비를 도와달라는 테리사의 부탁을 받고 왔다고 말했다.

"차터리스 양이 참석해주신다면 영광으로 알겠습니다." 게이브리얼이 말했다.

능글맞고 그에게 전혀 어울리지 않는 쾌활함이 뒤섞인 말투였다. 이저벨라라는 존재는 그에게 항상 나쁜 영향을 미치는 것 같았다.

이저벨라는 "네"라고 한 뒤 덧붙였다. "우리는 늘 이런 행사에 참석하죠."

그러고는 테리사를 만나러 나갔고, 게이브리얼은 폭발했다.

"공주님이 퍽도 친절하시군." 그가 말했다. "큰 은혜를 베푸신다 이거지. 아랫것들과 어울려주시겠다니 참으로 황송하네! 아주 자비로우셔! 노리스, 내 분명히 말하는데 밀리 버트는 이저벨라 차터리스처럼 잘난 척하는 여자 열두 명쯤을 합한 가치를 지닌 여자네! 이저벨라! 저 여자가 대체 뭐라고!"

이저벨라가 어떤 여자인지는 자명해 보였다. 하지만 게이브리얼은 이 화제를 물고 늘어지는 것을 즐겼다.

"찢어지게 가난하지. 쓰러져가는 낡은 성에 살면서 누구보다 잘난 척하지. 거기서 손이나 배배 꼬면서 귀한 집안 상속자가 돌아와 청혼해주기만 바랄 뿐 아무 일도 안 해. 어떤 남자인지 보지도 않고 결혼만 하면 그만인 거야. 그래, 그렇다고! 쳇! 난 그런 여자들을 보면 구역질이 나. 역겹다고. 그런 여자들은 응석받이 페키니즈*나 다름없어. 레이디 세인트 루, 그게 저 여자가 원하는 자리라지. 요즘 세상에 레이디 세인트 루가 뭐가 대수라고? 그런 건 이제 완전히 끝났어. 우스워, 요즘 그런 건—극장에서 하는 웃기는 연극에나 나온다고—"

"이런 이런." 내가 말했다. "게이브리얼, 자넨 분명 엉뚱한 당에서 입후보했어. 자네가 저쪽 후보 윌브러햄이라면 아마 멋들어진 연설을 했을 거야. 둘이 바꾸는 게 어떻겠나?"

"그런 여자에 비하면," 게이브리얼은 여전히 씩씩거렸다. "밀리 버트는 수의사의 아내에 불과하지! 정치 모임에는 가도 성에서 열리는 다과 모임에는 초대받지 못하는—그래, 그 자리에 끼워주기엔 부족하다 이거야! 밀리 버트는 거만한 이저벨라 차터리스 여러 명을 합한 것보다 나은 여자라고."

나는 눈을 감고 단호하게 말했다.

"돌아가주겠나, 게이브리얼? 자네가 뭐라고 하든 난 여전

---

* 개 품종의 하나. 작은 몸집에 털은 길고 다리는 짧고 코가 납작하다.

히 많이 아픈 사람이고, 이만 쉬어야겠어. 자넨 날 정말 피곤
하게 해."

존 게이브리얼과 밀리 버트의 관계에 대해 다들 한마디씩 거들 말이 있었고, 그들은 얼마 안 가 내게도 그 이야기를 했다. 휘스트 드라이브 행사 준비로 들썩이던 내 방은 일종의 참석자 휴게실처럼 되어버렸다. 사람들은 차나 셰리주를 마시러 내 방에 찾아왔다. 물론 테리사가 그들을 막을 수도 있었지만 그녀는 막지 않았고 나도 그러는 편이 좋았다. 소문과 악의, 막연한 질투가 빠르게 패턴을 만들어가는 것에 나도 모르게 관심이 생겼기 때문이다.

나는 밀리 버트와 존 게이브리얼 사이에 흠잡을 만한 일이 전혀 없었다고 확신했다. 게이브리얼에게는 우정, 밀리 버트에게는 흠모하는 영웅에 대한 숭배였다.

그러나 당장의 상황에서는 그들의 관계가 앞으로 악의적인 소문이 기대하는 대로 발전할 가능성이 있다는 것을 나도 인정할 수밖에 없었다. 엄밀히 말하면 결백하지만, 밀리 버트는 스스로 의식했든 못했든 이미 게이브리얼에 대해 사랑에 가까운 감정을 느끼고 있었다. 게이브리얼은 본질적으로 욕정에 지배받는 남자였다. 보호자 같던 그의 기사도 정신이 어느 순간 욕정으로 변할지 모르는 일이었다.

선거라는 긴박한 상황만 아니었다면 두 사람의 우정은 진작 연애 감정으로 바뀌었을 것이다. 나는 게이브리얼에게 필요한 것이 사랑과 숭배가 아닐까 생각했다. 또한 아껴주고 보호해 줄 사람이 있다면 그의 내면 깊은 곳에 도사린 어두운 앙금이 사그라질지도 모른다고 생각했다. 밀리 버트는 아껴주고 보호해줘야 하는 여자였다.

나는 이것이 한 수 높은 불륜일지도 모른다고 냉소적으로 생각했다. 욕정보다는 사랑과 동정, 배려와 감사에 바탕을 둔 관계였으니까. 그래도 의심할 것 없이 불륜이었고, 세인트 루의 대다수 유권자는 이 상황을 정상 참작할 여지가 없는 불륜으로 볼 것이었다. 그리고 무미건조하지만 사생활 면에서는 깨끗한 윌브러햄에게 당장 표를 던질 것이었다. 아니면 집에 틀어박혀 투표하러 나오지 않든가. 옳건 그르건 게이브리얼은 개인적인 매력을 내세워 선거전에 임하고 있었다. 유권자들은 윈스턴 처칠이 아니라 존 게이브리얼에게 표를 던지는 것이었다. 그러니 존 게이브리얼은 살얼음판을 밟고 있는 셈이었다.

"이런 이야기를 입에 올리면 안 되는 줄 알지만," 레이디 트레실리언이 숨을 몰아쉬며 말했다. 서둘러 걸어온 참이었다. 그녀는 회색 플란넬 코트를 벗고, 고故 에이미 트레겔리스의 로킹엄 찻잔에 담긴 차를 고마워하며 홀짝였다. 그녀는 음모를 꾸미는 사람처럼 낮은 목소리로 말했다. "혹시 누가 무슨 말 않던가요? 밀리 버트와 우리 후보에 대해서?"

그녀는 곤경에 빠진 스패니얼처럼 나를 쳐다보았다.

"사람들 사이에 말이 좀 도는 것 같더군요." 내가 대답했다.

그녀의 선한 얼굴에 무척 근심스러운 표정이 떠올랐다.

"아이고 이런, 그러지 않으면 좋으련만." 그녀가 말했다. "밀리는 아주 착해요, 알다시피 아주 괜찮은 사람이에요. 절대 그런 부류가 아니죠―이건 너무 부당하다는 뜻이에요. 물론 뭔가 있다면, 조심해야 할 만한 게 있다면 왜 당사자들이 조심하지 않았겠어요? 그랬다면 아무도 모르게 했겠죠. 아무것도 아니니까, 숨길 게 없으니까, 그러니까―그럴 생각을 하지 않았던 거죠―"

그 순간 빅엄 차터리스 부인이 쿵쾅대며 들어왔다. 그녀는 말 때문인지 뭐 때문인지 잔뜩 화가 나 있었다.

"부끄러운 줄도 모르고 경솔하기는." 빅엄 차터리스 부인이 말했다. "제임스 버트는 절대 믿을 인간이 못 되네요. 점점 더 술독에 빠져서는 이젠 일을 할 때도 그게 보여요. 물론 난 전에도 그가 개 진료에는 엉터리인 걸 알았지만, 말이나 소는 침착하게 잘 봤고 사람들도 그를 깊이 신뢰했어요. 그런데 폴니시의 젖소가 새끼를 낳다가 죽었다는군요. 그의 부주의 때문이라죠. 벤틀리의 암말도 그렇게 됐고요. 제임스 버트는 조심하지 않으면 망할 거예요."

"지금 노리스 씨에게 밀리에 대해 말하던 참이었어요." 레이디 트레실리언이 말했다. "혹시 무슨 이야기를 들었나 해서—"

"다 헛소문이에요." 빅엄 차터리스 부인이 강경하게 말했다. "그런데 헛소문이라는 게 여간해선 사라지질 않죠. 이제 사람들은 그 일 때문에 제임스가 과음을 한다고 떠들고 있어요. 계속해서 소문과 헛소리를 지어내고들 있죠. 게이브리얼 소령이 이곳에 오기 훨씬 전부터 제임스는 과음을 했고 아내에게 폭력을 휘둘렀는데."

빅엄 차터리스 부인이 덧붙였다. "그래도 이 상황에 대해 대책을 세워야겠어요. 누군가 게이브리얼 소령에게 말해줘야 한다고요."

"카스레이크가 게이브리얼에게 말한 것 같던데요." 내가 말했다.

"그 사람은 요령이 없어요." 빅엄 차터리스 부인이 말했다.

"게이브리얼이 버럭했을걸요?"

"맞습니다. 그랬죠." 내가 말했다.

"게이브리얼도 참 미련해요." 빅엄 차터리스 부인이 말했다. "인정이 많은 게 그의 단점이죠. 흠ㅡ누가 그녀와 얘기를 해보는 편이 낫겠어요. 선거가 끝날 때까지는 물러나 있으라고 언질을 주는 거예요. 밀리는 사람들이 뭐라고 떠드는지 감도 못 잡고 있을 거예요." 그러고는 시누이에게 몸을 돌리고 말했다. "당신이 말하는 게 좋겠어요, 애그니스."

레이디 트레실리언은 얼굴이 자줏빛으로 변해서 처량하게 푸념했다.

"아니 왜 이래요, 모드? 난 어떻게 말해야 할지도 모를 거예요. 나는 그런 일에 전혀 맞지가 않아요."

"그렇다고 카스레이크 부인이 말하게 둬선 안 돼요. 그 여자는 독이나 진배없어요."

"맞아요, 맞습니다." 나는 열렬하게 동의했다.

"그리고 난 여러 소문의 배후에 그 여자가 있다는 의심이 들어요."

"설마, 그럴 리가요. 카스레이크 부인이 우리 후보에게 악영향을 끼칠 짓을 했을까요."

"이 이야기를 들으면 깜짝 놀랄 거예요, 애그니스," 빅엄 차터리스 부인이 우울하게 말했다. "어느 연대에서 벌어진 일인데 내가 직접 목격했어요. 여자가 한을 품으면 다른 일은 안중에도 없어지는 것 같더군요. 그게 남편의 진급 기회든 뭐든. 혹시 내게 묻는다면," 그녀가 말을 이었다. "난 카스레이크 부인이야말로 존 게이브리얼과 가볍게 바람이라도 피우고 싶어했을 위인이라고 생각해요!"

"모드!"

"노리스 씨에게 한번 물어봐요. 현장에서 지켜봤고, 원래 구경꾼이 판세를 더 잘 읽는다잖아요."

두 부인은 기대하며 나를 쳐다보았다.

"제 생각에는 분명—" 나는 순간 마음을 바꿔서 빅엄 차터리스 부인에게 말했다. "말씀하신 그대로라고 생각합니다."

나는 카스레이크 부인이 얘기를 하다 멈추거나 흘끔대던 시선의 의미를 갑자기 납득하게 됐다. 그럴 것 같지는 않았으나, 카스레이크 부인은 떠도는 소문을 없애려는 노력을 하지 않았을 뿐만 아니라, 어쩌면 그녀가 은밀히 소문을 퍼트렸을지 모른다는 생각까지 들었다.

나는 불쾌한 세상이라고 생각했다.

"누군가 밀리에게 솔직히 말할 거라면 노리스 씨가 적임자예요." 빅엄 차터리스 부인이 뜻밖의 말을 했다.

"말도 안 됩니다!" 내가 외쳤다.

"밀리는 당신을 좋아하고, 몸이 불편한 사람은 언제나 너그러운 대접을 받게 돼 있어요."

"아, 나도 그렇게 생각해요." 레이디 트레실리언은 꺼림칙한 일에서 놓여나게 되어 반색하면서 말했다.

"말도 안 돼요!" 내가 말했다.

"지금 밀리는 별채를 꾸미고 있어요." 빅엄 차터리스 부인이 힘차게 일어나면서 말했다. "내가 밀리를 여기로 보내죠—차를 준비해놓았다고 하면서요."

"전 그런 일 못합니다!" 내가 소리쳤다.

"아니요, 해야 합니다." 빅엄 차터리스 부인이 말했다. 연대장 부인은 거저 했던 게 아니었다. "지독한 사회주의자의 당선을 막기 위해 우리도 뭔가 해야 한다고요."

"이건 처칠을 돕는 일이에요." 레이디 트레실리언이 말했다. "어쨌든 그분은 영국을 위해 큰일을 했으니까요."

"처칠은 우리 영국을 위해 전쟁에서 승리했으니 이제는 차분히 앉아 전쟁사를 집필하고(처칠은 우리 시대 최고의 저술가들 중 한 명이죠) 푹 쉬어야죠, 평화 시기는 노동당에 맡겨두고요." 내가 말했다.

빅엄 차터리스 부인은 성큼성큼 걸어 유리문으로 나갔다. 나는 레이디 트레실리언에게 계속 말했다.

"처칠에게는 휴식을 누릴 자격이 있어요." 내가 말했다.

"노동당이 얼마나 엉망으로 만들어놓을지 생각해봐요." 레이디 트레실리언이 대꾸했다.

"누가 해도 마찬가지일 거라고 생각해보세요." 내가 말했다. "전후 처리는 누가 해도 엉망일 겁니다. 솔직히 그게 우리 당이 아닌 게 차라리 낫지 않나요? 아무튼," 나는 열을 내며 덧붙였고, 그때 밖에서 사람들의 발소리와 목소리가 들렸다. "부인이야말로 밀리 버트에게 상황을 넌지시 알려주기에 적합한 분입니다. 이런 일은 여자분에게 듣는 편이 낫습니다."

하지만 레이디 트레실리언은 고개를 저었다.

"아니요," 그녀가 말했다. "아니죠─사실 그렇지 않아요. 모드 말이 딱 맞아요. 당신이 적임자예요. 틀림없이 그녀도 알아들을 겁니다."

나는 마지막 문장의 대명사가 밀리 버트를 가리킨다고 짐작했다. 과연 그녀가 알아들을지 무척 의심스러웠다.

빅엄 차터리스 부인이 상선을 호위하는 해군 구축함처럼 밀리 버트를 데리고 방에 들어섰다.

"자, 들어와요." 그녀가 기운차게 말했다. "저기 차가 있어요. 차를 마시면서 노리스 씨를 상대해드려요. 애그니스, 나좀 도와줄래요? 선물은 어떻게 하기로 했죠?"

두 부인은 황급히 방에서 나갔다. 밀리 버트는 찻잔에 홍차를 따라 내 옆으로 와서 앉았다. 조금 당황한 것 같았다.

"뭐가 잘못된 건가요, 그런 거예요?" 그녀가 물었다.

그녀가 이런 식으로 말을 꺼내지 않았다면 나는 내게 떠넘겨진 일을 회피했을 것이다. 사실 밀리 버트가 먼저 말을 꺼낸 덕분에 해야 할 말을 하기가 한결 수월했다.

"당신은 정말 좋은 사람이에요, 밀리." 내가 말했다. "세상에는 별로 좋지 않은 사람들도 많다는 걸 알고 있습니까?"

"무슨 뜻인가요, 노리스 씨?"

"실은 당신과 게이브리얼 소령에 대한 악의적인 소문이 떠돌고 있는데 알고 있나요?" 내가 말했다.

"저와 게이브리얼 소령님에 대해서요?" 밀리 버트는 나를 빤히 쳐다보았다. 그녀의 얼굴이 서서히 빨개지더니 머리끝까지 빨개졌다. 그 모습에 나는 당황했고 눈을 돌렸다. "그러니까 제임스만 그런 게 아니라—다른 사람들도 그렇게 생각한다는 건가요?"

"선거 때는," 나는 자신을 원망하면서 말했다. "유력 후보는 특히 조심해야 합니다. 성 바울의 말대로 악마의 등장조차 피해야 하죠…… 아시겠죠? 진저 캣에서 함께 커피를 마신다거나 거리를 걸으며 짐을 들어주는 별것 아닌 일도 쉽게 남들 입에 오르내리게 되니까요."

밀리 버트는 갈색 눈을 불안한 듯 휘둥그레 뜨고 나를 쳐다보았다.

"하지만 아무 일 없었다는 것, 해선 안 될 말을 하지 않았다는 것을 노리스 씨는 믿으시죠? 그렇죠? 제게 그저 아주 친절하게 대해줬을 뿐이에요. 그게 전부예요! 정말 그게 다라고요."

"물론 알고 있어요. 하지만 유력 후보는 친절조차 마음대로 베풀 수 없는 겁니다. 그런 게……" 나는 침울하게 덧붙였다. "우리의 정치 이상이 그렇게 순수한 거라서요."

"전 그분에게 해를 끼치고 싶지 않아요. 절대로 그러지 않을 거예요."

"저도 그럴 거라 믿습니다."

밀리 버트는 애원하듯 나를 쳐다보았다.

"이걸 바로잡으려면—제가 어떻게 해야 할까요?"

"글쎄요, 간단하게 조언하자면—선거가 끝날 때까지 그를 가까이하지 않도록 해요. 가능하면 공공장소에서 함께 있는 모습을 보이지 않도록 애쓰는 게 좋을 거예요."

그녀는 얼른 고개를 끄덕였다.

"네, 그럴게요. 알려주셔서 정말 감사해요, 노리스 씨. 전 그런 건 전혀 생각지도 못했어요. 전 그저—그분이 워낙 잘해주셔서—"

밀리 버트가 일어났고, 존 게이브리얼이 하필 그 순간에 들어오지 않았다면 이야기는 아주 만족스럽게 마무리되었을 것이다.

"안녕하세요." 그가 말했다. "무슨 얘기를 하던 중인가? 지금 막 모임을 끝내고 왔는데 어찌나 떠들었던지 목이 다 잠겼어. 셰리주 있나? 이제 어머니들을 만나야 하는데 위스키는 술 냄새가 날 것 같아서 말이지."

"전 이제 가봐야겠어요. 안녕히 계세요, 노리스 씨. 게이브리얼 소령님, 안녕히 계세요." 밀리 버트가 말했다.

게이브리얼이 말했다. "잠깐만요. 제가 집까지 바래다드리죠."

"아니요. 괜찮아요. 제가―제가 급히 가봐야 해서요."

"좋아요. 그럼 제가 셰리주를 포기하죠." 그가 말했다.

"부탁이에요!" 그녀는 당황해서 얼굴을 붉혔다. "소령님이 같이 가지 않으면 좋겠어요. 전―혼자 가고 싶어요."

밀리 버트는 뛰다시피 방에서 나갔다. 게이브리얼이 나를 향해 휙 돌아섰다.

"누가 저 사람에게 무슨 소리를 했나? 당신인가?"

"내가 했네." 내가 말했다.

"무슨 의도로 내 일에 끼어드는 건가?"

"젠장, 난 자네 일에는 아무 관심 없어. 하지만 이건 보수당 일이야."

"빌어먹을 보수당 일에 언제 관심이나 있었나?"

"그렇게 묻는다면, 아니지." 나는 인정했다.

"그런데 웬 참견이지?"

"자네가 묻는다면, 그래, 내가 밀리 버트를 좋아해서 그랬네. 나중에 혹시 자네가 낙선이라도 하면 밀리 버트가 자책하며 몹시 속상해할 테니까."

"그것 때문에 낙선하는 일은 없을 거야."

"그럴 가능성도 얼마든지 있어, 게이브리얼. 자네는 음란한 상상력의 힘을 과소평가하는군."

그가 고개를 끄덕였다.

"밀리 버트에게 말하라고 당신을 부추긴 사람이 누구지?"

"빅엄 차터리스 부인과 레이디 트레실리언이야."

"쭈그렁할망구들! 레이디 세인트 루도 그랬나?"

"아니, 레이디 세인트 루는 아무 관계도 없어." 내가 말했다.

"그 여자가 조종하고 있는 거라면 난 주말에 밀리 버트를 데리고 떠나서 사람들을 물 먹여주겠어!"

"그러면 일이 아주 깔끔하게 마무리되겠군! 난 자네가 이번 선거에서 이기고 싶어하는 줄 알았는데." 내가 말했다.

그는 갑자기 씩 웃었고, 느긋함을 되찾았다.

"괜찮아, 난 꼭 이길 거니까." 게이브리얼이 말했다.

16

그날 밤은 그 여름을 통틀어 가장 아름다운 밤이었다. 사람들이 롱 반에 모여들었다. 그들은 휘스트 드라이브뿐만 아니라 가장假裝을 하고 댄스도 즐겼다.

내가 구경할 수 있게 테리사가 휠체어를 밀어주었다. 모두가 들떠 있었다. 게이브리얼은 기분이 좋아 보였고 사람들 틈에서 말을 받아치거나 재치 있는 대답을 던지고 있었다. 그는 유난히 쾌활하고 자신감이 넘쳐 보였다. 나는 그것이 게이브리얼의 영악한 면모라고 생각했다. 그의 전염성 있는 활력이 주위 사람들에게 영향을 끼쳐 전체 분위기가 무르익어갔다.

마르고 엄숙한 레이디 세인트 루가 행사의 중심축이었다. 그녀의 참석은 격려로 받아들여졌다. 나는 사람들이 그녀를 좋아하는 동시에 두려워한다는 것을 알고 있었다. 레이디 세인트 루는 어떤 일에 대해 자신의 의견을 기탄없이 밝히는 여성이지만, 한편으로는 두드러지지는 않아도 무척 진심어린 친절을 베풀었다. 그리고 세인트 루와 이곳의 변화에 큰 관심을 보였다.

'성'은 사람들에게 존경의 상징이었다. 전쟁 초기 숙소 관리 장교가 머리를 쥐어뜯으며 피란민들의 숙소 배정을 고민할 때, 레이디 세인트 루의 강경한 전갈이 도착했다. 왜 성으로는 피란민을 배정하지 않느냐는 내용이었다.

펜겔리 씨가 그녀를 성가시게 하고 싶지 않았다고―일부 가정에 버릇없는 아이들이 있다고―머뭇거리며 설명하자 그녀가 대답했다.

"당연히 우리도 되는대로 도와야죠. 우리는 취학 연령의 아이 다섯 명 또는 어머니와 자녀로 구성된 두 가정을 받을 수 있어요. 어느 쪽이든 좋을 대로 하세요."

두 어머니와 그들의 자녀들을 성에 들인 건 별로 좋지 않았다. 런던에 살던 두 어머니는 소리가 울리는 긴 돌바닥 복도를 유령이 나올 것 같다며 무서워했다. 난방이 부실해서 바닷바람이 강하게 불 때는 모두 한데 모여 이를 덜덜 떨어야 했다. 유쾌한 원기와 정감이 있는 런던의 다세대 주택에 살던 사람들에게 성에서의 생활은 악몽이었다. 그들은 곧 떠났고, 취학 연령의 아이들이 들어왔다. 아이들에게 성은 지금껏 겪은 무엇보다 흥분되는 경험을 안겨줬다. 그들은 허물어진 곳을 기어오르고, 어딘가에 있다는 지하 통로를 찾아다니고, 소리가 울리는 돌바닥 복도를 좋아했다. 엄마 노릇을 해주는 레이디 트레실리언을 잘 따랐고 레이디 세인트 루를 두려워하면서도 그녀에게 매료되었으며, 빅엄 차터리스 부인에게는 말과 개와 친해지는 법을 배웠고 사프란을 넣은 번빵을 만들어주는 콘월 출신의 나이든 요리사와도 잘 지냈다.

후에 레이디 세인트 루는 숙소 관리 장교에게 두 번이나 진정을 냈다. 외진 농가로 보내진 아이들에 대한 것이었는데, 그녀는 문제의 농부들이 친절하지도 않고 신뢰할 수도 없다고 했다. 그러므로 시급히 조사해봐야 한다고 주장했다. 한 집에서는 아이들이 심각한 영양부족 상태라는 게 밝혀졌다. 또다른 집의 아이들은 그럭저럭 영양 상태는 괜찮았지만 위생이 엉망이었고 방치돼 있었다.

이런 일로 노부인은 한층 더 존경받게 되었다. 사람들은 '성'에서 불의를 그냥 넘어가지 않는다고들 말했다.

레이디 세인트 루는 휘스트 드라이브 행사장에 그리 오래 머무르지 않았다. 그녀는 두 노부인과 함께 떠났다. 이저벨라는 테리사와 카스레이크 부인, 다른 부인들을 돕기 위해 남았다.

나는 이십 분가량 머물며 모든 상황을 지켜봤다. 그리고 로버트가 휠체어를 밀어줘 함께 집으로 향했다. 테라스에서 로버트에게 멈추라고 말했다. 포근한 밤이었고 달빛이 교교했다.

"난 여기 있을게." 내가 말했다.

"알았다. 담요나 뭐 필요해?"

"아니. 아주 포근한데."

로버트는 고개를 끄덕이고 몸을 돌려 성큼성큼 별채로 향했다. 그도 맡은 일이 있었다.

나는 거기서 느긋하게 담배를 피웠다. 달빛이 드리운 바다 위로 성채의 윤곽이 솟아 있었고, 그건 어느 때보다 연극 무대처럼 보였다. 별채 쪽에서 음악소리와 사람들의 목소리가 흘러나왔다. 내 등뒤의 집은 어두웠고 한 군데 열려 있는 창을 빼면 덧문도 모조리 닫혀 있었다. 오묘한 달빛 때문에 마치 성에서 폴노스 하우스까지 빛의 길이 뻗은 것처럼 보였다.

나는 번쩍이는 갑옷을 입은 사람이 말을 타고 그 길을 달려오는 상상에 빠졌다. 성으로 돌아오는 젊은 세인트 루 경……군복이 쇠사슬 엮인 갑옷보다 낭만적인 맛이 훨씬 덜한 것이 아쉬웠다.

별채에서 아득하게 흘러나오는 사람들의 소란스러운 소리와는 전혀 다른 여름밤의 삑삑대고 부스럭대는 소리가 들렸다. 작은 동물들이 제 할일을 하면서 기어다니는 소리, 나뭇잎 바스락거리는 소리, 저멀리 부엉이 우는 소리……

막연한 만족감이 밀려들었다. 내가 테리사에게 했던 말은 거짓이 아니었다. 나는 인생을 다시 시작하고 있었다. 과거와 제니퍼는 빛나지만 실체가 없는 꿈 같았다. 그 꿈과 나 사이에는 고통과 암흑과 무기력의 늪이 있었고, 나는 이제야 겨우 거기서 빠져나오려 하고 있었다. 예전의 삶으로 돌아갈 수 없었다. 단절은 확실했다. 내가 시작한 삶은 새로운 삶이었다. 이 삶은 어떤 것일까? 나는 이 삶을 어떻게 만들어갈까? 새로운 휴 노리스는 누구며 어떤 인간일까? 흥미가 꿈틀거리기 시작하는 것을 느꼈다. 나는 무엇을 알고 있는가? 무엇을 기대할 수 있는가? 무엇을 하려고 하는가?

별채에서 흰옷을 입은 키 큰 사람이 나오더니 잠시 머뭇거리다 내 쪽으로 걸어왔다. 나는 이저벨라를 곧바로 알아보았다. 그녀는 다가와서 돌의자에 앉았다. 밤의 조화가 완벽했다.

우리는 꽤 한참 동안 아무 말도 하지 않았다. 나는 무척 행복했다. 말로 그 행복을 망치고 싶지 않았다. 생각조차 하고 싶지 않았다.

갑자기 불어온 바닷바람에 흩날리는 머리카락을 붙잡으려 이저벨라가 팔을 들었을 때에야 그 마법이 깨졌다. 나는 그녀를 향해 고개를 돌렸다. 이저벨라는 아까 내가 보았던 성으로 이어진 달빛 드리운 길을 응시하고 있었다.

"루퍼트가 이런 밤에 와야 하는데 말이죠." 내가 말했다.

"네." 그녀가 미세하게 흔들리는 목소리로 말했다. "그래야 하는데."

"난 그가 쇠사슬 갑옷을 입고 말을 타고 오는 모습을 그려보고 있었어요. 하지만 진짜 루퍼트는 군복에 베레모 차림으로 오겠죠." 내가 말했다.

"루퍼트는 틀림없이 곧 올 거예요." 이저벨라가 말했다. "네, 틀림없이 곧 올 거예요……"

그 목소리에는 고통스러운 듯한 다급함이 담겨 있었다.

나는 그녀가 무슨 생각을 하는지 알지 못했지만, 막연한 불안을 느꼈다.

"너무 기대하지 않는 게 좋아요." 나는 이저벨라에게 충고했다. "어떤 일이든 아주 엉뚱한 결과가 나오기도 하니까."

"그래요, 때로는."

"기대하는 일이 이루어지지 않으면……" 내가 말했다.

이저벨라가 대꾸했다. "루퍼트는 틀림없이 곧 올 거예요."

그녀의 목소리에 우려와 현실적인 절박함이 묻어 있었다.

내가 이유를 물으려던 순간 존 게이브리얼이 별채에서 나와 우리 쪽으로 다가왔다.

"노리스 부인이 당신에게 뭐 필요한 게 없는지 물어봐달라는군. 한잔 갖다줄까?" 그가 내게 말했다.

"아니, 됐어."

"정말?"

"그래."

게이브리얼은 이저벨라를 못 본 체했다.

"자네 술이나 가져오지 그래." 내가 말했다.

"아니, 괜찮아. 생각 없어." 그가 멈췄다가 다시 말을 이었다. "아름다운 밤이군. 이런 밤에 젊은 로렌조*는……"

세 사람 모두 침묵했다. 별채에서 음악소리가 희미하게 새어나왔다. 게이브리얼이 이저벨라를 향해 몸을 돌렸다.

"가서 춤추시겠습니까?"

이저벨라는 일어나서 평소처럼 예의바르게 대답했다. "고맙습니다. 기꺼이 그러죠."

두 사람은 말없이 왠지 어색한 모습으로 걸어갔다.

나는 제니퍼를 생각했다. 그녀가 어디서 뭘 하고 있을지 궁금했다. 행복할까? 아니면 불행할까? 속된 말로 '다른 남자'를 구했을까? 그랬다면 다행이지만. 나는 그랬기를 진심으로 바랐다.

제니퍼를 생각해도 쓰라린 고통 따위 없었다. 예전에 알던 제니퍼는 실제로 존재하지 않았기 때문이다. 자기만족을 위해 내가 만들어낸 제니퍼일 뿐이었다. 나는 실제의 제니퍼에 대

---

* 셰익스피어의 『베니스의 상인』에서 상인 샤일록의 딸과 사랑의 도피를 했던 기독교도 청년.

해서는 생각해보지도 않았다. 그녀와 나 사이에 제니퍼를 좋아하는 휴 노리스가 있었던 것이다.

큰 계단을 조심조심 뒤뚱거리며 내려오던 어린 시절 내 모습이 스치듯 떠올랐다. 우쭐거리는 내 목소리가 희미하게 메아리치는 듯했다. "지금 휴 노리스 내려가요……" 나중에 아이는 '나'라고 일인칭으로 말하는 법을 배운다. 하지만 마음속 깊은 곳으로는 '나'가 뚫고 들어가지 못한다. 아이는 '나'가 아니라 제삼자로 계속 남는다. 그리고 연속되는 그림 속 인물을 보듯 자신을 본다. 예전에 나는 제니퍼를 위로하는 휴, 그녀의 전부였던 휴를 보았다. 제니퍼를 행복하게 해줄 휴, 그녀가 겪은 모든 불행을 보상해줄 휴를 보았다.

그랬다, 바로 밀리 버트 같다고 나는 문득 생각했다. 제임스와 결혼하기로 결심했던 밀리. 그녀는 그를 행복하게 해주는 자신을, 제임스의 음주 문제를 해결하는 자신을 상상했다. 그녀는 실제의 제임스에 대해서는 알려고 하지 않았다.

나는 이 과정을 존 게이브리얼에게 적용해보려 했다. 사랑스러운 여성을 동정하고, 기운을 북돋우고, 친절을 베풀고, 도와주려 하는 존 게이브리얼.

나는 다시 테리사로 생각해보았다. 로버트와 결혼한 테리사. 테리사는.

그러나 생각할 수 없었다. 테리사는 어른이야—이미 '나'라고 말하는 법을 배웠지. 나는 중얼거렸다.

별채에서 두 사람이 나왔다. 그들은 내 쪽으로 오지 않고 몸을 돌려 테라스 계단을 내려가 정원의 연못 쪽으로 향했다……

나는 머릿속 탐구를 이어갔다. 레이디 트레실리언은 내게 건강을 되찾으라고, 인생에 관심을 가지라고 설득하는 자신을 보았다. 빅엄 차터리스 부인은 무슨 일에든 언제나 적절한 대처법을 알고 있는 자신을 보았다. 그녀의 눈에 자신은 여전히 연대장의 유능한 아내였다. 하긴, 왜 안 그러겠는가? 인생은 힘들고, 그러니 꿈이라도 가져야 하는 것을.

제니퍼도 꿈을 꾸었을까? 진짜 제니퍼는 어떤 사람이었을까? 나는 알려고 신경이나 썼던가? 나는 항상 보고 싶은 것만, 나의 충실하고 불행한 제니퍼만 보지 않았던가?

진짜 제니퍼는 어떤 사람이었을까? (생각해보면!) 그다지 훌륭하지도 충실하지도 않았고, 분명히 불행한…… 확실히 불행한 사람이었다. 내가 부서지고 망가진 채 누워 있을 때 그녀가 후회하고 자책하던 일이 기억났다. 모든 게 그녀의 잘못, 그녀 탓이라며. 그것은 제니퍼가 자신을 비련의 여주인공으로 보고 있었기 때문이 아니었을까?

그때까지 벌어진 일 전부가 자신이 아니면 일어나지 않았을 일이었던 것이다. 제니퍼는 그랬다. 비극적이고 불행한 사람. 자기 때문에 매사가 잘못되고, 다른 모든 이의 불행까지

자기 탓이라고 하는 사람. 밀리 버트도 그녀와 아주 비슷했다. 밀리—내 생각은 인간성에 대한 일반론에서 현재의 일상적인 문제로 갑자기 바뀌었다. 밀리 버트는 오늘밤 모습을 보이지 않았다. 그녀로서는 현명하게 처신한 것이다. 그런데도 그녀의 불참이 여전히 뒷말을 만들어낼까?

나는 갑자기 몸을 떨면서 정신을 차렸다. 깜빡 졸았던 게 분명했다. 점점 싸늘해지고 있었다……

테라스 계단을 올라오는 발소리가 들렸다. 존 게이브리얼이었다. 그는 내 쪽으로 걸어왔고, 걸음걸이가 흐트러져 있었다. 나는 게이브리얼이 취했다고 생각했다.

다가온 그를 보고 나는 깜짝 놀랐다. 그는 목이 쉬었고 발음이 분명하지 않았다. 취한 것이 분명했지만, 그를 그런 상태에 빠뜨린 것은 알코올이 아니었다.

그가 술에 취한 듯한 소리를 내며 웃었다.

"그 여자!" 게이브리얼이 말했다. "그 여자! 내가 그 여자도 다른 여자나 별다를 것 없다고 했었지. 머리는 별들 사이에 있는지 몰라도 발은 흙속에 단단히 박혀 있다고."

"무슨 말을 하는 건가, 게이브리얼? 술 마셨나?" 내가 날카롭게 말했다.

그는 다시 웃어댔다.

"웃기는 소리 말게! 아니, 난 술 마시지 않았네. 술보다 더 좋은 게 널렸거든. 거만하고 콧대만 높은 여자! 너무 고상해서 평범한 족속과는 어울리지도 못하는 여자! 내가 그 여자에게 주제를 알려줬어. 그 여자를 별들 사이에서 끌어내렸지. 그 여자가 무엇으로 만들어졌는지, 평범한 흙으로 만들어졌을 뿐이란 걸 가르쳐줬다고. 전에도 말했지만 그 여자는 성녀가 아니야, 그런 입술을 가졌으니까…… 그 여자도 철저히 인간이야. 우리와 똑같은 인간. 당신도 아무 여자하고나 한번 자봐. 여자는 다 똑같아…… 하나같이 똑같아!"

"이봐, 게이브리얼. 무슨 일이 있었던 거지?" 내가 발끈하며 물었다.

그는 낄낄거렸다.

"재미를 봤지." 그가 말했다. "재미 좀 봤다 이거야. 내 방식대로 재미를 봤는데, 그 방식이란 게 또 기가 막히지."

"당신이 그 어린 여자를 모욕한 거라면—"

"어린 여자라고? 그 여자는 다 자란 성인이야. 자기가 무슨 일을 하는지 알아. 아니, 당연히 그래야지. 성숙한 여자야. 내가 보증하네."

그는 또다시 웃어댔다. 그 소리가 여러 해 동안 내 뇌리에서 떠나지 않았다. 아주 역겹고 속물같이 낄낄거리는, 끔찍하게 불쾌한 웃음소리였다. 나는 그때 그를 증오했고, 증오는 계속됐다.

나는 내 무력함을, 꼼짝도 못하는 상태를 끔찍하리만치 자각했다. 게이브리얼은 경멸하는 듯한 재빠른 시선으로 내 자각을 더욱 끔찍하게 만들었다. 난 그날 밤의 존 게이브리얼만큼 추악한 인간을 상상할 수 없다⋯⋯

그는 다시 킬킬거리며 별채 쪽으로 비틀비틀 걸어갔다.

나는 분노에 떨며 그의 뒷모습을 바라보았다. 불구라는 쓰라린 처지를 곱씹고 있을 그때, 누군가 테라스 계단을 올라오는 소리가 들렸다. 이번에는 가볍고 조용한 발소리였다.

이저벨라가 테라스를 가로질러 다가왔고 내 옆의 돌의자에 앉았다.

그녀는 평소처럼 침착하고 조용하게 움직였다. 그러고는 아까 저녁나절처럼 침묵을 지키며 앉아 있었다. 하지만 나는 뭔가 달라졌다고 의식했다, 분명하게 의식했다. 내색하지는 않았지만 이저벨라는 안심시켜주기를 원하는 것 같았다. 그녀의 내면에서 뭔가가 깜짝 놀라 깨어났다. 나는 그녀가 깊은 영혼의 고통에 빠졌다고 확실히 느꼈다. 하지만 정확히 무엇이 그녀의 마음속을 가로지르고 있는지 몰랐다. 짐작조차 하지 못했다. 어쩌면 그녀 자신도 몰랐을 것이다.

나는 좀 두서없이 말했다. "이저벨라, 괜찮겠어요?"

내가 무슨 의도로 그런 말을 했는지도 전혀 몰랐다.

그녀가 바로 대답했다. "모르겠어요⋯⋯"

잠시 후 이저벨라가 내 손을 잡았다. 신뢰가 담긴 사랑스러운 몸짓이었고, 나는 그 몸짓을 그후로도 잊지 못했다. 우리는 아무 말도 하지 않았다. 한 시간 가까이 가만히 앉아만 있었다. 그러다가 사람들이 별채에서 쏟아져나오기 시작했고, 여자들이 와서 수다를 떨고 행사가 잘 끝난 것을 서로 축하했다. 그중 한 여자의 차를 타고 이저벨라는 돌아갔다.

모두 꿈같고 비현실적이었다.

다음날 나는 게이브리얼이 내 근처에는 얼씬도 안 할 거라 예상했지만, 그는 언제나 예측 불허였다. 열한시 직전 그가 내 방에 들어왔다.

"당신이 혼자 있길 바라고 왔어." 그가 말했다. "어젯밤 내가 정말 어리석은 짓을 한 것 같네."

"자네는 그걸 그렇게 말하는군. 난 그보다는 더 강한 표현을 써야겠네. 자네는 최악이야, 게이브리얼."

"그 여자가 뭐라고 했나?"

"아무 말도 하지 않았어."

"당황하던가? 화를 내던가? 빌어먹을, 분명 무슨 말인가 했을 텐데. 당신과 거의 한 시간 동안 있었잖아."

"아무 말도 하지 않았어." 내가 반복해서 말했다.

"정말 난—" 그는 말을 멈췄다. "이봐, 혹시 내가 그 여자를 유혹했다고 생각하는 건 아니겠지? 그런 건가? 말도 안 돼. 맙소사, 그게 아니네! 난 그냥—그 여자에게 구애 비슷한 행위를 했을 뿐이야. 그래, 달빛과 예쁜 여자—누구라도 그랬을 거라고."

나는 대답하지 않았다. 게이브리얼은 내 침묵을 말처럼 알아들은 듯이 대답했다.

"당신이 맞아." 그가 말했다. "나도 내가 별로 탐탁지 않네. 하지만 그 여자가 날 돌아버리게 만들었어. 처음 만났을 때부터 계속 날 미치게 만들었다고. 건드리는 것조차 안 되는 사람처럼 아주 고고한 얼굴을 하고. 그래서 어젯밤에 한번 건드려봤지—그래, 그건 구애도 아니었어—야수 같은 짓이었지. 그런데 그 여자가 반응을 하더군. 그 여자도 철저히 인간이었어—토요일 밤에 만나는 여느 여자나 다름없는 그냥 여자. 아마 지금쯤 나를 증오하고 있겠지. 난 한숨도 못 잤어—"

그가 거친 걸음걸이로 서성거렸다. 그러더니 다시 물었다.

"그 여자가 정말 아무 말도 하지 않았나? 아무 말도?"

"난 두 번이나 그렇다고 말했네." 내가 쌀쌀맞게 대꾸했다.

게이브리얼은 머리를 쥐어뜯었다. 우스운 동작이었지만, 사실은 완전히 비극적이었다.

"그 여자가 무슨 생각을 하는지 모르겠어." 그가 말했다. "난 그 여자에 대해 아무것도 몰라. 그 여자는 내가 닿을 수 없는 어딘가에 있지. 피사의 그 망할 프리즈*같이. 천국의 나무 아래 앉아서 미소 짓는 축복받은 여자. 난 기어코 그 여자를 끌어내려야 했어ㅡ그래야 했네! 더이상 참을 수가 없었으니까. 참을 수가 없었다고! 그 여자에게 굴욕을 주고 싶었네. 땅으로 끌어내리고 싶었어, 수치스러워하는 얼굴을 보고 싶었어. 나처럼 지옥에 떨어지는 고통을 느끼길 바랐어ㅡ"

"제발 닥치게, 게이브리얼!" 나는 화가 나서 소리쳤다. "자네한텐 품위라는 게 없나!"

"그래, 난 품위 없는 인간이야. 당신도 나 같은 경험을 했다면 마찬가지였을 걸세. 요 몇 주! 그 여자를 만나지 않았다면 좋았을걸. 그 여자를 잊어버릴 수 있다면. 그 여자가 존재한다는 것조차 몰랐다면."

"도대체 무슨 말인지ㅡ"

그는 내 말을 가로막았다.

"당신이 어떻게 알겠나. 자기 콧등에 있는 것조차 보지 않는 사람이! 당신같이 이기적인 사람이 또 있는 줄 아나? 완전히 자기감정에 빠져 지내지. 내가 당하는 게 보이지 않나? 앞으로

---

* 건물의 윗부분에 그림이나 조각으로 하는 띠 모양의 장식.

도 이런다면 난 국회의원이 뭐고 상관없어질 거라고."

"이 나라에는 이득이겠군." 내가 말했다.

"사실은," 게이브리얼이 우울하게 말했다. "내가 일을 완전히 망친 것 같네."

나는 대꾸하지 않았다. 거만한 게이브리얼을 견디느라 힘들었기에 완전히 풀죽은 그의 모습에 상당한 만족감을 느낄 수 있었다.

내 침묵은 그를 화나게 했다. 난 반가웠다. 그를 화나게 하려는 의도로 그랬으니까.

"노리스, 난 당신이 얼마나 점잖은 척 금욕적인 척하는지 본인이 아는지 의심스러워. 나더러 어쩌라는 건가? 그 여자에게 사과라도 해야 하나? 제정신이 아니었다 같은 말이라도 해야 하느냐고!"

"그건 내가 상관할 바가 아니지. 여자 경험이 많은 자네가 잘 알 거 아닌가."

"난 그런 여자를 만나본 적이 없어. 그 여자가 충격—환멸을 느꼈다고 생각하나? 나를 최악이라고 생각할까?"

나는 이저벨라가 어떻게 생각하고 느끼는지 모르겠다는 단순한 사실을 다시 한번 그에게 뇌까리며 쾌감을 맛보았다.

"하지만 그 여자가 지금 여기로 오는 것 같군." 나는 창밖을 내다보며 말했다.

게이브리얼은 얼굴을 붉혔고 눈빛은 멍했다.

그는 벽난로 앞에서 다리를 벌리고 턱을 쳐든 흉한 자세로 서 있었다. 얼굴에 떠오른 주뼛거리고 당황한 표정은 그와 전혀 어울리지 않았다. 뻔하고 교활하고 비열해 보이는 그의 모습이 내게는 쾌감을 줬다.

"그 여자가 날 고양이가 물어다놓은 뭣 보듯 쳐다보면—" 그는 말을 끝맺지 못했다.

하지만 이저벨라는 고양이가 물어다놓은 뭣 보듯 게이브리얼을 쳐다보지 않았다. 그녀는 내게 인사한 다음 게이브리얼에게도 인사를 건넸다. 그녀는 우리 두 사람을 똑같은 태도로 대했다. 평소처럼 침착하고 흠잡을 데 없이 예의발랐다. 그리고 여느 때와 다름없이 평온하고 흔들림 없는 표정을 지었다. 이저벨라는 테리사에게 전할 말이 있어서 왔고, 테리사가 카스레이크 부부의 집에 있다는 것을 알고는 방에서 나갔다. 나가기 전 그녀는 우리 두 사람을 향해 품위 있게 미소 지었다.

이저벨라가 문을 닫자 게이브리얼이 욕을 퍼붓기 시작했다. 계속해서 신랄하게 욕을 해댔다. 나는 그의 악의적인 저주를 멈추려고 애썼지만 소용없었다. 게이브리얼이 내게 소리쳤다.

"잠자코 있게, 노리스. 당신과는 아무 상관 없는 일이니까. 내 분명히 말하는데, 그게 내 마지막이 된다 하더라도 저 오만방자한 여자의 콧대를 반드시 꺾어놓고야 말겠어."

이 말을 끝으로 게이브리얼은 돌아갔다. 그는 폴노스 하우스가 흔들릴 정도로 문을 세게 닫았다.

나는 카스레이크 부부를 만나고 돌아가는 이저벨라를 놓치지 않으려고, 종을 울려 내 휠체어를 테라스로 밀어달라고 했다.

얼마 기다리지 않았다. 이저벨라가 멀리 떨어진 유리문에서 나와 테라스로 걸어왔다. 이저벨라는 평소처럼 자연스럽게 곧장 돌의자로 와서 앉았다. 그녀는 아무 말도 하지 않았다. 가느다란 손을 평소처럼 무릎 위에 포갰다.

평소 같으면 이 상태로도 충분했겠지만 이날 나는 머릿속이 복잡했다. 기품 있게 생긴 그 머리로 대체 무슨 생각을 하는지 알고 싶었다. 그녀의 머릿속에 게이브리얼이 있다는 건 알고 있었다. 전날 밤에 벌어진 일이 이저벨라의 뇌리에 인상을 남겼다면. 하지만 그 인상이 어떤 것인지 나는 짐작할 수 없었다. 이저벨라에게는 단순한 언어로 상황을 표현해야 했다. 완곡하게 에둘러 말해봤자 그녀의 어리둥절한 눈길만 받을 뿐이었다.

하지만 관습이라는 게 있기 때문에 나는 아주 애매한 말로 운을 뗐다.

"괜찮아요, 이저벨라?" 내가 물었다.

그녀는 담담한 눈길로 나를 의아한 듯이 바라보았다.

"게이브리얼 말이에요." 내가 말했다. "아침에 난감해하더군요. 지난밤 일을 당신에게 사과하고 싶은가봐요."

"왜요?" 이저벨라가 말했다.

"그건—" 나는 머뭇머뭇 중얼거렸다. "게이브리얼은 자신이 너무 무례했다고 생각해요."

이저벨라는 생각에 잠긴 표정을 지으며 말했다. "그렇군요."

이저벨라는 전혀 당황한 것 같지 않았다. 내가 참견할 일이 아닌 줄 알면서도 호기심 때문에 더 묻지 않을 수 없었다.

"당신은 그가 무례했다고 생각하지 않아요?" 내가 물었다.

"전 모르겠어요…… 그냥 모르겠어요……" 이저벨라가 말하고 왠지 변명하듯 덧붙였다. "그 일에 대해 생각할 짬이 없었거든요."

"충격적이나 두렵거나 당황스럽지 않았어요?"

나는 궁금했다. 진심으로 궁금했다.

이저벨라는 내 말을 곰곰이 생각하는 것 같았다. 그러더니 입을 열었다. 여전히 아주 멀리 있는 것을 바라보는 듯했다.

"아니요, 그런 것 같지 않아요. 제가 그래야 했나요?"

그녀는 결국 거기서 내게 공을 넘긴 형국이었다. 나는 뭐라 대답해야 할지 몰랐으니까. 평범한 여자가 처음으로—사랑은 아니지만, 확실히 점잖지 않은—야만스러운 남자의 쉽게 끓어오르는 욕정을 경험하면 어떤 기분을 느낄까?

나는 전부터 이저벨라에게는 독특하고 순결한 뭔가가 있다고 느꼈다. (아니면 그저 그렇게 느끼고 싶었던 걸까?) 그런데 그게 사실일까? 내 기억에 게이브리얼은 두 번이나 그녀의 입술을 언급했다. 나는 그녀의 입술을 쳐다보았다. 도톰한 아랫입술, 아무것도 칠하지 않은 풋풋하고 자연스러운 붉은 입술은 합스부르크 왕족의 입술과 비슷했다—그랬다, 관능적이고—정열적인 입술.

게이브리얼이 그녀에게서 반응을 불러일으킨 것이었다. 하지만 어떤 반응이었을까? 순전히 관능적인 반응이었을까? 아니면 본능적인? 그녀의 이성이 그 반응을 용인했을까?

그때 이저벨라가 내게 질문을 던졌다. 그녀는 내게 게이브리얼을 좋아하느냐고 단도직입적으로 물었다.

평소라면 그 질문에 대답하기 어려웠을 것이다. 하지만 이날은 그렇지 않았다. 이날 게이브리얼에 대한 내 감정은 아주 확실했다.

나는 단호하게 대답했다. "아니요."

그녀는 생각에 잠겨 말했다. "카스레이크 부인도 그를 좋아하지 않아요."

나는 카스레이크 부인과 같이 묶이는 게 몹시 못마땅했다.

이번에는 내가 질문을 던졌다.

"그를 좋아합니까, 이저벨라?"

그녀는 아주 오랫동안 침묵했다. 그러다가 어렵사리 몇 마디를 꺼냈고, 나는 그녀가 곤혹이라는 깊은 늪에서 올라왔음을 느낄 수 있었다.

"전 그를 몰라요…… 그에 대해 아무것도 모르죠. 누군가에 대해 아무 말도 할 수 없을 정도로 모른다는 건 끔찍한 일이에요."

나는 그 말의 의미를 잘 이해할 수 없었다. 왜냐하면 내 경우 여자에게 끌릴 때 늘 상대에 대한 이해가 말하자면 단초가 됐기 때문이다. 우리 사이에 특별한 공감대가 있다는 믿음(때로는 잘못된 믿음). 좋아하는 것과 싫어하는 것이 같거나, 연극이나 책에 대한 기호가 비슷하거나, 윤리관이 맞는다거나, 연민 또는 혐오를 느끼는 대상이 같다는 것을 발견하거나.

따뜻한 동지애가 언제나 관계의 시작점이었다. 실은 동지애가 아니라 위장된 성적 끌림에 불과한 적이 많았지만.

테리사는 게이브리얼이 여자에게 매력적인 남자라고 했다. 어쩌면 이저벨라도 그렇게 느꼈을 것이다. 하지만 그의 남성적인 매력에 그녀가 노골적으로 끌렸다면, 그건 이해라는 그럴듯한 허식으로 설명될 수 없는 것이었다. 게이브리얼은 이방인, 외지인으로 이곳에 왔다. 이저벨라는 정말 그에게 매력을 느꼈을까? 그의 인간 됨됨이가 아니라 구애 행위에 매료된 건 아니었을까?

모두 억측임을 나는 깨달았다. 이저벨라는 추측하지 않는 사람이었다. 게이브리얼에게 어떤 감정을 가졌든 그녀는 분석하지 않을 것이었다. 그 감정 그대로 받아들일 것이었다. 인생이라는 태피스트리의 부분으로 받아들이고, 계속해서 다음 무늬를 짜나갈 것이었다.

나는 문득 깨달았다. 게이브리얼에게 광기에 가까운 분노를 불러일으킨 것이 바로 그녀의 그런 태도였음을. 나는 한순간 게이브리얼에게 안쓰러움을 느꼈다.

그때 이저벨라가 말했다.

그녀는 진지한 목소리로 왜 빨간 장미를 꽃병에 꽂으면 오래가지 않는지 아느냐고 물었다.

우리는 그것을 화제로 이야기했다. 나는 그녀에게 좋아하는 꽃이 뭐냐고 물었다.

이저벨라는 빨간 장미와 짙은 갈색 꽃무, 탐스러운 연보라색 비단향꽃무라고 대답했다.

나는 아주 묘한 조합이라고 생각했다. 이저벨라에게 왜 그렇게 특이한 꽃들을 좋아하느냐고 물었다. 그녀는 모른다고 대답했다.

"게으른 면이 있네요, 이저벨라," 내가 말했다. "조금만 생각해보면 확실하게 알 수 있을 텐데요."

"그런가요? 좋아요, 그럼 생각해보죠."

이저벨라는 허리를 똑바로 펴고 앉아 가만히 생각에 잠겼다……

(내가 이저벨라를 생각할 때마다 떠올리는 모습이다. 난 지금도 그렇고 죽을 때까지도 그녀의 그 모습을 떠올릴 것이다. 햇살이 비치는 돌의자에서 당당히 고개를 들고 가늘고 긴 손을 가만히 무릎에 포갠 채 진지한 표정으로 꼿꼿이 앉아 꽃에 대해 생각하던 모습.)

드디어 이저벨라가 입을 열었다. "만지면 모두 기분좋기 때문이에요. 벨벳처럼 부드럽고…… 향기가 좋기도 하고요. 장미는 자랄 때 아름답지 않아요, 보기 싫게 자라거든요. 또 장미는 유리병에 혼자 있고 싶어해요—그래야 아름다우니까—하지만 너무 금세 고개를 떨구고 죽고 말죠. 아스피린을 넣어도 줄기를 태워도 무슨 수를 써도 소용없어요. 다른 꽃들은 몰라도 빨간 장미는, 탐스러운 검붉은 장미는 오래 살아 있게 할 방법이 없어요—죽지 않으면 좋을 텐데."

이저벨라가 내게 했던 말 중에서 가장 길었다. 그녀는 게이브리얼보다 장미에 더 관심을 갖고 이야기하고 있었다.

이 순간 역시 아까와 마찬가지로 내 기억에 영원히 각인됐다. 나와 이저벨라가 나눈 우정의 최고 순간이었으니까……

내 휠체어가 있는 곳에서는 들판을 가로지르는 좁은 길부터 세인트 루 성까지 내다보였다. 그 좁은 길을 따라 누군가 걸어오고 있었다—군복에 베레모를 쓴 형체. 나는 갑작스럽게 북받치는 듯한 통증에 소스라쳤고, 세인트 루 경이 집에 돌아왔다는 것을 알았다.

사람은 때때로 일련의 일들이 전에도 여러 번 지겨울 정도로 일어났던 것 같다는 착각에 빠진다. 젊은 세인트 루 경이 우리 앞으로 걸어오는 것을 보며 내가 받은 인상이 그랬다. 여기 무력하고 꼼짝없이 앉아 들판을 걸어오는 루퍼트 세인트 루를 여러 번 본 듯한 기분…… 전에도 여러 번 보았고, 앞으로도 다시 볼…… 영원히 그럴 것 같았다.

내 마음이 외치고 있었다. 이저벨라, 이제 작별이군. 운명이 당신을 데리러 오고 있어.

또다시 동화 같은 분위기가 흘렀다. 이건 환영이고, 비현실이었다. 낯익은 이야기의 낯익은 결말에서 이번에도 나는 거드는 역할을 맡게 될 것이었다.

나는 가볍게 한숨을 내쉬며 이저벨라를 바라보았다. 그녀는 운명이 다가오는 것을 까맣게 몰랐다. 길고 가는 하얀 손을 내려다보고 있었다. 여전히 장미에 대해, 아니면 진갈색 꽃무에 대해 생각하는 것 같았다⋯⋯

"이저벨라." 내가 조용히 불렀다. "누가 오고 있어요⋯⋯"

그녀는 서두르지 않고 무심하게 고개를 들었다. 그리고 고개를 돌렸다. 그대로 굳는 듯하더니 가벼운 떨림이 그녀의 몸을 훑고 지나갔다.

"루퍼트예요. 루퍼트⋯⋯" 그녀가 말했다.

물론 루퍼트가 아닐 수도 있었다. 그 정도 거리에서는 누군지 알아보기 힘들었다. 하지만 그는 루퍼트였다.

그는 주저하듯 문으로 들어와 테라스 계단을 올라왔고, 난처한 듯했다. 폴노스 하우스의 주인이 그가 만나본 적이 없는 사람으로 바뀌어서였다⋯⋯ 하지만 성의 노부인들이 이저벨라가 여기 있을 거라고 말했을 것이었다.

루퍼트가 테라스로 들어서자 이저벨라는 급히 일어섰다. 그녀는 루퍼트가 올라오는 계단을 두 칸 내려섰다. 그가 서둘러 계단을 올라와 이저벨라에게 다가왔다.

"루퍼트⋯⋯" 그와 마주치자 그녀가 아주 부드럽게 속삭였다.

"이저벨라!" 그가 말했다.

그들은 손을 맞잡고 가만히 섰고, 루퍼트는 그녀를 보호하듯 머리를 살짝 숙이고 있었다.

완벽했다―정말 완벽했다. 영화의 한 장면이라면 재촬영이 필요 없었을 것이다…… 연극 무대라면 중년이 넘은 여자 관객들의 심금을 울렸을 것이다. 목가적인―비현실적인―동화의 행복한 결말 같았다. 그야말로 낭만적이었다.

오랫동안 서로를 생각하던 청년과 아가씨의 만남이었다. 서로가 일부는 환상이기도 한 이미지를 만들어오다 마침내 만나서 자신들이 그리던 이미지가 신기할 만큼 현실과 똑같다는 것을 확인하는……

현실에서는 일어나지 않을 거라고 사람들이 말하던 일이었다. 그런데 그런 일이 여기서, 내 눈앞에서 벌어졌다.

그들은 그 첫 순간에 상황을 정리했다. 루퍼트는 세인트 루로 돌아와 이저벨라와 결혼할 거란 다짐을 마음 한구석에 집요하게 간직해왔다. 이저벨라는 루퍼트가 돌아와 청혼할 것이고 두 사람이 함께 세인트 루에 살게 될 거라고 조용히 확신해왔다…… 그후로 영원토록 행복할 거라고.

그리고 지금 그 확신이 확인됐고 환상은 현실이 됐다.

그 순간은 오래 지속되지 않았다. 이저벨라가 나를 향해 몸을 돌렸다. 그녀의 얼굴은 행복으로 빛나고 있었다.

"이분은 휴 노리스 씨예요. 노리스 씨, 루퍼트예요." 그녀가 말했다.

그가 다가와 악수를 청했고, 나는 그를 찬찬히 보았다.

나는 살면서 루퍼트 세인트 루보다 더 잘생긴 남자는 본 적이 없다. 그가 '그리스 조각상' 같았다는 뜻은 아니다. 그는 정력이 넘치고 남성적인 아름다움을 지니고 있었다. 햇볕에 그을린 구릿빛 갸름한 얼굴, 제법 풍성한 콧수염, 깊은 푸른 눈, 넓은 어깨 위의 완벽한 두상, 늘씬한 몸매, 균형 잡힌 다리. 목소리는 매력적이고 깊고 유쾌했다. 식민지풍의 억양은 없었다. 그의 얼굴에는 유머와 지성, 근성, 침착한 안정감이 있었다.

루퍼트는 내게 불쑥 찾아온 것을 사과했다. 비행기에서 내리자마자 차를 타고 성으로 달려갔고, 레이디 트레실리언에게서 이저벨라가 폴노스 하우스에 갔다는 말을 듣고 왔다고 설명했다.

루퍼트는 말을 마치면서 이저벨라를 쳐다보았고, 눈을 반짝이며 말했다.

"학교 다닐 때보다 많이 발전했구나, 이저벨라. 난 아주 긴 막대기 같은 다리에 양 갈래로 땋은 머리, 진지한 분위기만 기억했는데." 그가 말했다.

"아주 흉했을 거예요." 이저벨라가 차분하게 말했다.

루퍼트는 로버트 형 부부를 만나보고 싶다고 말했고, 로버트의 그림을 보고는 무척 감탄했다.

이저벨라는 카스레이크 부부와 함께 있는 테리사를 데려오겠다고 말하면서 루퍼트에게 카스레이크 부부도 만나겠느냐고 물었다.

루퍼트는 만나지 않겠다고 했다. 재학중에 마지막으로 세인트 루에 왔을 때 그들이 여기 산다는 건 알았지만 어떤 사람들인지 기억나지는 않는다고 답했다.

"만나야 할 거예요, 루퍼트." 이저벨라가 말했다. "루퍼트가 돌아온다고 모두 무척 기대했으니까요. 다들 보고 싶어할 거예요." 이저벨라가 말했다.

루퍼트는 불안한 표정을 지었다. 그는 겨우 한 달의 휴가를 받았을 뿐이라고 말했다.

"그럼 동양으로 돌아가야 해요?" 이저벨라가 물었다.

"응."

"일본과의 전쟁이 끝나면 다시 돌아와서—여기서 살 거죠?" 이저벨라는 진지하게 물었다. 루퍼트의 표정도 진지해졌다.

"그건…… 상황에 달려 있어." 그가 대답했다.

이유를 알 수 없는 침묵이 잠시 흘렀다…… 두 사람은 똑같은 생각을 하는 듯했다. 그들 사이에는 이미 완전한 화합과 이해가 있었다.

이윽고 이저벨라가 테리사를 부르러 갔고, 루퍼트는 앉아서 나와 대화를 나눴다. 우리는 전쟁에 대해 이야기했고 나는 즐거웠다. 폴노스 하우스에 온 이래 나는 부득이 여성적인 분위기 속에서 지내야 했다. 세인트 루는 지금까지 전쟁의 영향권 밖에 있어서 피해를 입지 않은 지역 중 한 곳이었다. 여기서는 오직 전해지는 말이나 가십, 소문을 통해서만 전쟁 이야기를 들을 수 있었다. 주변의 군인들은 휴가중인 자들이었고, 그들은 전쟁에 대해 잊고 싶어하는 것 같았다.

나는 정치에 몰입하는 세계에 파묻혀 지냈고, 어쨌든 세인트 루 같은 지역에서 정치 세계란 기본적으로 여성적이었다. 효과를 따지고 설득과 미묘한 술책이 난무하는 세계. 더불어 역시 여성의 영역인, 정말 지루하고 단조로운 일들이 수반되었다. 그것은 또한 세계의 축소판이었다. 유혈과 폭력의 외부 세계는 오직 무대 뒤의 배경으로만 존재했다. 아직 끝나지 않은 세계대전은 뒷전으로 한 채 우리는 편협하고 몹시도 개인적인 몸부림에만 바빴다. 영국 전역에서 우아한 클리셰로 포장한 똑같은 선전 문구들이 나부끼고 있었다. 민주주의, 자유, 안전 보장, 제국, 국유화, 충성, 멋진 신세계─구호들, 현수막들.

그러나 실제의 선거는 말이나 문구─현수막─보다 훨씬 더 강력하고 집요한 개인에 관련된 주장에 좌우되는 것이 아니던가. 나는 늘 그랬던 것처럼 회의가 생기기 시작했다.

어느 진영이 내게 집을 갖게 해줄까? 어느 진영이 내 아들 조니와 남편 데이비드를 외국의 전선에서 돌아오게 해줄까?

어느 진영이 내 자식들에게 미래에 최고의 기회를 줄까? 어느 진영이 또다시 전쟁이 일어나 내 남편이나 아들들이 목숨을 잃는 일 없도록 지켜줄까?

말만 번드르르해서는 소용없다. 내게 다시 가게를 열게 해줄 후보가 누구인가? 내 집을 지어줄 후보가 누구인가? 우리에게 더 많은 식료품과 의료품 배급표, 더 많은 수건과 비누를 줄 후보가 누구인가?

처칠은 훌륭한 사람이야. 우리에게 승리를 안겨줬지. 그는 독일군의 상륙을 막아줬어. 나는 처칠을 지지할 거야.

월브러햄은 교사야. 교육이야말로 아이들의 장래를 성공으로 이끌어주는 거지. 노동당은 우리에게 더 많은 집을 지어줄 거야. 그들이 그렇게 말하잖아. 처칠은 장병들의 귀환을 서두르지 않을 거야. 탄광을 국유화하면 석탄도 더 구할 수 있을 거고.

나는 게이브리얼이 좋아. 진짜 남자지. 그는 다방면에 신경쓰고 있어. 그는 부상당했고 유럽 여러 곳에서 싸웠던 사람이야. 안전한 일자리를 보전하며 여기서만 머물지 않았다고. 그는 전선에 있는 군인들에 대해 우리가 어떻게 생각하는지 이해해. 그가 바로 우리가 원하는 사람이야―선생 나부랭이가 아니라. 교사들이란! 피란 온 교사들은 폴위든 부인이 아침 설거지를 하는데도 손가락 하나 까딱하지 않았어. 그들은 거만해.

정치는 결국 만국박람회에서 싸구려 만병통치약을 파는 줄

줄이 늘어선 부스들이 아니고 뭐란 말인가?…… 잘 속아넘어
가는 대중은 그 수작을 날름 삼킨다.

내가 다시 한번 인생을 살기 시작하면서 맞은 세계가 바로
그러했다. 내가 전혀 모르던 세계, 완전히 새로운 세계.

처음에 나는 그 세계를 멋대로 경멸했다. 그저 또다른 소란
일 뿐이라고 규정지었다. 하지만 나는 지금 그 세계가 어떤 것
을 기반으로 하는지, 그곳에 격정적인 현실이 있고 생존을 위
해 끝없이 버둥대는 무수한 소망이 있다는 것을 알아가고 있
었다. 그곳은 남자가 아니라 여자의 세계였다. 남자는 언제나
사냥꾼으로 무관심하고, 지치고, 때로는 배를 곯으며 여자와
자식을 이끌고 전진할 뿐이었다. 사냥꾼의 세계에 정치는 필요
없다. 기민한 눈, 날렵한 손, 사냥감을 쫓는 기술만 필요할 뿐.

하지만 문명 세계는 대지 위, 뭔가를 키우고 생산하는 땅에
기초를 둔다. 건물을 세우고 그 안을 여러 가지 소유물로 채우
는 세계다. 모계 중심의 비옥한 세계에서는 생존이 훨씬 더 복
잡하고, 성공과 실패의 방식도 각양각색이다. 여자는 별을 보
지 않고, 비바람으로부터 사방을 막아줄 거처, 화로 위의 냄비
와 잘 먹고 잠든 아이들의 얼굴만 본다.

나는 여자의 세계에서—간절히—달아나고 싶었다. 로버트
는 내게 도움이 되지 않았다. 그는 화가였다. 예술가는 어머니
처럼 새로운 탄생에만 관심을 뒀다. 게이브리얼은 확실히 남

성적이었고, 계략이라는 거미줄에 등장한 희귀한 존재로서 내게 고마운 영향을 미쳤다. 하지만 기본적으로 그와 나 사이에는 공감대가 없었다.

루퍼트와 이야기하며 나는 나의 원래 세계로 돌아갔다. 알 알라메인과 시칠리아의 세계, 카이로와 로마의 세계. 예전에 쓰던 언어와 익숙한 표현을 사용했고, 우리가 공통으로 아는 사람들이 있다는 것도 알게 됐다. 나는 모두가 죽음에 직면한 와중에도 한없이 유쾌한 전시의 남자들의 세계, 육체적인 기쁨이 있는 그 세계로 돌아와 있었다.

나는 루퍼트가 마음에 들었다. 그가 뛰어난 장교이고 매력 넘치는 인물이라는 확신이 들었다. 머리가 좋고 유머가 있으며 섬세한 지성까지 갖추고 있었다. 나는 그가 새로운 세계를 세우는 데 필요한 인물이라고 생각했다. 전통을 지키면서도 현대적이고 진보적인 자세를 견지하는 이런 남자야말로.

이윽고 테리사와 로버트가 들어왔다. 테리사가 이 지역에서 선거전이 한창이라고 말하자, 루퍼트는 자신은 정치에 대해 문외한이라고 대답했다. 그후 카스레이크 부부가 게이브리얼과 함께 들어왔다. 카스레이크 부인은 아첨하는 말을 늘어놓았고, 그녀의 남편은 예의 그 열정적인 태도를 가장하며 만남을 반겼다. 그리고 게이브리얼을 우리의 후보로 소개했다.

루퍼트와 게이브리얼은 반갑게 인사했다. 루퍼트는 그의 당선을 빌었고 둘은 선거전과 전선의 사정에 대해 가볍게 이야기 나눴다. 그들은 나란히 서서 햇볕을 받았고, 나는 두 사람의 차이, 잔혹할 만큼 선명한 대조를 깨달았다. 단지 루퍼트가 미남이고 게이브리얼이 추남이어서가 아니라 그 이상의 심각한 차이가 있었다. 루퍼트에게는 침착함과 자신감이 있었다. 몸에 밴 정중함과 상냥함이 있었다. 겉모습부터가 반듯했다. 이런 표현이 어떨지 모르겠지만, 중국인 상인도 이 남자라면 외상으로 물건을 듬뿍 안길 것 같고, 자신이 사람을 제대로 봤다고 생각할 것 같았다. 그와 비교하면 게이브리얼은 몹시 불리했다. 그는 초조하고 매우 고집스럽고, 다리를 벌리고 서거나 불안하게 서성거렸다. 딱하게도 그는 심술궂은 소인배로 보였다. 그보다 더 나쁜 건 그가 자신에게 이득이 있어야만 성의 있게 행동할 것 같은 인간으로 보인다는 점이었다. 게이브리얼은 별 탈 없이 지내다가 품평회에 나와서 순종과 나란히 서게 된 혈통이 의심스러운 개와 비슷했다.

나는 휠체어 옆에 서 있던 로버트에게 이런 의미의 말을 던져 그의 주의를 두 남자에게 돌렸다.

로버트는 내 말을 이해한 듯 두 남자를 유심히 바라보았다. 게이브리얼은 여전히 불안하게 몸의 중심을 이 발에서 저 발로 옮겼다. 그는 대화할 때 루퍼트를 올려다봐야 했고, 그러는 것이 내키지 않았을 것이다.

두 남자를 지켜보는 또 한 사람이 있었다―이저벨라. 그녀의 시선이 두 사람을 향했다가 루퍼트에게 고정됐다. 그녀는 입술을 벌린 채 자랑스러운 듯 고개를 젖혔고, 뺨에 홍조가 돌았다. 자랑스럽고 반가워하는 그녀의 표정이 사랑스러워 보였다.

로버트는 그녀를 잠깐 보았지만 알아차렸다. 그러고는 생각에 잠긴 눈길을 루퍼트에게 돌렸다.

모두 차를 마시러 집안으로 들어갔지만 로버트는 테라스에 남았다. 나는 그에게 루퍼트를 어떻게 생각하느냐고 물었다. 그는 묘한 대답을 했다.

"내가 보기엔 말이지," 로버트가 말했다. "그의 세례식에 나쁜 요정이 한 명도 오지 않았던 것 같다."

루퍼트와 이저벨라가 결정을 내리는 데는 시간이 오래 걸리지 않았다. 테라스의 내 휠체어 앞에서 두 사람이 만난 순간 이미 결정됐을 것이다.

아주 오랫동안 은밀하게 간직했던 꿈이 시험대에 올랐으나 그것이 자신을 배반하지 않았다는 벅찬 안도감이 그 둘에게 있었다는 생각이 든다.

며칠 후 루퍼트가 내게 말했듯이, 그도 하나의 꿈을 가슴에 간직하고 있었다,

그와 나, 우리는 꽤 친해졌다. 루퍼트도 남성적인 사회를 반겼다. 성의 분위기는 여성적인 애정에 과부하가 걸려 있었다. 세 노부인은 루퍼트를 드러내놓고 맹목적으로 사랑했고, 레이

디 세인트 루까지도 그녀 특유의 엄격함을 포기했다.

그랬기 때문에 루퍼트는 나를 찾아와 이야기 나누는 것을 즐겼다.

"예전에 전 이저벨라를 순 바보라고 생각했습니다." 어느 날 그가 불쑥 말했다. "이런 말이 어떨지 모르겠지만, 참 이상해요. 상대가 겨우 말라깽이 소녀였는데 결혼을 마음먹었고― 게다가 그 결심이 변하지 않았다는 게 말이죠."

나는 비슷한 경우를 알고 있다고 루퍼트에게 말했다.

그가 생각에 잠겨 말했다. "사실 저와 이저벨라는 하나인 것 같아요…… 전 항상 이저벨라를 제 일부처럼, 모든 것이 완전해지기 위해 언젠가는 꼭 찾아야 할 제 일부처럼 느끼며 살았습니다. 웃기는 이야기죠. 이저벨라는 이상한 여자예요."

그는 잠시 말없이 담배를 피우더니 입을 열었다.

"제가 가장 마음에 드는 건 이저벨라에게 유머감각이 없다는 점입니다."

"이저벨라가 그렇다고 생각해요?"

"전혀 없죠. 그런 점이 사람을 아주 편안하게 해줘요…… 전 유머감각이란 게 문명인이 환멸에 대한 보호 수단으로 터득한 사교술이라고 생각하거든요. 우리는 상황이 만족스럽지 못할 때 그 상황을 우습게 여기려고 의식적으로 노력하죠."

그 말에 뭔가가 있었다…… 나는 살짝 조소를 머금으며 생각했다…… 그랬다. 루퍼트가 그 말을 한 데는 뭔가 이유가 있었다.

그는 성을 바라보며 불쑥 말했다.

"전 저 성을 좋아합니다. 늘 좋아했죠. 하지만 이튼 학교에 들어갈 때까지 뉴질랜드에서 살길 잘했다고 생각합니다. 덕분에 거리감을 가질 수 있었죠. 전 저 성을 그냥 자연스럽게 자신과 겹쳐서, 그리고 거리를 두고 바라볼 수 있습니다. 이튼에 다닐 때는 방학 때마다 이곳에 왔고, 제가 주인인 저 성에 언젠가 살게 되리라고 생각했습니다. 그러다 제가 항상 갖고 싶었던 것이라는 걸 깨달았어요…… 돌아와서 저 성을 보자─집에 돌아온 것 같은─기이하고 서늘한 기분이 들더군요.

이저벨라는 그 일부였습니다. 그때 이미, 그리고 지금까지도 확신하고 있었죠. 우리는 결혼해서 일생을 여기서 보낼 거라고요." 그가 턱에 힘을 주며 계속했다 "우리는 여기서 살겠죠! 세금이며 유지비, 수리비가 들더라도, 그리고 토지 국유화 바람이 불더라도 여기서 살 겁니다. 저곳이 우리, 이저벨라와 저의 집입니다."

루퍼트가 돌아오고 닷새째 되던 날 두 사람은 정식으로 약혼했다.

우리에게 그 소식을 전한 사람은 레이디 트레실리언이었다. 다음날이나 그다음날 〈타임스〉에 기사가 실리겠지만 우리에게 먼저 알려주고 싶었다고 그녀는 말했다. 그녀는 이 일을 아주아주 기뻐했다!

그녀의 상냥하고 둥근 얼굴이 감상적인 기쁨으로 떨렸다. 테리사와 나는 기뻐하는 그녀를 보며 마음이 찡했다. 그녀의 삶에 자리한 어떤 결핍을 여실하게 보여주는 것 같았기 때문이다. 그 순간의 환희에 젖어 그동안 내게 보이던 어머니 같은 태도도 거의 사라진 터라 나는 그녀와 함께하는 시간을 즐겁게 보낼 수 있었다. 그녀는 내게 책을 가져다주지도 않았고, 유쾌한 언행으로 즐겁게 해주려고 애쓰지도 않았다. 루퍼트와 이저벨라에게 온통 정신이 쏠려 있는 게 분명했다.

다른 두 노부인의 태도는 조금씩 달랐다. 빅엄 차터리스 부인은 활동력과 정력이 두 배 강해진 듯했다. 그녀는 루퍼트를 부지 내 이곳저곳으로 데리고 다니며 임차인들에게 소개했다. 또 지붕 상태, 보수가 필요한 곳, 손봐야 하는 곳과 그냥 둬도 되는 곳, 또 반드시 그냥 둬야 하는 곳에 대해 일일이 설명했다.

"에이머스 폴플랙슨은 늘 불평을 늘어놓지. 이 년 전에 벽을 완전히 새로 발랐는데 말이야. 엘런 히스의 집 굴뚝은 꼭 손봐줘야 해. 히스 일가가 우리 영지에 들어와 산 게 삼백 년은 됐을 테니까."

하지만 그중에서도 가장 나의 흥미를 끈 것은 레이디 세인트 루의 태도였다. 나는 한동안 그녀를 이해할 수 없었다. 그러다 어느 날 감을 잡았다. 그것은 승리—일종의 묘한 승리였다. 보이지도 존재하지도 않는 적에 맞서 승리한 것 같은 만족감을 느끼고 있었던 것이다.

"이제 모든 게 제대로 되어갈 겁니다." 레이디 세인트 루가 내게 말했다.

그러고는 길고 지친 기색의 한숨을 내쉬었다. 마치 '주여, 이제는 말씀하신 대로 이 종은 평안히 눈감게 되었습니다*……'라고 말하는 것 같았다. 두려웠지만 드러내지 못하고 살았던 사람이 비로소 그 두려움이 사라졌음을 깨달은 것 같은 인상을 줬다.

아무튼 젊은 세인트 루가 돌아와서 팔 년 동안 떨어져 있던 이저벨라와 결혼한다는 것은 이루어질 가능성이 거의 없는 일이었을 것이다. 루퍼트가 전쟁중에 그들이 모르는 여자와 결혼해버릴 공산이 더 컸다. 전시에는 결혼도 급하게 이루어지니까. 그랬다. 루퍼트와 이저벨라의 결혼은 분명 거의 가망 없는 일이었다.

그럼에도 이 결혼에는 마땅하다는 느낌—타당함이 있었다.

내가 테리사에게 그렇지 않냐고 묻자 그녀는 생각에 잠긴 채 고개를 끄덕였다.

"멋진 한 쌍이죠." 테리사가 말했다.

---

* 「누가복음」 2장 29절.

"천생연분이에요. 결혼식에 간 늙은 하인이나 쓰는 말 같지만 정말 그래요."

"그래요. 믿기 힘들 정도로…… 가끔 꿈에서 깬 것 같은 기분이지 않아요?"

그 말의 의미를 아는 나는 잠시 생각에 잠겼다.

"세인트 루 성에 관한 일에는 현실적인 게 없죠." 내가 대답했다.

나는 존 게이브리얼의 의견도 들어야 했다. 그는 여전히 솔직했다. 그는 루퍼트를 싫어했다. 충분히 그럴 만했다. 루퍼트가 게이브리얼이 받던 관심을 아주 많이 앗아갔으니까.

세인트 루 전체가 성의 정당한 주인의 도착에 흥분한 상태였다. 오래된 주민들은 유서 깊은 그의 작위를 자랑스러워하며 그의 부친을 추억했다. 새로운 주민들은 그보다는 속물적인 호기심으로 흥분했다.

"역겨운 중생들." 게이브리얼이 말했다. "남들이 뭐라고 하든 난 영국인들이 작위에 환장하는 게 기막힐 따름이야."

"콘월 사람을 영국인이라고 하지 말게."* 내가 말했다. "아직도 그걸 모르나?"

"무심코 튀어나온 말이야. 하지만 사실이 그렇지 않나? 알

---

* 영국 서남단에 위치한 콘월주에서는 자치국 독립을 주장해왔으며 이 지역 사람들은 자신들을 영국인이라 하지 않고 콘월 사람이라 말한다.

랑거리며 맴돌거나 아니면 완전히 정반대로 모든 것을 조롱하며 반감을 드러내거나. 그건 역속물주의*일 뿐이야."

"자네는 어떤데?" 내가 물었다.

게이브리얼은 금세 씩 웃었다. 그는 자신의 약점을 건드리면 늘 깨끗하게 인정했다.

"내가 바로 역속물주의자지." 그가 말했다. "난 세상에서 얻을 수 있는 그 어떤 것보다도 루퍼트 세인트 루로 태어나는 걸 가장 바랐을 사람이니까."

"날 놀라게 하는군." 내가 말했다.

"갖고 태어나지 않는 한 어쩔 수 없는 것들이 있어. 그의 다리를 가질 수 있다면 난 뭐든 내놓겠네." 게이브리얼이 골똘히 생각하며 말했다.

나는 레이디 트레실리언이 처음 게이브리얼을 봤을 때 했던 말이 떠올랐고, 게이브리얼이 민감한 인간이라는 사실을 깨닫자 흥미로웠다.

나는 루퍼트가 와서 관심을 빼앗긴 것 같지 않냐고 물었다.

게이브리얼은 그 질문을 불쾌한 기색 없이 받아들이더니 진지하게 생각해보는 듯했다.

그는 아니라고 했다. 루퍼트가 정적政敵이 아니니까 그렇게

---

* 상류 사회를 무조건 백안시하고 낮은 사회 계층에 자부심을 갖는 태도.

생각하지 않는다고. 오히려 보수당을 선전해주는 셈이라고.

"만약 그가 출마했다면―출마할 수 있었다면(물론 그는 그럴 수 없고 구경꾼일 뿐이지만) 노동당에 입후보했을 거야."

"당연히 아니지." 내가 말했다. "귀족이 그럴 리가 있나."

"물론 그는 토지 국유화를 달가워하지 않겠지. 하지만 노리스, 요즘은 완전히 반대로 나가는 추세잖나. 농민이나 탄탄한 노동자 계층은 완고하게 보수당을 지지하고, 지성과 학벌과 큰돈을 가진 젊은 사람들은 노동당을 지지하지. 아마 그건 그들이 자기 두 손으로 일한다는 것이 실제로 어떤 건지, 노동자가 정말로 원하는 것이 뭔지 전혀 모르기 때문이야."

"노동자가 원하는 게 뭔데?" 내가 물었다. 게이브리얼이 이 질문에 언제나 색다른 대답을 내놓는다는 걸 알았기 때문이다.

"그들은 국가의 번영을 바라지. 그래야 그들이 부유해질 수 있으니까. 노동자는 보수당 사람들이 돈에 대해 더 잘 아니까 그들이 나라를 부유하게 만들 가능성이 더 높다고 생각해. 물론 이건 아주 건전한 사고방식이지. 사실 루퍼트 세인트 루는 케케묵은 보수당원 같은 사람이야. 물론 보수당이 쓸모 있다고 말하는 사람은 아무도 없어. 그래, 아무도 없지. 노리스, 이에 대해선 당신도 쓸데없이 말할 필요 없어. 결과를 기다려봐. 보수당 의원은 돋보기를 들이대고 찾아봐야 할 정도로 확실히 줄어들 테니까. 사실 보수당의 이념을 좋아하는 사람은 없어.

내 말은 아무도 중도를 반기지 않는다는 뜻이지. 그건 너무 우라지게 미온적이니까."

"그럼 자네는 루퍼트 세인트 루를 중도주의자로 보는 건가?"

"그래. 그는 합리적인 사람이야. 오래된 것을 지키면서 새로운 것을 받아들이지. 사실 그건 이도 저도 아닌 거야. 진저브레드―맞아, 그는 진저브레드야!"

"뭐라고?" 내가 힐문했다.

"다 들었으면서 뭘 그러나. 진저브레드라고! 진저브레드 성! 진저브레드 성주!" 게이브리얼은 콧바람을 불었다. "진저브레드 결혼식!"

"그리고 진저브레드 신부인가?" 내가 물었다.

"아니지. 그 여자는 아냐⋯⋯ 그 여자는 헨젤과 그레텔처럼 길을 잃고 진저브레드 성에 잘못 들어선 것뿐이라고. 진저브레드는 매력적이지. 조금만 뚝 잘라서 먹으면 그럭저럭 먹을 만하거든."

"자네는 루퍼트 세인트 루를 별로 좋아하지 않나보군, 그렇지?"

"내가 왜 그를 좋아하겠나? 저쪽도 마찬가지일걸, 그도 나를 안 좋아하지."

나는 잠시 생각에 빠졌다. 그랬다, 루퍼트 세인트 루도 존 게이브리얼에 대해 호감을 갖지 않았다.

"그래도 나를 받아들여야 할 거야." 게이브리얼이 말했다. "난 여기—그 남자의 세계에서 국회의원이 될 거니까. 그들은 종종 나를 만찬에 초대해야 할 거고, 연단에서 나와 나란히 앉아야 할 걸세."

"정말 자신만만하군. 아직 당선된 것도 아니면서."

"내가 장담하지. 되고 말겠네. 이런 기회는 다시 오지 않을 테니까. 난 실험을 하고 있어. 이 실험이 실패하면 내 평판은 땅에 떨어지고 난 끝장날 거야. 군대로 되돌아갈 수도 없어. 알다시피 난 행정직 군인이 아니야. 진짜 전투가 있을 때만 쓸모 있을 뿐이지. 일본과의 전쟁이 끝나면 군인으로서의 나도 끝나는 거네. 오셀로* 역할은 없어지는 거지."

"난 오셀로를 믿음직한 인물이라고 생각해본 적이 없는데." 내가 말했다.

"당연히 그렇지. 질투는 믿음직한 게 아니니까."

"그래, 말하자면 동정할 만한 인물이 아니란 거지. 누구도 그를 동정하지 않네. 지독한 바보라고 느낄 뿐이지."

"그래," 게이브리얼은 생각에 잠겨 대답했다. "그렇지—아무도 그를 동정하지 않아. 이아고를 동정하는 것과는 다르게."

"이아고를 동정한다고? 게이브리얼, 자네는 정말 이상하기

---

* 셰익스피어 『오셀로』의 주인공인 장군으로, 이아고의 간계로 아내를 죽인다.

짝이 없는 동정심을 갖고 있군."

그는 이상하다는 눈빛으로 나를 흘낏했다.

"아니, 당신은 이해 못할 거야." 게이브리얼이 말했다.

그는 일어서서 부자연스러운 걸음걸이로 서성거렸다. 게이브리얼은 책상에 놓인 물건 몇 개를 보지도 않고 밀었다. 깊고 표현할 수 없는 어떤 감정에 휩싸인 그를 나는 의아한 듯이 바라보았다.

"나는 이아고를 이해해." 게이브리얼이 말했다. "그 불쌍한 자가 마지막에 왜 그 말밖에 하지 않았는지도 이해돼."

무엇을 아느냐고 아무것도 묻지 마라.

난 이제 아무 말도 하지 않겠다.

그는 나를 향해 몸을 돌렸다. "노리스, 당신 같은 사람이, 평생 자신과 사이좋게 살아온 사람이, (이렇게 표현할 수 있을지 모르겠지만) 조금도 꿀리지 않고 성장할 수 있었던 사람이 이아고 같은 자에 대해—불운한 남자, 하찮고 비열한 그 남자에 대해 대체 뭘 알겠나? 그래, 내가 만약 셰익스피어 극을 연출한다면 이아고를 부각시킬 걸세—훌륭한 배우를 기용해서—사람들 혼을 쏙 빼놓을 배우를 기용해서! 겁쟁이로 태어나 거짓말을 하고—사람을 속이고 그걸 교묘히 넘겨가며—돈에 목을 매서 잘 때나 깨어 있을 때나 먹을 때나 아내와 키스할 때나 오로지 돈 생각밖에 안 한다는 게 어떨지 상상해봐. 그러는 내내 자기가 어떤 인간인지 의식한다는 게 어떨지⋯⋯

지옥 같은 인생이지, 세례식에 오는 착한 요정은 딱 하나뿐이고 사방천지 나쁜 요정만 득실대는 인생. 나쁜 요정들이 아이를 더럽고 혐오스러운 놈으로 만들 때, 백일몽 같은 요정은 마술봉을 흔들며 플루트 같은 소리로 '이 아이에게 보는 힘과 아는 힘을 주노라⋯⋯'라고 외치지.

'가장 숭고한 것을 보면 반드시 사랑해야 한다'고? 어떤 바보 멍청이가 그런 말을 했지? 워즈워스였나? 그는 달맞이꽃을 보고도 그 사랑스러움에 만족 못하던 자였지⋯⋯

분명히 말하는데 노리스, 사람은 가장 숭고한 것을 보면 증오하게 돼 있어―숭고는 내 얘기가 아니니까―영혼을 팔아도 난 절대 그런 존재가 될 수 없으니까 증오하지. 용기를 정말 가치 있게 여기는 자야말로 위험이 다가오면 달아나는 족속이야. 나는 그런 일을 여러 번 봤지. 사람이 원하는 것이 바로 그 사람의 본질이라고? 본질은 가지고 태어나는 거야. 돈을 숭배하는 딱한 놈은 그러고 싶어 그러는 것 같은가? 음란한 상상을 하는 사람은 좋아서 그러는 줄 아나? 위험에서 내빼는 자는 그러고 싶어 그러는 것 같은가?

사람이 부러워하는(진정으로 부러워하는) 건 자신보다 잘

난 사람 아닌가? 누구나 자신보다 나은 사람을 부러워하는 법이야.

진창에 빠진 사람은 별들 사이에 올라가 있는 자를 증오해. 그 자를 끌어내리고…… 내리고…… 또 내려서…… 자신이 뒹구는 돼지우리에서 뒹굴게 만들고 싶은 거야…… 난 이아고가 불쌍하네. 오셀로를 만나지 않았다면 만사가 평온했을 거야. 기껏 사기나 치면서 잘 지냈을 거라고. 요즘 같았으면 리츠 바에 들어앉아 얼간이들에게 있지도 않은 금광 채굴권이나 팔았겠지.

이아고는 말주변이 좋은 허심탄회한 남자였어. 단순한 군인 정도는 쉽게 속일 수 있었지. 군인을 속이는 일보다 더 쉬운 일도 없지 않나? 훌륭한 군인일수록 사업 문제에 대해서는 아무것도 모르니까. 종이 쪼가리에 불과한 주식을 사들이고, 침몰한 갈레온호*에서 스페인 보물을 발굴한다는 말에 속고, 다 망해가는 양계장을 인수하는 사람을 보면 죄다 군인이지. 군인은 무슨 말이든 믿어. 오셀로는 예술가가 자기 분야의 그럴듯한 이야기로 꾀면 금세 빠져드는 얼간이 같은 인간이었어―이아고는 예술가였고. 작품의 행간을 읽어보면, 이아고가 연대의 돈을 횡령한 걸 명백히 알 수 있지. 하지만 오

---

* 1715년 플로리다 해안에서 침몰한 스페인 무역선.

셀로는 믿지 않았어—아니, 아니야, 바보스러울 정도로 정직한 이아고가 그럴 리 없어, 하면서—그는 그냥 얼빠진 사람이었지—하지만 오셀로는 이아고의 상관 자리에 카시오를 앉혔어. 카시오는 오셀로의 부관이었고, 아마 지출 담당이었을 거야, 아니면 내 손에 장을 지지지. 오셀로는 이아고가 선하고 정직하지만 진급시킬 만큼 똑똑하지는 않다고 생각했어.

이아고가 전투에서 용맹을 떨쳤다고 허세부리며 모험담을 지껄이던 거 기억나나? 죄다 거짓말이야, 노리스, 그런 일은 있지도 않았네. 아무때고 술집에 가보게, 최전선 근처에도 못 가본 놈이 그런 이야기를 떠들어대는 걸 볼 수 있을 테니까. 폴스타프* 같은 거지, 물론 이아고의 경우는 희극이 아니라 비극이었지만. 불쌍한 이아고는 오셀로가 되고 싶었던 거네. 용감한 군인, 반듯한 인간이 되고 싶었지만 그럴 수가 없었어, 꼽추가 등을 펴고 설 수 없는 것처럼. 그는 여자들에게 멋져 보이고 싶었지만 여자들은 그를 거들떠보지도 않았지. 그의 성격 좋은 바람둥이 아내는 남자로는 이아고를 경멸했어. 그 여자는 언제라도 다른 사내의 침대에 뛰어들 준비가 돼 있었지. 그런데 오셀로와는 모든 여자가 잠자리를 하고 싶어했어! 노리스, 나는 성적으로 굴욕당한 남자가 이상한 행동을 저지

---

* 셰익스피어의 『헨리 4세』와 『윈저의 즐거운 아낙네들』에 나오는 허풍쟁이 뚱보 기사.

르는 걸 몇 번이나 봤네. 그것이 남자들을 병적으로 변하게 만들지. 셰익스피어는 알고 있었어. 이아고는 입만 열었다 하면 증오에 차고 뒤틀리고 성적인 독설을 줄줄이 내뱉었지. 그가 고통에 시달렸다는 건 아무도 알아차리지 못한 것 같지만! 그는 아름다움을 볼 줄 알았고—그게 뭔지 알았어—그는 숭고한 품성이 어떤 건지도 알고 있었네. 이런, 노리스! 물질적인 시샘, 성공과 재산과 부에 대한 시샘은 정신적인 질투에 비하면 정말 아무것도 아니라네! 정신적인 질투야말로 황산 같은 거지—먹으면 바로 사람을 말살하는 독. 가장 숭고한 것을 보고 자기 의지와는 반대로 그것을 사랑하라고? 그러니까 그걸 증오하고 파괴해버리기 전까지는 마음이 놓이지 않는 거야. 갈가리 찢고 짓밟아 숨통을 끊어놓기 전까지는…… 그래, 이아고는 고통에 시달렸어, 불쌍한 놈……

셰익스피어는 그 사실을 알았고 불쌍한 이아고를 동정했어. 결말에 가서는 그랬다는 거네. 처음에는 깃펜이나 그 시절의 필기구를 잉크에 적셔가며 뱃속까지 검은 악한을 그리려고 했겠지. 하지만 그러려면 그는 이아고와 끝까지 같이 가야 했고, 그 깊은 곳으로 내려가 이아고와 똑같은 감정을 느껴야 했어. 그런 이유 때문에 응징이 내려질 때, 이아고가 그것을 받아야 하는 순간에, 셰익스피어는 그에게 명예를 남겨준 거야. 그는 이아고에게 남은 유일한 것—침묵을 지키게 했어. 그러고는 스스로 죽은 자들 속으로 내려갔네. 그는 지옥에 있는 자는 그것에 대해 말하지 않는다는 것을 알고 있었던 거야⋯⋯"

게이브리얼이 돌아섰다. 특이하고 못생긴 얼굴은 일그러졌고, 눈은 기묘한 진지함으로 빛나고 있었다.

"노리스, 난 말이지, 신의 존재를 믿을 수가 없네. 아름다운 동물과 꽃을 만든 하느님, 인간을 사랑하고 보살피는 하느님, 세상의 창조주. 아니, 난 그런 신이 존재한다고 믿어지지가 않아. 하지만 때로는—나도 어쩔 수가 없이—그리스도의 존재는 믿게 돼⋯⋯ 왜냐하면 예수는 지옥으로 갔으니까⋯⋯ 그의 사랑은 그만큼 깊었어⋯⋯

예수는 회개하는 도둑에게 천국을 약속했지. 하지만 또 한 도둑은 어땠나? 그를 저주하고 비웃은 남자 말일세. 예수는 그와 함께 지옥으로 갔네. 그리고 그후에 아마—"

게이브리얼은 갑자기 몸을 떨었다. 덜덜 떨었다. 그의 눈이 못생긴 얼굴에서 또다시 유일하게 아름다운 부분이 됐다.

"내가 말이 너무 많았군." 그가 말했다. "잘 있게."

게이브리얼은 갑자기 가버렸다.

나는 그가 셰익스피어에 대해 이야기한 건지 자신에 대해 이야기한 건지 궁금했다. 어느 정도는 자신에 대해 이야기한 거라는 생각이 들었다⋯⋯

게이브리얼은 선거 결과에 대해 자신만만했다. 그는 낙선하는 일은 있을 수 없다고 말하기도 했다.

예측할 수 없었던 그 일은 포피 내러콧 때문에 일어났다. 그녀는 그레이트위시얼에 있는 술집인 스머글러스 암스의 웨이트리스였다. 존 게이브리얼은 그녀를 본 적도 없었고 그 존재조차 알지 못했다. 그러나 당선 기회를 놓칠 수도 있을 만큼 그를 큰 위기에 빠트린 사건은 포피 내러콧이 발단이 되어 일어났다.

제임스 버트와 포피 내러콧은 내연의 사이였다. 제임스 버트는 술이 과하면 거칠어졌다. 가학적으로 거칠었다. 포피라는 아가씨가 그에게 등을 돌렸다. 그녀는 제임스 버트와 절대 관계를 갖지 않겠다고 거부했고, 그 결심을 밀고 나갔다.

이 일 때문에 어느 밤 제임스 버트는 휘청거릴 만큼 취해서 화가 난 채 집에 돌아왔고 아내의 겁먹은 모습을 보자 더욱 화가 치솟았다. 그는 자제력을 잃었다. 포피에 대한 노여움과 거부당한 욕망을 모두 불쌍한 아내에게 분풀이했다. 그는 미치광이처럼 행동했고, 그의 아내는 잘못한 것도 없이 완전히 얼이 빠졌다.

밀리 버트는 제임스 버트가 자기를 죽이려 한다고 생각했다.

그녀는 몸을 비틀어 그의 손아귀에서 벗어나자마자 현관문을 빠져나와 거리로 달려나갔다. 어디로 갈지, 누구에게 갈지 아무 생각 없었다. 경찰에게 갈 생각도 하지 못했다. 가까운 이웃집도 없었고 밤거리에는 셔터를 완전히 내린 가게들만 있었다.

그녀는 오직 본능에 따라 도망쳤다. 본능은 밀리 버트를 사랑하는 남자에게—그녀에게 친절을 베풀었던 남자에게 이끌었다. 의식적으로 떠올린 생각이 아니었고, 스캔들로 이어질 수 있다는 생각도 못 한 채 완전히 겁에 질린 상태로 존 게이브리얼에게 달려갔다. 그녀는 필사적으로 숨을 곳을 찾는 쫓기는 짐승이었다.

밀리 버트는 흐트러진 차림새로 숨을 몰아쉬며 킹스 암스로 뛰어들었고, 제임스 버트는 거기까지 쫓아와서 가만있지 않겠다고 으름장을 놓으며 위협했다.

게이브리얼은 때마침 술집에 있었다.

개인적으로 나는 존 게이브리얼이 달리 처신할 수 있었을 거라 생각하지 않는다. 밀리 버트는 그가 좋아하는 사람이었고, 그는 그녀를 애처롭게 여겼다. 그런데다 그녀의 남편은 취했고, 위험했다. 제임스 버트가 들어와 인사불성으로 게이브리얼에게 욕을 퍼부으며 아내를 내놓으라고, 그가 자기 아내와 바람을 피웠다고 노골적으로 비난하자, 게이브리얼은 그에게 아내를 둘 자격조차 없는 놈이라며 닥치라고 소리쳤고 자신, 즉 존 게이브리얼이 그녀를 남편에게서 격리시켜 안전하게 보호할 거라고 말했다.

제임스 버트는 돌진하는 황소처럼 게이브리얼에게 달려들었고, 게이브리얼은 그를 쓰러뜨렸다. 그러고는 밀리 버트에게 방을 잡아주고, 들어가서 문을 잠그고 있으라고 일렀다. 게이브리얼은 그녀에게 지금은 집에 돌아갈 수 없지 않느냐고, 아침이 되면 다 괜찮아질 거라고 말했다.

다음날 아침 세인트 루 전역에 소문이 퍼졌다. 제임스 버트가 아내와 게이브리얼 소령의 관계를 '눈치챘다'는 소문이었다. 또 그 남녀가 킹스 암스에 함께 머물고 있다고 했다.

선거 직전에 이런 일이 어떤 영향을 미칠지 상상이 될 것이다. 선거는 이틀 후였다.

"그가 스스로 무덤을 판 겁니다." 카스레이크가 심란한 표정으로 말했다. 그는 내 거실에서 서성거렸다. "우린 끝입니다―졌어요. 윌브러햄이 당선될 겁니다. 이건 재앙이에요. 비극이라고요. 난 처음부터 그가 마음에 들지 않았어요. 막되게 자란 사람이죠. 결국 우리를 실망시킬 줄 알았습니다."

카스레이크 부인은 품위 있는 척하는 어조로 푸념했다. "신사가 아닌 자를 후보로 내세웠으니 이런 일이 생긴 거죠."

로버트는 평소 우리가 나누는 정치 이야기에 끼어들지 않았다. 이날도 옆에서 말없이 파이프 담배를 피우고 있었다. 그런데 그가 입에서 파이프를 빼고 말했다.

"문제는 그가 이번에는 신사답게 처신했다는 거야."

그때 내게는 이 일이 모순으로 보였다. 그가 신사의 기준으로 볼 때 뻔뻔한 짓을 저질렀을 때는 명성이 높아졌는데, 딱 한 번 발휘한 돈키호테식 기사도가 그를 주저앉히는 상황을 불렀기 때문이다.

곧이어 게이브리얼이 들어왔다. 그는 완강하고 당당했다.

"호들갑 떨어봤자 소용없습니다, 카스레이크." 그가 말했다. "그런 상황에서 내가 달리 어떻게 할 수 있었겠습니까."

카스레이크가 버트 부인은 지금 어디 있느냐고 물었다.

게이브리얼은 아직 킹스 암스에 머물고 있다고 대답했다. 그는 그녀가 달리 있을 만한 곳이 있을지 모르겠다고 말했다.

그리고 어쨌거나 이미 늦어버렸다고 덧붙였다. 게이브리얼은 테리사를 향해 돌아섰다. 여기 있는 사람 중에 그녀를 가장 현실적인 사람으로 보는 듯했다. "안 그런가요?" 게이브리얼이 물었다.

테리사는 너무 늦었다고 확실하게 말했다.

"밤은 밤이었으니까요. 사람들이 관심을 갖는 건 밤이죠, 낮이 아니라." 게이브리얼이 말했다.

"정말, 게이브리얼……" 카스레이크가 씩씩거렸다. 그는 엄청난 충격에 빠졌다.

"맙소사, 무슨 추잡한 상상을 하는 겁니까." 게이브리얼이 대꾸했다. "난 밀리 버트와 같이 밤을 보내지 않았어요, 혹시 그런 억측을 한다면 말해두죠. 내 말은 밤이었으니까 세인트 루 사람들에게는 이러나저러나 똑같단 의미예요. 우리 둘 다 킹스 암스에 있었으니까."

그는 사람들이 그런 일에만 신경쓸 거라고 말했다. 그 일과 제임스 버트가 난동을 부리며 자기 아내와 게이브리얼에 대해 내뱉은 말만.

"밀리 버트가 떠난다면," 카스레이크가 말했다. "그 부인을 어딘든 다른 곳으로 보내버리면. 그러면—" 그는 한순간 희망을 품은 표정을 짓다가 고개를 저었다. "수상해 보이기만 할 겁니다. 아주 수상해 보이겠죠……"

"생각할 문제가 또하나 있습니다. 밀리 버트는 이제 어떡하죠?" 게이브리얼이 말했다.

카스레이크는 알아듣지 못한 듯이 그를 빤히 쳐다보았다.

"그게 무슨 소리요?"

"그 여자 입장은 생각지도 않는군요, 그렇죠?"

카스레이크가 고자세로 대꾸했다. "사실 지금 우린 그런 일까지 일일이 고려할 상황이 아닙니다. 우리가 고심해서 찾아야 할 건 당신을 이 수렁에서 건져낼 방법이에요."

"당연히 그렇겠지." 게이브리얼이 말했다. "밀리 버트 따위는 문제가 아니라고 하는 게 당연하죠, 그렇지 않습니까? 그 여자가 대체 뭐라고? 특별할 것 하나 없는 사람, 그저 구박받고 학대받고 두려움에 넋이 반쯤 나간, 갈 곳도 없고 돈도 없는 불쌍하고 얌전한 여자일 뿐인데."

그가 언성을 높였다.

"좋습니다, 분명히 말하죠. 카스레이크, 난 당신의 태도가 마음에 들지 않아요. 그리고 밀리 버트가 어떤 사람인지 분명히 말해주겠습니다. 그 여자는 사람이에요. 빌어먹을 기계 같은 당신한테는 선거 말고는 아무것도 중요하지 않을 겁니다. 그 점이 바로 정치의 썩은 일면이죠. 그 어두웠던 시절에 볼드윈 수상이 '내가 진실을 말했다면 선거에서 패했을 것이다'라고 말하지 않았습니까. 그래요, 내가 볼드윈은 아니죠—난 특별할 것 하나 없는 사람입니다. 하지만 지금 당신은 '넌 사람답게 행동했기 때문에 낙선할 거다!'라고 말하는 거예요. 그렇다면 좋습니다. 선거 따윈 이제 난 모릅니다! 낡고 썩어빠진 빌어먹을 선거에는 관심 없단 말입니다. 나는 사람이 우선이고 두번째가 선거예요. 난 그 불쌍한 여자에게 해선 안 될 말을 지껄인 적도 없고 유혹해본 적도 없습니다. 그저 아주 가여웠을 뿐이었다고요. 어젯밤 그 여자가 나를 찾아온 건 의지할 수 있는 사람이 달리 없었기 때문이에요. 좋습니다, 밀리 버트는 내가 데리고 있으면 되죠. 내가 보살피겠습니다. 세인트루, 웨스트민스터, 전부 다 이젠 내 알 바 아니오!"

"게이브리얼 소령님." 피리 소리같이 고통에 찬 카스레이크 부인의 목소리였다. "그럴 순 없어요! 버트가 아내와 이혼하면 어쩌려고요?"

"버트가 아내와 이혼하면, 제가 그 여자와 결혼하겠습니다."

카스레이크가 화를 내며 말했다. "그런 식으로 우리를 실망시킬 수는 없습니다, 게이브리얼. 그렇게 공개적으로 스캔들을 떠벌리는 행동을 해선 안 된다고요."

"안 된다고요? 두고 보십시오." 나는 그렇게 성난 게이브리얼의 눈빛을 본 적이 없었다. 그가 그렇게 내 마음에 쏙 들었던 적도 없었다.

"당신은 날 위협할 수 없습니다. 남자가 자기 아내를 때리고 위협해서 정신이 나갈 정도로 만들어놓고 근거도 없이 추잡한 죄를 뒤집어씌워도 된다는 원칙에 표를 던지는 한심한 유권자들이 많다면, 그러라고 해요! 기독교인의 기본적인 도리에 찬성한다면 내게 표를 던지면 될 거고."

"그들은 그러지 않을 거예요." 테리사가 말했다. 그녀는 한숨을 내쉬었다.

게이브리얼은 테리사를 바라보았고, 표정이 누그러졌다.

"그렇죠." 그가 말했다. "그러지 않을 겁니다."

로버트가 다시 입에서 파이프를 빼더니 뜻밖의 말을 했다.

"바보들이 훨씬 많지."

"물론이죠, 노리스 씨. 우린 당신이 공산주의자인 걸 알죠." 카스레이크 부인이 신랄하게 말했다.

나는 무슨 의미인지 이해할 수 없었다.

그때 끓어오르는 듯한 격렬한 논쟁의 와중에 이저벨라 차터리스가 등장했다. 그녀는 테라스 쪽 문으로 들어왔다. 그녀는 냉정하고 진지하고 차분했다.

이저벨라는 그 자리의 상황에는 전혀 무관심했다. 그녀는 전할 말이 있어서 왔고, 그 말을 했다. 그녀는 거기 게이브리얼이 혼자 있기라도 한 양 곧장 그에게 다가가 비밀을 털어놓는 것 같은 목소리로 말했다.

"이제 괜찮을 것 같아요."

게이브리얼은 그녀를 멍하니 바라보았다. 우리 모두 그녀를 주시했다.

"버트 부인 일 말이에요." 이저벨라가 말했다.

그녀는 당황하는 기색을 보이지 않았다. 대신 일을 제대로 처리했다고 생각하는 고지식한 사람처럼 흡족해하는 분위기를 풍겼다.

이저벨라가 계속 말했다. "부인이 성에 와 있어요."

"성에 말입니까?" 카스레이크가 믿을 수 없다는 투로 물었다.

이저벨라가 그에게 고개를 돌렸다.

"네. 무슨 일이 있었는지 듣자마자 전 그러는 게 최선이라고 생각했어요. 제가 애들레이드 할머니에게 말씀드렸고 할머니도 저와 같은 생각이셨어요. 우린 곧장 차를 타고 킹스 암스로 갔어요."

나중에 들어보니 그 일은 마치 왕의 행차 같았다. 머리 좋은 이저벨라가 사태를 수습할 유일한 방법을 생각해냈던 것이다.

전에도 썼듯이, 레이디 세인트 루는 세인트 루에 대단한 영향력을 미쳤다. 그 노부인이야말로 이른바 도덕의 그리니치표준시를 제시하는 사람이었다. 사람들은 그녀를 비웃고 구식이다 보수적이다 말하면서도 존경했다. 그리고 그녀가 용납하는 일에는 누구도 이의를 제기하지 않았다.

그녀는 이저벨라와 함께 고물 다임러 승용차를 타고 위엄 있게 갔다. 위풍당당한 레이디 세인트 루는 행진하듯 킹스 암스에 들어가 밀리 버트를 불러달라고 청했다.

밀리 버트는 눈물이 가득 고인 충혈된 눈으로 겁에 질려 계단을 내려왔고, 마치 왕의 알현식에 나온 사람처럼 보였다. 레이디 세인트 루는 돌려 말하지 않고 목소리도 낮추지 않았다.

"밀리," 그녀가 큰 소리로 말했다. "당신이 어떤 일을 겪었는지 듣고 말로 표현 못할 안타까움을 느꼈어요. 어젯밤 게이브리얼 소령이 당신을 우리에게 데려왔어야 했는데—워낙 배려심이 많은 사람이라 늦은 밤에 우리를 성가시게 하지 않으려고 했나봐요."

"저—저는—이렇게 친절하시게……"

"짐을 챙겨요, 밀리. 지금 내가 당신을 데려갈 거예요."

밀리 버트는 얼굴을 붉히면서 챙길 짐이—정말로—아무것도 없다고 중얼거렸다……

"내가 이렇게 아둔하다니까." 레이디 세인트 루가 말했다. "그럼 집에 들러서 챙겨 갑시다."

"하지만—" 밀리 버트는 움츠러들었다……

"차에 타요. 우린 당신 집에 잠깐 들러서 짐을 챙길 거예요."

밀리 버트는 우월한 권위자에게 고개를 숙였다. 세 여자는 다임러 승용차에 올랐다. 포어 스트리트에서 몇 미터 떨어진 곳에서 차가 멈췄다.

레이디 세인트 루는 밀리 버트와 차에서 내려 나란히 집으로 들어갔다. 눈에 핏발이 선 제임스 버트는 한바탕 퍼부을 생각으로 진료실에서 뛰쳐나왔다.

그는 레이디 세인트 루와 눈이 마주치자 멈칫했다.

"짐을 챙겨서 나와요, 밀리." 레이디 세인트 루가 말했다.

밀리 버트는 서둘러 위층으로 뛰어올라갔다. 레이디 세인트 루가 제임스 버트에게 말했다.

"당신은 아내에게 수치스러운 행동을 저질렀어요. 끔찍하게 수치스러운 행동. 제임스, 당신의 문제는 과음입니다. 아무튼 당신은 좋은 사람이 아니죠. 난 당신 아내에게 당신과의 관계를 끊으라고 조언할 거예요. 당신이 여태껏 아내에 대해 한 말은 모두 거짓말이고, 그건 당신도 잘 알 겁니다. 그렇지 않아요?"

그녀의 매서운 눈초리에 겁먹은 제임스 버트는 정신을 못 차렸다.

"아, 저―제 생각에는―그렇게 말씀하신다면……"

"모두 거짓말인 걸 당신은 알고 있어요."

"알았습니다―알았어요―어젯밤에는 제가 제정신이 아니었습니다."

"당신이 한 말이 모두 거짓이었다는 걸 인정해요. 안 그러면 난 게이브리얼 소령에게 소송을 걸라고 조언할 겁니다. 아, 나왔군요, 밀리."

밀리 버트가 작은 가방을 들고 계단을 내려왔다.

레이디 세인트 루는 그녀의 팔을 잡고 현관문 쪽으로 돌려 세웠다.

"잠시만요—제 아내를 어디로 데려가시려는 겁니까?" 밀리의 남편이 물었다.

"밀리는 우리 성으로 갈 거예요." 레이디 세인트 루는 힘찬 어조로 덧붙였다. "뭐 할말 있습니까?"

제임스 버트는 보일 듯 말 듯 고개를 저었다. 레이디 세인트 루가 날카롭게 쏘아붙였다.

"제임스 버트, 너무 늦기 전에 정신 차리라고 충고 한마디 하죠. 술을 끊어요. 자기 일에 충실하고요. 당신은 좋은 재능을 가졌어요. 하지만 계속 지금처럼 지낸다면 결국 끝이 좋지 않을 겁니다. 멈춰요. 노력하면 가능할 거예요. 그리고 말조심 잊지 말고."

그러고서 밀리 버트를 데리고 차에 올라탔다. 밀리 버트는 레이디 세인트 루 옆에 앉았고 이저벨라는 그들과 마주앉았다. 그들은 중심가로 내려가 항구를 따라 가다가 시장을 지나 성으로 향했다. 왕실의 행차 같았고 세인트 루 주민 대부분이 그 광경을 지켜보았다.

그날 저녁 사람들이 수군거렸다.

"분명 아무 일도 없었던 거야. 아니면 레이디 세인트 루가 그 여자를 성에 들였겠어?"

몇몇 사람은 불도 안 땐 굴뚝에 연기 나겠느냐고 말했다. 왜 오밤중에 밀리 버트가 게이브리얼 소령에게 달려갔겠느냐고, 그리고 레이디 세인트 루가 선거 때문에 그를 지원하는 거라고도 말했다.

하지만 그런 사람들은 소수였다. 인격이 대변해줬다. 레이디 세인트 루는 인격을 갖춘 사람이었다. 그녀는 흔들림 없는 강직함으로 유명했다. 밀리 버트를 성에 들였다면, 레이디 세인트 루가 밀리 버트의 편을 들었다면, 아무 문제 없는 것이었다. 아니면 레이디 세인트 루가 역성들 리 없으니까. 레이디 세인트 루에게는 어림없는 일이니까. 정말 그녀는 특별한 사람이었다!

이저벨라가 이 일의 경위를 우리에게 들려주었다. 그녀는 밀리 버트가 성에 들어가 짐을 풀자마자 건너온 것이었다.

카스레이크는 이저벨라의 말을 듣고 진상을 파악하자 침울했던 얼굴이 환해졌다. 그는 무릎을 쳤다.

"그랬군요." 그가 말했다. "그런 방법이 있었네요. 노인이 참 영리하시기도 하지. 그래요, 총명하시군요. 영리한 발상이에요." 카스레이크가 말했다.

하지만 그 영리한 발상의 주인공은 이저벨라였다. 그녀가 재빨리 사태를 파악하고 행동한 것을 알고 나는 깜짝 놀랐다.

"이쪽도 바삐 움직여야겠습니다." 카스레이크가 말했다. "우리도 후속 조치를 해야겠죠. 정확하게 이야기 윤곽을 잡아야 해요. 가자고, 재닛. 게이브리얼 당신도—"

"곧 가겠습니다." 게이브리얼이 말했다.

카스레이크 부부가 나갔다. 게이브리얼이 이저벨라에게 가까이 다가섰다.

"당신이 그렇게 했군요." 그가 말했다. "왜 그랬죠?"

이저벨라는 의아한 표정으로 그를 쳐다보았다.

"그건—선거 때문이죠."

"그러니까 당신은—보수당이 승리하기를 간절히 바라는 거군요?"

이저벨라는 놀란 눈으로 그를 보았다.

"아니요. 당신을 위해서라고요."

"나요?"

"네. 당신이 당선을 간절히 바라니까요, 아닌가요?"

게이브리얼의 얼굴에 묘하고 당혹스러운 표정이 떠올랐다. 그는 돌아섰다. 그리고 중얼거렸다. 이저벨라나 다른 사람에게라기보다 자신에게 하는 말 같았다.

"내가? 과연 그럴까……"

전에도 썼듯이 이 글은 선거전에 대한 정확한 기록이 아니다. 나는 큰 물줄기에서 동떨어진 구석에서 어쩌다 그것이 흐르는 소리를 들을 뿐이었다. 나는 점점 긴박해지는 분위기를 감지했다. 나를 제외한 모두가 다급해진 듯했다.

선거전 마지막 이틀은 광란의 도가니였다. 그동안 게이브리얼은 한잔하러 두 번 우리집에 들렀다. 긴장이 풀린 그는 피곤해 보였고 야외 집회에서 연설하느라 목소리도 쉬었지만 그래도 여전히 정력적이었다. 그는 거의 말을 하지 않았는데 목소리와 힘을 비축하느라고 그랬을 것이다.

게이브리얼은 단숨에 술을 들이켜고 중얼거렸다. "정말 끔찍한 날들이야! 사람들에게 개뿔 바보 같은 소리만 지껄여야 하니까. 이런 식으로 통치되는 것도 다 사람들이 그래서인 거야."

테리사는 주로 운전을 하며 시간을 보냈다. 선거일 아침에는 대서양에서 강풍이 불어왔다. 바람이 건물을 때리듯 거세게 불었다.

아침식사 후 일찌감치 이저벨라가 들렀다. 그녀는 검은 방수 코트를 입고 있었는데 머리는 젖고 눈은 반짝거렸다. 방수 코트에 장미 모양의 큼지막한 파란 리본을 달고 있었다.

"하루종일 유권자들을 태우고 투표소를 오가야 해요. 루퍼트도 그럴 거고요. 버트 부인더러 당신에게 가보라고 했는데, 괜찮죠? 혼자 계실 거잖아요, 그렇죠?"

나는 괜찮았다. 사실 독서를 하며 하루를 평온하게 보내는 것이 더 만족스러울 테지만. 최근에는 손님이 너무 많았다.

내가 혼자 있는 것을 염려하다니 전혀 이저벨라답지 않다고 생각했다. 갑자기 레이디 트레실리언 같은 태도로 나를 대하려는 신호를 본 것 같았다.

"사랑이 사람을 부드럽게 만드나보군요, 이저벨라. 아니면 레이디 트레실리언의 생각인가요?" 내가 못마땅해하며 말했다.

이저벨라는 미소 지었다.

"애그니스 고모할머니도 와보겠다고 하셨어요. 당신이 외로울 거라고—그리고 뭐라셨더라—겉도는 기분을 느낄 거라고요." 이저벨라가 말했다.

그녀는 궁금한 눈으로 나를 쳐다보았다. 이저벨라가 그런 생각을 할 리 없었다.

"당신은 그렇게 생각하지 않고요?" 내가 물었다.

이저벨라는 늘 그렇듯 솔직하게 대답했다. "당신은 원래 겉도는 분이잖아요."

"감탄할 만큼 맞는 말이네요."

"당신에게는 안된 일인지 모르지만, 애그니스 고모할머니가 여기서 당신과 이야기를 나눈다고 나아질 건 없다고 생각해요. 고모할머니까지 겉돌게 될 뿐이에요."

"그리고 그분은 틀림없이 상황 한가운데에 있고 싶어할 테고요."

"버트 부인한테 당신에게 가보라고 한 건 어쨌든 선거라는 상황에서 떨어져 있는 게 좋을 것 같기 때문이에요. 그리고 당신이라면 얘기도 잘 해줄 것 같고요."

"얘기요?"

"네." 이저벨라는 흰 이마를 찌푸렸다. "음, 저는—대화에 서툴러요. 사람들 말을 들어주는 것도 그렇고요. 버트 부인은 끊임없이 말을 하거든요."

"끊임없이 말을 한다고요?"

"네, 제가 듣기엔 별로 의미 없는 말이지만—저는 적절하게 받아주질 못해요. 당신이라면 그럴 수 있을 거라고 생각했어요."

"그녀가 끊임없이 무슨 말을 하죠?"

이저벨라는 의자 팔걸이에 걸터앉았다. 그녀는 얼굴을 살짝 찡그리며 천천히 말했다. 미개 종족의 신기한 의식을 묘사하는 여행자와 꼭 닮은 구석이 있었다.

"그때 일어난 일에 대해서요. 게이브리얼 소령에게 달려갔던 일. 모두 자기 잘못이라는 이야기요. 그가 낙선하면 자기 탓이라고, 애초에 신중해야 했고 그 행동이 어떤 결과를 불러올지 알아야 했다고요. 남편에게 더 잘해줬더라면 그가 그렇게 술에 완전히 빠지지는 않았을 거라고요. 지독하게 자책감이 들고 밤에 자다 깨서도 그렇게 처신하는 게 아니었다는 생각이 머릿속에서 떠나질 않는대요. 게이브리얼 소령의 이력에 흠집이 난다면 목숨이 붙어 있는 동안 스스로를 용서하지 못할 거라고요. 잘못은 자신에게 있고, 모든 것이 언제나 다 자기 잘못이었다고 하고 있어요."

이저벨라는 말을 멈추고 나를 바라보았다. 그녀는 자신이 전혀 이해하지 못하는 뭔가를 그저 풀어놓고 있었다.

과거로부터 희미한 메아리가 내게 밀려들었다. 아름다운 눈썹을 찌푸리면서, 다른 사람들이 한 일까지 모두 자신 탓이라고 자책하던 제니퍼.

예전에 나는 제니퍼의 그런 점을 사랑스럽다고 생각했다.

그러나 똑같은 태도의 밀리 버트를 보자 그런 태도가 사람을 확실히 짜증나게 한다는 걸 알게 됐다. 나는 냉소적으로 생각했다. 착하고 좋은 사람이라고 생각하는 여자와 내가 사랑하는 여자에 대한 시각 차이겠지!

"글쎄요," 나는 생각에 잠겨 말했다. "부인으로서는 그럴 만하지 않나요?"

이저벨라는 명확한 단답형으로 대답했다.

"아니요." 그녀가 말했다.

"왜죠? 설명해줘요."

"아시잖아요." 이저벨라는 나무라듯 말했다. "전 말을 잘 못한다니까요." 그러더니 말없이 이마를 찌푸렸고, 이내 다시 입을 열었다. 아주 의심스러운 듯한 말투였다. "일이란 이미 일어났거나 아직 일어나지 않았거나 둘 중 하나예요. 그런데 지레 걱정하는 사람이 있죠—"

그것조차 이저벨라에게는 전혀 수긍이 가지 않는 일 같았다.

"하지만 끝난 일을 가지고 고민하는 건—그래요, 그건 들판에 산책을 나갔다가 소똥을 밟은 거나 마찬가지예요. 제 말은 산책하는 내내 그 이야기를 하면서 안 밟았으면 좋았을 텐데, 다른 길로 갔으면 좋았을 텐데, 앞을 잘 보지 않고 걸었기 때문이야, 하며 맨날 바보 같은 짓만 저지른다고 후회해봤자 소용없다는 뜻이에요. 소똥은 이미 신발에 묻었고 그 사실에서 벗어날 수도 없으니 그 일을 마음속에 붙들고 있을 필요가 없다는 거죠! 거긴 다른 것들이 있잖아요―들판, 하늘, 울타리, 같이 걷는 사람―거기 다 있잖아요. 다시 소똥을 떠올려야 하는 때는 집에 돌아와 신발을 닦아야 하는 순간밖에 없어요. 그때는 물론 다시 생각이 나겠죠―"

과도한 자책은 곰곰이 생각해볼 만한 흥미로운 문제였다. 나는 밀리 버트가 그 감정에 푹 빠질 거라 예상할 수 있었다. 하지만 왜 누구는 누구보다 그런 성향이 강한지 그걸 알 수 없었다. 전에 테리사는 내가 사람들을 격려하고 그들의 상황이 개선되도록 도와주는 게 당연하다고 주장하지만 사실 그런 태도는 내가 생각하는 것만큼 그들에게 도움이 되지 않는다고 말했었다. 그러나 그것도 사람들이 어떤 일에 대해 자신의 책임을 즐기듯이 과장하려는 데 대한 해답이 되지는 않았다.

이저벨라가 기대하는 듯이 말했다. "당신이라면 버트 부인과 대화할 수 있을 것 같은데요?"

"만일 그 부인이―글쎄요, 자책하면서 마음을 달래는 거라면, 그러면 안 될 거 있나요?" 내가 말했다.

"그건 그 사람―게이브리얼 소령에게 끔찍한 일이라고 생각하기 때문이에요. 누군가에게 네 탓이 아니라고 끝없이 말해줘야 한다면 몹시 피곤할 거예요."

의심할 것도 없이 몹시 피곤한 일일 거라고 나도 생각했다…… 피곤한 일이지. 기억이 밀려왔다…… 제니퍼는 언제나 그랬었다. 하지만 제니퍼는 아름답고 부드러운 새카만 머리, 크고 슬퍼 보이는 회색 눈, 귀엽고 사랑스러운 코를 가지고 있었지……

존 게이브리얼은 밀리 버트의 밤색 머리와 부드러운 갈색 눈을 좋아할 테고, 다 괜찮다고 그녀를 안심시키는 것이 싫지 않을지도 모른다.

"버트 부인에게 무슨 계획이 있나요?" 내가 물었다.

"네, 있어요. 할머니가 서식스에 일자리를 알아봐주셨어요. 아는 분 댁에서 입주 도우미로 일할 거예요. 보수가 좋고 일은 별로 많지 않은 곳이에요. 그리고 런던까지 기차 이용이 편리해서 친구를 만나러 다닐 수도 있고요."

친구라면 존 게이브리얼을 말하는 걸까? 밀리 버트는 게이브리얼을 사랑했다. 나는 게이브리얼이 그녀를 조금이라도 사랑하는지 궁금했다. 그럴지도 모른다는 생각이 들었다. "제임스 버트와 이혼을 하면 좋겠지만, 이혼은 돈이 드니까요." 이저벨라가 말했다.

그녀는 일어섰다. "이제 가야 해요. 부인과 이야기해주실 거죠?" 이저벨라는 문가에서 잠시 멈췄다. "루퍼트와 전 딱 일주일 후에 결혼할 거예요." 그녀가 부드럽게 말했다. "교회에 오실 수 있나요? 날씨가 좋으면 보이스카우트 단원에게 휠체어를 밀어달라고 하면 될 텐데요."

"내가 가면 좋겠어요?"

"네, 좋겠어요─진심으로."

"그럼 가죠."

"고마워요. 루퍼트가 미얀마에 돌아가기 전까지 일주일밖에 같이 지낼 시간이 없지만…… 전쟁도 곧 끝나지 않을까요? 그렇겠죠?"

"행복해요, 이저벨라?" 내가 상냥하게 물었다.

그녀는 고개를 끄덕였다.

"두려울 정도예요─오래전부터 생각해오던 일이 현실이 되는 거니까요…… 루퍼트는 제 마음속에 있었지만 아주 희미해지고 있었고……"

그녀는 나를 바라보았다.

"모든 게 사실인데 사실 같지가 않아요─아직도 그런 기분이에요─꿈에서 깰 것 같은……"

이저벨라는 아주 나직하게 덧붙였다. "모든 것을 갖게 되다니…… 루퍼트…… 세인트 루…… 원하던 모든 일이 이루어지다니……"

그때 그녀가 깜짝 놀란 듯 소리쳤다. "이렇게 오래 있을 생각은 아니었어요. 사람들이 차나 한잔 마시라고 이십 분을 쳤는데."

나는 이저벨라의 차나 한잔이 나임을 알았다.

밀리 버트는 오후에 찾아왔다. 그녀는 방수 코트와 뾰족한 모자와 장화를 어렵사리 벗은 뒤 갈색 머리를 쓸어내리고 조금 수줍은 듯이 콧등에 분첩을 두드렸다. 그리고 내 옆으로 와서 앉았다. 나는 그녀가 무척 예쁘고 사랑스러운 여자라고 생각했다. 싫어하려야 싫어할 수 없는 여자였다. 적어도 나는 그녀를 싫어할 수 없었다.

"소외되었다고 느끼시는 건 아니죠?" 그녀가 말했다. "점심 식사는요? 불편하신 데는 없어요?"

나는 신변의 일은 다 해결했다고 확인해줬다.

"나중에 차나 한잔 마실까요." 내가 말했다.

"네, 좋아요." 그녀는 부산하게 움직였다. "아, 노리스 씨, 그분이 당선되겠죠? 그렇겠죠?"

"그렇게 말하기에는 너무 이른데요."

"그냥 노리스 씨 생각은 어떤지 궁금해서요."

"당선이 거의 확실하다고 생각해요." 내가 위로하듯이 말했다.

"제 일만 아니었다면 정말 확실했을 텐데요! 어떻게 그렇게 바보 같은 짓을 했는지─무모했는지 모르겠어요. 노리스 씨, 전 계속 그 생각만 해요. 지독하게 절 책망하고 있어요."

이제 시작이군, 하고 나는 생각했다.

"나라면 그런 생각은 그만하겠습니다." 내가 조언했다.

"하지만 어떻게 생각하지 않을 수 있죠?" 그녀의 크고 가련해 보이는 갈색 눈이 휘둥그레졌다.

"자제심과 의지력을 발휘해서요." 내가 말했다.

밀리 버트는 몹시 회의적이고 조금은 탐탁지 않은 듯이 보였다.

"전 이 일을 가볍게 받아들이면 안 된다고 생각해요. 전부 다 저 때문에 일어난 일이니까요."

"밀리, 당신이 후회한다고 게이브리얼의 당선에 도움이 되는 건 아니에요."

"그, 그렇죠, 물론 그래요…… 하지만 제가 그분의 이력에 해를 끼쳤다면 스스로를 용서하지 못할 거예요."

우리는 익숙한 말로 입씨름을 벌였다. 제니퍼와 여러 번 했던 말이었다. 차이가 있다면 이번에는 개인적인 연애 감정에 영향을 받지 않았기에 냉정하게 말할 수 있었다는 것이다. 그건 커다란 차이였다. 나는 밀리 버트에게 호감을 가지고 있었지만 그녀가 무척 짜증스럽게 느껴졌다.

"제발, 그렇게 야단 떨 것 없어요!" 내가 소리쳤다. "다른 사람들은 몰라도 게이브리얼을 위해서라도요."

"전 그분 때문에 마음을 쓰는 거예요."

"당신이 눈물과 후회로 짐을 더하지 않아도 그 친구는 이미 충분한 짐을 지고 있다는 걸 모르겠어요?"

"하지만 그분이 낙선하게 되면—"

"아직 낙선한 건 아니지만 만약 낙선한다면, 그리고 당신이 그 결과를 자초했다면(그것 때문인지 알 도리도 없고 결코 그런 것도 아닐 테지만) 낙선한 것만으로도 충분히 괴로울 텐데 회한에 찬 여자의 넋두리까지 더해지면 더욱 괴롭지 않겠어요?"

밀리 버트는 갈피를 못 잡은 듯 완고한 표정을 지었다.

"하지만 제가 벌인 일에 대해 보상해주고 싶어요."

"아마 그럴 수 없을 겁니다. 당신이 할 수 있는 건 낙선이 그에게는 좋은 휴식을 줄 것이고, 보다 흥미를 가지고 인생에 도전할 수 있도록 자유로워진 거라고 납득시키는 정도일 거예요."

밀리 버트는 겁먹은 표정을 지었다.

"아, 전 절대 그럴 수 없을 거예요." 그녀가 말했다.

나도 그녀가 그럴 수 있다고 생각하지 않았다. 꾀바르고 마음이 강한 여자라면 그럴 수 있을 것이다. 만약 존 게이브리얼을 사랑한 사람이 테리사였다면 꽤 잘해냈을 것이다.

인생에 대한 테리사의 태도는 끝없는 공략이었다고 나는 생각한다.

밀리 버트의 태도는 의심할 것도 없이, 끝없고 생생한 패배였다. 그러나 존 게이브리얼은 조각난 파편을 모아 다시 하나로 맞추는 일을 좋아할 수도 있다. 내가 한때 그랬듯이.

"그를 많이 좋아하죠? 그렇죠?" 내가 물었다.

그녀의 갈색 눈에서 눈물이 흘러내렸다.

"네, 그래요…… 정말 그래요. 이제까지 전 그런 남자를 만나본 적이 없어요……"

나도 존 게이브리얼 같은 남자를 만나본 적이 없었지만, 밀리 버트처럼 그에게 영향을 받지는 않았다.

"그분을 위한 일이라면 뭐든 할 거예요. 정말 그럴 거예요."

"그를 진심으로 좋아한다면, 그 마음만으로 충분해요. 그냥 내버려둬요."

'사랑하면 내버려두라'라는 말을 누가 했을까? 심리학자가 어머니들에게 한 충고였을까? 그 말에는 자식 아닌 다른 사람에게도 적용할 수 있는 큰 지혜가 담겨 있다. 하지만 사실 우리가 누구를 내버려둘 수 있겠는가? 노력하면 적에게는 가능할지도 모른다. 하지만 우리가 사랑하는 사람이라면?

나는 무익한 생각은 그만두기로 하고 종을 울려 홍차를 가져오게 했다.

차를 마시면서 작년에 본 영화들에 대해 작심한 듯이 이야기했다. 밀리 버트는 영화 관람을 좋아했다. 그녀는 내게 최신 걸작들에 대한 새롭고 생생한 정보를 들려주었다. 나는 대화에 흠뻑 빠져서 기분이 한결 좋아졌고, 밀리 버트가 돌아갈 때는 무척 섭섭했다.

멀리까지 싸우러 나갔던 사람들이 각기 다른 시간에 돌아왔다. 모두 지쳤고, 기분은 저마다 달라서 누구는 낙관하고 누구는 절망했다. 로버트만 평소처럼 활기찼다. 로버트는 폐기된 채석장에서 쓰러진 너도밤나무를 발견했는데 그의 영혼이 갈망하던 나무였다. 또 어느 작은 펍에 들러 꽤 괜찮은 점심식사를 했다. 그림과 음식은 로버트에게 중요한 주제였다. 하기야 결코 나쁘지 않은 주제다.

다음날 저녁 늦게 테리사가 불쑥 방으로 들어왔다. 그녀는 지친 얼굴로 짙은 색 머리카락을 쓸어넘기며 말했다. "아, 결국 당선됐어요!"

"몇 표 차로요?" 내가 물었다.

"이백십사 표 차예요."

나는 휘파람을 불었다.

"아슬아슬했네요."

"그래요, 카스레이크는 밀리 버트 일만 없었다면 적어도 천 표 차는 났을 거라고 생각해요."

"카스레이크 말은 다른 사람들 말보다 더 믿을 게 못 돼요."

"전국적으로 좌파의 완승이에요. 어느 선거구에서나 노동당이 득세죠. 세인트 루는 몇 안 되는 보수당 당선지 중 하나일 거고요."

"게이브리얼의 말이 맞았군요. 기억하죠? 그가 그럴 거라고 예언했잖아요." 내가 말했다.

"그럼요. 오싹할 만큼 적중했네요."

"아무튼 밀리 버트는 오늘밤 편히 잘 수 있겠네요. 결국 자기가 그의 일을 그르치진 않았으니까. 마음을 놓을 거예요." 내가 말했다.

"과연 그럴까요?"

"당신은 정말 심술쟁이예요. 밀리 버트는 게이브리얼에게 헌신적이라고요." 내가 말했다.

"그건 알죠." 테리사가 생각에 잠겨서 덧붙였다. "둘은 잘 어울리기도 하고요. 난 게이브리얼이 밀리 버트와 산다면 제법 행복할 거라고 생각해요―그가 행복을 원한다면 그럴 거란 뜻이에요. 행복을 원치 않는 사람도 있으니까."

"난 존 게이브리얼이 금욕적이라고 생각한 적이 단 한 번도 없어요. 일단 성공하고 그 인생에서 얻어낼 수 있는 것을 최대한 얻어낸다는 생각만 한다고 봐야죠. 아무튼 그는 돈 많은 여자와 결혼할 겁니다. 나한테 그렇게 말했어요. 나도 그럴 거라고 생각하고요. 그는 보란듯이 성공할 거예요―아마 속된 성공이겠죠. 밀리 버트는 아무래도 희생자 역할을 맡은 것 같네요. 이제 당신은 그녀가 그런 역할을 즐긴다고 말하겠죠?"

"아뇨, 그러지 않을 거예요. 하지만 '난 정말 바보짓을 했어' 하면서 웃어넘기는 건 정말 마음이 강한 사람만 할 수 있는 일이에요. 마음이 약한 사람은 뭔가 지탱해줄 것이 있어야 해요. 그런 사람은 자신의 실수를 그저 어쩌지 못한 실패가 아니라 명백한 결점, 비극적인 죄악으로 보죠."

그녀가 불쑥 덧붙였다. "나는 악 그 자체가 존재한다고는 믿지 않아요. 이 세상의 해악은 약자들이 불러오는 거예요. 그들은 대개 선의를 가지고 있고 아주 낭만적으로 행동하는 것처럼 보이죠. 난 그런 사람들이 두려워요. 그들이야말로 위험하니까. 암흑 같은 바다를 떠다니다 멀쩡한 배를 침몰시키는 표류선 같아요."

나는 다음날에야 게이브리얼을 만날 수 있었다. 그는 기분이 좋지 않은 듯했고 별로 생기가 없었다. 내가 아는 그 같지가 않았다.

"선거 후유증인가?" 내가 물었다.

그는 신음소리를 냈다.

"그렇지! 성공이란 참 구역질나는 일이야. 가장 좋은 셰리주가 어디 있지?"

내가 술이 있는 곳을 알려주자 그는 가서 술을 따랐다.

"그렇다고 낙선한 월브러햄이 특별히 기분좋아 보일 것 같진 않은데." 내가 대꾸했다.

게이브리얼은 얼핏 씩 웃었다.

"그렇지, 안됐어. 그는 자신에 대해서나 정치에 대해서나 정말 진지하지. 지나치지는 않지만 상당히 그래. 너무 질척거리는 게 딱할 정도야."

"두 사람이 서로 정정당당히 겨루자는 둥 스포츠맨 정신에 입각하자는 둥 그런 말을 나눴을 텐데?"

게이브리얼은 다시 씩 웃었다.

"그래, 적당히 그런 말을 했지. 카스레이크가 그래야 한다고 했으니까. 하지만 그는 정말 바보야! 자기 역할에 대해서는 완벽하게 외울 정도로 빠삭하지만 머리는 텅 비었어."

나는 셰리주 잔을 들었다.

"자, 자네의 미래를 위해. 이제 시작이군." 내가 말했다.

"그래, 시작됐지." 게이브리얼이 열의 없이 대꾸했다.

"자네는 별로 기쁘지 않은 모양이군."

"아니, 당신 말대로 선거 후유증일 뿐이야. 상대를 해치워버리면 인생이 심드렁해질 수가 있거든. 하지만 앞으로 싸울 일이 많겠지. 내가 어떻게 세인의 이목을 끄는지 똑똑히 지켜보라고."

"노동당이 과반수도 훨씬 넘었다던데."

"그렇지. 잘된 일이야."

"이런, 우리 보수당 새 의원에게 어울리지 않는 말이군."

"보수당 의원은 개뿔! 이제 내가 나설 차례야. 보수당을 재건할 인물이 누가 있나. 윈스턴 처칠은 전시에 출중한 노익장이지, 특히 난국에 처했을 때는. 하지만 그는 평화시의 문제를 처리하기엔 너무 늙었어. 평화라는 건 교묘하지. 이든은 언변이 좋고 매력적인 영국 신사지만—"

그는 보수당의 여러 유명 정치가에 대해 쭉 말했다.

"건설적인 사고를 가진 자는 하나도 없어. 그들은 국유화에 반대하며 푸념할 거고, 사회주의자가 실패하면 신이 나서 덤벼들 거야. (아이고, 그들도 실패할 게 뻔해! 얼뜨기 집합소니까. 노동조합의 독불장군들, 옥스퍼드 출신의 무책임한 이론가들.) 우리 쪽에서는 고전적인 수법을 총동원할 걸세. 장터에 나온 애처로운 늙은 개들처럼. 왈왈 짖고 뒷발로 서서 왈츠를 추며 느리게 빙빙 도는 거지."

"그럼 그 매력적인 야당의 그림 안에서 존 게이브리얼의 위치는 어딘가?"

"마지막 세부까지 준비를 완전히 끝내놓기 전에는 디데이를 잡을 수 없어. 그런 다음에 맹렬하게 몰아붙여야지. 나는 '반정부'적인 새로운 사고를 지닌 젊은 사람들을 끌어모을 생각이네. 그자들에게 사상을 불어넣고, 사상을 향해 전력투구하는 거지."

"어떤 사상인데?"

게이브리얼은 불쾌한 눈빛으로 나를 쳐다보았다.

"당신은 늘 앞뒤를 뒤집어 생각하는군. 어떤 사상인지는 하나도 중요하지 않아! 사상 따위는 언제든 원하기만 하면 대여섯 개쯤 만들어낼 수 있어. 사람을 정치적으로 움직이게 만드는 건 딱 두 가지네. 하나는 호주머니에 찔러주는 돈. 또하나는 모든 것을 올바르게 만들어줄 것처럼 들리고 아주 알기 쉽고 고매하지만 모호한 것, 그러면서도 내면에 타오르는 듯한 기분을 느끼게 해주는 사상이지. 사람은 두둑한 대가도 원하지만 자신을 숭고하다고 생각하고 싶어하는 동물이야. 너무 실리적인 사상은 환영받질 못해. 인도적이면서도 우리와 개인적으로 연결된 누군가가 아니라 막연한 상대를 향한 것이기를 바란다고. 튀르키예나 아르메니아 같은 다른 나라 지진 피해자들에게 얼마나 많은 기부가 답지하는지 아나? 하지만 살아남은 어린아이를 떠맡으려는 사람은 없어. 아닌가? 그게 인간의 본성이라고."

"앞으로 자네가 가는 길을 지대한 관심을 가지고 지켜보지." 내가 게이브리얼에게 약속했다.

"이십 년 후에는 몸에 살이 붙고 안락하게 살면서 독지가 대접을 받는 나를 보게 될 거야." 게이브리얼이 말했다.

"그러면?"

"'그러면'이라니 무슨 뜻이지?"

"자네가 따분하지 않을까 해서."

"아, 난 언제나 떠들썩한 뭔가를 찾겠지. 그저 재미를 위해."

나는 게이브리얼이 자신의 미래를 예측할 때 보이는 확신에 늘 매료됐다. 그리고 그의 예측대로 된다고 믿게 됐다. 그는 적중시키는 재주를 가지고 있었다. 게이브리얼은 전국적으로 노동당이 득세할 거라고 예측했었다. 그리고 자신의 당선을 확신했었다. 게이브리얼의 인생은 이제 털끝만큼도 엇나가지 않고 예상한 그대로 흘러갈 것처럼 보였다.

나는 좀 진부하게 말했다. "그러니까 만사형통이겠군."

그가 갑자기 신경질적으로 눈살을 찌푸리며 말했다.

"사람의 약점을 건드리는 재주가 있군, 노리스."

"왜 그러지? 뭐가 잘못됐는데?"

"잘못된 건 아무것도 없네…… 아무것도." 그는 한동안 입을 다물더니 말을 이었다. "손가락에 가시 박혀본 적 있나? 그건 사람을 돌게 만들지—사실 심하게 아프진 않지만—따끔거리는 게 계속 의식하게 돼—신경이 쓰여……"

"자네에게 가시는 뭔가? 밀리 버트?" 내가 물었다.

게이브리얼은 놀란 듯 나를 빤히 보았다. 나는 밀리 버트가 아니란 걸 눈치챘다.

"그 사람은 아니야." 그가 말했다. "다행히 별로 피해도 입지 않았지. 난 밀리 버트를 좋아해. 런던에서 이따금 만날 생각이기도 하고. 거기라면 여기같이 악랄하게 소문이 나진 않을 테니까."

그러고는 얼굴을 붉히며 주머니에서 꾸러미를 꺼냈다.

"이것 좀 봐주겠나? 당신이 보기에는 어떤가? 결혼 선물이야…… 이저벨라 차터리스에게 줄 선물. 뭔가 줘야 할 것 같아서. 그게 언제지? 다음주 목요일? 혹시 어처구니없는 선물 같은가?"

나는 상당히 호기심을 느끼며 꾸러미를 풀었다. 그리고 안에 든 것을 보고 깜짝 놀랐다. 존 게이브리얼이 준비한 결혼 선물로서 절대 기대할 수 없는 물건이었다.

기도서였다. 아름답고 정교하게 채색되어 있었다. 박물관에 어울릴 만한 물건이었다.

"이게 정확히 뭔지는 모르겠어." 게이브리얼이 말했다. "가톨릭에서 쓰는 것 같아. 이백 년쯤 된 거라더군. 하지만 내 느낌에—왠지 모르지만—그 여자에게 어울릴 것 같더라고. 물론 당신이 보기에 우스꽝스럽다면—"

나는 얼른 그를 안심시켰다.

"근사해. 누구라도 좋아할 선물이야. 박물관에 있을 것 같은 물건인데."

"그 여자가 이런 걸 특별히 좋아하는지는 모르지만 어쩐지 딱 어울릴 것 같았네. 내 말이 무슨 뜻인지 알아들었는지ㅡ"

나는 고개를 끄덕였다. 나는 그의 말뜻을 알아들었다. "아무튼 선물이라도 해야 하지 않겠나? 그 여자가 좋아서 하는 건 아니야. 난 그런 여자 따윈 필요 없어. 거만하고 건방진 여자. 잘난 귀족을 재빨리 낚아챘더군. 그 시시한 귀족과 잘 살길 바랄 뿐이야."

"루퍼트는 시시한 남자가 아니야."

"알아ㅡ사실 그런 사람은 아니지. 아무튼 난 그 사람들과 잘 지내야 해. 지역 의원으로서 성에서 여는 만찬에 참석하고 연례행사인 가든파티에도 가게 되겠지. 이제 레이디 세인트루는 과부용 주택으로 이사해야 하는 건가? 교회 옆에 있는 곰팡이 잔뜩 핀 그 낡은 집으로? 그런 데서 살면 누구든 얼마 못가 류머티즘으로 뻗어버릴걸."

그는 채색된 기도서를 집어 다시 쌌다.

"정말 괜찮은가? 선물해도 괜찮겠나?"

"근사하고 아주 독특한 선물이네." 나는 그에게 확신을 줬다.

테리사가 들어왔다. 게이브리얼은 나가려던 참이라고 말하고 떠났다.

"저 사람한테 무슨 일 있어요?" 그가 나가자 테리사가 물었다.

"반작용 같은 거겠죠."

"그 이상의 뭔가가 있는데."

"난 그가 당선된 게 유감이라고 하지 않을 수가 없네요." 내가 말했다. "떨어졌다면 정신을 바짝 차렸을 텐데. 이대로 간다면 이 년쯤 뒤에는 뻔뻔스러운 인간이 돼 있을 겁니다. 원체 혐오스러운 인간이긴 하지만 그때는 아예 나무 꼭대기에 올라가 있을걸요."

로버트가 대화에 끼어든 것은 '나무'라는 단어 때문인 듯했다. 그는 테리사와 함께 방에 들어왔지만 평소처럼 없는 듯이 있었다. 그랬기에 그가 말하자 우리는 화들짝 놀랐다.

"아니, 그는 안 그럴걸." 로버트가 말했다.

우리는 궁금한 표정으로 그를 바라보았다.

"나무 꼭대기까지 올라가지 못할 거야. 난 그럴 가능성은 없다고 봐—" 로버트가 말했다.

그는 침울한 표정으로 방안을 서성거렸고, 왜 자기 팔레트 나이프를 맨날 숨겨놓느냐며 투덜댔다.

루퍼트 세인트 루와 이저벨라 차터리스의 결혼식은 목요일로 잡혀 있었다. 창밖 테라스에서 발소리가 들린 건 아주 늦은 시간, 새벽 한시 무렵이었을 것이다.

나는 잠을 못 이루고 있었다. 나는 종종 격심한 통증에 시달렸고, 그날 밤이 그랬다.

바깥 테라스에서 들리는 소리가 이저벨라의 발소리가 틀림 없었기 때문에 나는 엉뚱한 착각을 하고 있다고 생각했다.

그때 목소리가 들렸다.

"들어가도 될까요?"

강풍이 불 때가 아니면 테라스 창문은 늘 조금씩 열어두었다. 이저벨라가 들어왔고, 나는 소파 옆에 있는 전등을 켰다.

그때까지도 꿈을 꾸는 듯한 기분이었다.

이저벨라는 무척 키가 커 보였다. 짙은 색 긴 트위드 코트를 입고 진홍색 스카프를 매고 있었다. 표정은 차분했지만 우울하고 왠지 슬퍼 보였다.

그녀가 무슨 일로 한밤중에 ─ 어쩌면 아침일 이 시간에 나를 찾아왔는지 짐작할 수 없었다. 하지만 막연한 불안을 느꼈다.

꿈을 꾸고 있다는 느낌은 더이상 들지 않았다. 실은 정반대의 느낌이었다. 마치 루퍼트 세인트 루가 이곳에 돌아온 뒤에 일어난 모든 일이 꿈이고, 그 꿈에서 깬 것 같았다.

나는 "꿈에서 깰 것 같은"이라고 했던 이저벨라의 말을 떠올렸다.

그리고 그녀에게 그 일이 벌어졌다는 것을 불현듯 깨달았다. 내 곁에 선 여자는 더이상 꿈속에 있지 않았다. 그녀는 깨어나 있었다.

그리고 다른 기억도 떠올랐다. 로버트는 루퍼트 세인트 루의 세례식에는 나쁜 요정이 오지 않았던 것 같다고 말했었다. 내가 무슨 뜻이냐고 묻자 그는 "생각해봐, 나쁜 요정이 하나도 없다면 이야기가 되겠어?"라고 말했다. 루퍼트 세인트 루가 뛰어난 외모와 지성, '반듯함'을 갖춘 남자임에도 현실적이지 않은 이유가 거기 있을지 몰랐다.

아주 잠깐 사이에 이 모든 생각이 머릿속을 혼란스럽게 스쳐갔다. 이내 이저벨라가 말했다.

"작별 인사 하려고 왔어요."

나는 멍하니 그녀를 바라보았다.

"작별 인사요?"

"네. 저, 전 떠나요……"

"떠나요? 루퍼트와 어딜 가요?"

"아니요. 존 게이브리얼과……"

그때 나는 인간이 가진 묘한 이중성을 깨닫게 됐다. 내 머릿속의 절반은 벼락을 맞은 것 같았고 믿기지 않았다. 이저벨라가 한 말을 도저히 믿을 수 없었다. 너무 터무니없어서 그런 일은 일어날 수 없을 것 같았다.

하지만 어딘가에 놀라지 않는 내가 있었다. 마치 내면의 목소리가 조롱하듯 '넌 처음부터 알고 있었잖아……'라고 말하는 듯했다. 이저벨라가 고개 돌려 보지도 않고 존 게이브리얼의 발소리를 알아들었던 일이 기억났다. 휘스트 드라이브가 열리던 밤에 그녀가 정원에서 걸어왔던 것, 밀리 버트 일이 터졌을 때 그녀가 아주 신속하게 행동했던 것도 떠올랐다. 이저벨라가 이상하게 다급한 말투로 루퍼트가 얼른 와야 한다고 말했던 것도 기억났다. 그때 이저벨라는 두려워하고 있었다. 자신에게 벌어질 일을 겁내고 있었던 것이다.

나는 이저벨라를 게이브리얼에게로 떠미는 어두운 충동을

불완전하나마 조금은 이해할 수 있었다. 이유는 모르지만 그에게는 여자를 끌어들이는 묘한 매력이 있었다. 예전에 테리사가 내게 그렇게 말했다……

이저벨라가 그를 사랑하는 걸까? 나는 의심스러웠다. 그녀가 게이브리얼 같은 남자와 행복할 리 없었다—그녀를 갈망하지만 사랑하지는 않는 남자와.

게이브리얼에게도 완전히 미친 짓이었다. 정치 생명을 끊는 일이었다. 모든 야망을 팽개치는 일이었다. 그가 왜 이런 미친 짓을 하려는지 나는 이해할 수 없었다.

이저벨라를 사랑해서? 그럴 리 없었다. 그는 어떤 의미에서는 그녀를 미워했다. 그녀는 그가 이곳에 온 후부터 느낀 열등감의(성이나 레이디 세인트 루에 대한) 일부였다. 그게 이 미친 행동의 숨은 이유일까? 앙갚음이라도 하려는 걸까? 열등감을 느끼게 한 대상을 망가뜨릴 수 있다면 자기 인생은 망가져도 아무 상관 없다는 건가? '평민의 자식'이 복수라도 하려는 걸까?

나는 이저벨라를 사랑하고 있었다. 그제야 그것을 알았다. 그녀를 많이 사랑해서 그녀의 행복에 나도 행복을 느꼈다. 세인트 루에서의 삶이라는 꿈이 현실로 다가오자 그녀와 루퍼트는 행복해했다…… 그것이 현실이 되지 않을까봐 두려워했을 뿐인데—

그렇다면 무엇이 현실이었지? 존 게이브리얼? 아니었다. 그녀가 하려는 일은 미친 짓이었다. 그녀를 막아야 했다—설득하고 말려야 했다.

말이 한꺼번에 입으로 밀려들었다…… 하지만 입 밖으로 나오지 못하고 머물렀다. 지금도 나는 내가 왜 그랬는지 알 수 없다……

내가 생각할 수 있는 유일한 이유는 이저벨라이고—이저벨라였다는 것밖에 없다.

나는 아무 말도 하지 않았다.

그녀는 몸을 굽혀 내게 키스했다. 소녀의 키스가 아니었다. 성숙한 여자의 키스였다. 이저벨라의 입술은 차갑고 상큼했다. 그녀의 입술이 내 입술에 닿았고, 나는 달콤하고 강렬했던 그 느낌을 절대 잊을 수 없을 것이다. 마치 꽃에게 키스를 받는 것 같았다.

이저벨라는 작별 인사를 하고 돌아섰다. 그녀는 문에서, 그리고 내 인생에서 빠져나가 게이브리얼이 기다리는 곳으로 갔다.

나는 그녀를 붙잡지 않았다……

세인트 루에서 존 게이브리얼과 이저벨라가 떠나면서 이야
기의 전편은 끝난다. 이것이 그들의 이야기이지 내 이야기가
아님을 절실히 깨닫는 것은 두 사람이 떠난 후의 일이 거의 혹
은 전부 내 기억에 남아 있지 않기 때문이다. 모든 기억이 어
렴풋하고 혼돈스럽다.

나는 세인트 루에 사는 동안 정치에는 무관심했다. 내게 정
치는 드라마 속 배우들의 배경에 불과했다. 하지만 그 사건은
정치에 분명 큰 영향을 미쳤을 것이고, 사실이 그랬다는 것을
나는 알고 있다.

존 게이브리얼에게 정치가로서의 양심이 있었다면 그런 짓
을 저질렀을 리 없다. 당을 실망시키는 일이라 생각했다면 주

저했을 것이다. 보수당의 기대를 저버리는 일이었다. 지역 주민들은 흥분했고 게이브리얼이 자진 사퇴하지 않았다면 아마 사퇴 압박에 시달렸을 것이다. 이 사건으로 보수당의 위신도 크게 추락했다. 그가 전통을 중시하거나 명예에 민감한 사람이었다면 사태를 심각하게 여겼을 것이다. 하지만 나는 존 게이브리얼이 이를 조금도 개의치 않았다고 생각한다. 그가 원한 건 오직 출세였고, 그는 궤도에서 벗어나 기회를 놓쳐버렸다고 생각했을 것이다. 그것이 게이브리얼의 시각이었을 것이다. 자신의 인생을 망칠 수 있는 건 여자뿐이라던 그의 예측은 딱 맞아떨어졌다. 하지만 그 여자가 누구일지는 전혀 예측하지 못했다.

그는 기질이나 성장 환경 면에서 볼 때 레이디 트레실리언과 빅엄 차터리스 부인 같은 이들이 느낄 충격과 공포를 이해할 만한 사람이 아니었다. 레이디 트레실리언은 국회의원에 입후보하는 것이 조국에 의무를 다하는 일이라고 들으며 자랐다. 그녀의 아버지가 그랬으니까.

게이브리얼은 그런 태도를 제대로 이해조차 못했을 것이다. 보수당이 그를 선택한 것부터가 이미 실패였다는 것이 그가 이 일을 바라보는 시각이었다. 그건 도박이었고—그들은 도박에서 패했다. 일이 정상적으로 흘러갔다면 그들에게 아주 좋았을 것이다. 하지만 만의 하나는 언제나 있기 마련이고—

그 만의 하나의 일이 벌어졌다.

게이브리얼과 정확히 똑같은 견해를 보인 사람이 레이디 세인트 루였다는 것이 아주 묘했다.

그녀는 이 일에 대해 폴노스 하우스의 거실에서 나와 테리사에게 한 차례 의견을 말했다.

"우리도 비난을 피할 수 없습니다." 그녀가 말했다. "그가 어떤 사람인지 우린 알고 있었어요. 우리는 진실한 신념도, 전통도, 진정성도 없는 이방인을 후보로 지명했습니다. 그가 사기꾼에 지나지 않는다는 것도 뻔히 알고 있었죠. 대중에게 호소하는 능력, 눈부신 참전 이력, 그럴듯한 매력이 있다는 이유로 그를 받아들였어요. 우리는 그가 우리를 이용하도록 내버려둘 생각이었죠, 우리도 그를 이용할 생각이었으니까. 시대가 달라져서 그렇다고 우리 스스로에게 변명을 했고요. 하지만 보수의 전통에 어떤 진실성, 어떤 의미가 있다면 그 전통은 반드시 지켰어야 옳았습니다. 우리를 대표할 사람은 재능이 출중하진 않더라도 반드시 진실한 자여야 했습니다. 나랏일에 신경쓰는 사람, 자기보다 하층의 사람들을 책임질 준비가 된 사람, 상류층으로서 특권뿐만 아니라 의무도 받아들이기 때문에 자신을 상류층이라 부르기를 부끄러워하지도 불편해하지도 않는 사람이어야 했어요."

허물어져가는 체제를 대표하는 목소리였다. 나는 동의하지는 않았지만 존중했다. 새로운 사고, 새로운 삶의 방식이 생겨나고 옛것들은 사라지고 있었지만, 옛것의 가장 훌륭한 표본인 레이디 세인트 루는 꿋꿋했다. 그녀는 자신의 위치를 지켰고, 죽는 날까지 지킬 것이었다.

레이디 세인트 루는 이저벨라에 대해서는 아무 말이 없었다. 마음의 상처가 너무 깊었던 것이다. 완고한 노부인의 관점에서 보면 이저벨라는 그녀의 계층을 배반한 것이었다. 엄격한 이 노부인은 존 게이브리얼에 대해서는 변명거리를 찾아낼 수 있었지만—그는 평민이자 무법자였다—이저벨라는 내부의 배신자였다.

레이디 세인트 루와는 달리 레이디 트레실리언은 이저벨라에 대해 말했다. 그녀가 내게 그 이야기를 했던 건 말할 사람이 없기도 했고 내가 장애인이라서 보통 사람으로 치지 않았기 때문이기도 했을 것이다. 그녀는 내 무력함에 대해 고질적으로 모성애를 느꼈고, 친아들에게 그러듯 내게 말하는 것을 당연하다고 생각하는 것 같았다.

그녀는 레이디 세인트 루에게는 말 붙이기도 어렵다고 했다. 또 빅엄 차터리스 부인은 화를 내며 개들을 데리고 바로 나가버린다고 했다. 감성이 풍부한 레이디 트레실리언은 누군가에게 토로하지 않고는 견딜 수 없었던 것이다.

그녀는 자기 집안 이야기를 테리사에게 털어놓는 건 가족을 배반하는 행위라고 느꼈을 것이다. 그러나 내게 이야기하는 것은 배반으로 느끼지 않았다. 어쩌면 내가 이저벨라를 사랑하는 것을 알았기 때문일 수도 있다.

레이디 트레실리언은 이저벨라를 사랑했다. 각별히 사랑했기 때문에 이저벨라에 대해 생각하지 않을 수 없었다. 그녀는 이저벨라의 행동이 어리둥절하고 곤혹스러웠다.

"정말 그 아이답지 않아요. 정말 그래요, 휴. 나는 그 남자가 이저벨라의 혼을 빼놓은 게 틀림없다고 생각해요. 무척 위험한 인물이라고 생각하긴 했지만…… 이저벨라는 정말 행복해 보였어요—정말 완벽하게—루퍼트와 천생연분 같았을 만큼요. 난 이해할 수가 없어요. 두 사람이 그렇게 행복해 보였는데—정말 그랬는데. 휴도 그렇게 느꼈죠?"

나는 그렇다고, 나도 그들이 행복해 보였다고 신중하게 말했다. 때로는 행복이 전부는 아니라고 덧붙이고 싶었지만 레이디 트레실리언은 이해하지 못할 것 같았다……

"그 파렴치한 작자가 이저벨라를 꾀어낸 게 분명해요. 무슨 주문이라도 걸어서요. 애들레이드는 아니라고 말하죠. 이저벨라는 스스로 내키지 않으면 어떤 일도 하지 않을 아이라면서요."

나는 레이디 세인트 루의 말이 맞는다고 생각했다.

레이디 트레실리언이 물었다. "그 두 사람이 결혼할까요?

어디로 갔을 것 같아요?"

나는 이저벨라에게 무슨 소식이 있었느냐고 물었다.

"아뇨. 아무 소식도 없어요. 그애가 남기고 간 편지밖에. 애들레이드에게 쓴 것이죠. 이저벨라는 애들레이드에게 자신이 결코 용서받지 못할 거고, 그건 당연한 일이라고 썼어요. 그리고 이런 말도 썼어요. '모두에게 고통을 안겨놓고 사죄해봤자 소용없다는 걸 알아요. 정말 죄송하다면 이런 일을 하지 않을 테니까요. 루퍼트는 이해해줄 것 같지만, 어쩌면 아닐 수도 있겠죠. 다시 뵙지 못하겠지만 언제까지나 모두를 사랑해요.'"

레이디 트레실리언은 눈물이 그렁그렁한 눈으로 나를 바라보았다.

"불쌍한 루퍼트—너무너무 가여워요. 우리 루퍼트—모두가 정말 좋아했는데."

"그도 몹시 힘들어했겠죠?"

이저벨라가 떠난 후 나는 루퍼트를 보지 못했다. 그는 다음날 바로 세인트 루를 떠났다. 그가 어디로 가서 뭘 했는지 나는 알 수 없었다. 루퍼트는 그 일주일 후 미얀마의 소속 부대로 복귀했다.

레이디 트레실리언은 눈물을 흘리며 고개를 저었다.

"루퍼트는 우리에게 참 친절하고 상냥했어요. 하지만 그 일에 대해서는 이야기하고 싶어하지 않았죠. 아무도 그 일에 대해 말하고 싶어하지 않아요." 그녀는 한숨을 쉬었다. "하지만 나는 그들이 어디서 뭘 하고 있는지 염려하지 않을 수가 없어요. 둘은 결혼할까요? 어디서 살까요?"

레이디 트레실리언은 태생이 여성스러웠다. 직접적이고 현실적이고 일상적인 일에 집중했다. 그녀는 이미 이저벨라의 가정생활을 그려보는 것 같았다—결혼, 집, 자녀. 레이디 트레실리언은 쉽게 용서했다. 이저벨라를 사랑하니까. 이저벨라의 행동은 충격적이었다. 수치스러웠다. 가족을 실망시켰다. 하지만 그 일은 낭만적이기도 했다. 그리고 레이디 트레실리언은 낭만이라는 면에서는 둘째가라면 서러운 여자였다.

그후 세인트 루에서 보낸 이 년의 기억은 내게 모호하다. 보궐선거를 했고 월브러햄은 큰 득표 차로 당선됐다. 보수당 후보가 누구였는지조차 기억나지 않는다. 흠잡을 데 없이 살아왔으나 대중적인 호소력은 없는 시골 신사였을 것이다. 존 게이브리얼이 빠져나간 정치는 더이상 내 관심을 붙들지 못했다. 당시 내 관심사는 건강이었다. 나는 병원에서 몇 차례 수술을 받았으나 좋아지지도 나빠지지도 않았다. 테리사와 로버트는 폴노스 하우스에 남았다. 세인트 루 성의 노부인 셋은 성을 떠나 아름다운 정원이 있는 빅토리아식 작은 주택으로 이사했다. 성은 잉글랜드 북부에서 온 가족에게 일 년 계약으로 임대되었다. 일 년 육 개월 후 루퍼트 세인트 루는 영국으로 돌아와 부유한 집안 출신 미국인 아가씨와 결혼했다. 테리사는 그들이 건축 허가가 나는 대로 성을 대대적으로 수리할 계획을 하고 있다고 편지로 알려주었다. 난 세인트 루 성이 수리된다는 소식이 이상하게도 반갑지 않았다.

게이브리얼과 이저벨라가 어디서 살고 있는지, 게이브리얼이 무슨 일을 하는지는 아무도 몰랐다.

1947년 로버트는 콘월 지방을 그린 작품들을 가지고 런던에서 전시회를 열어 성공을 거뒀다.

그 무렵 외과 의학에는 대단한 진보가 있었다. 유럽 대륙 각지에서 외과의들이 나 같은 상태의 환자를 상대로 눈부신 성과를 올리고 있었다. 전쟁이 가져온 몇 안 되는 이득 가운데 하나가 바로 인간의 고통을 경감하는 의술의 약진이었다. 런던의 내 주치의는 슬로바키아의 유대인 의사가 거둔 성과에 열광했다. 그 외과의는 전쟁중 지하운동에 참가하면서 대담한 실험을 했고, 획기적인 성과를 거뒀다. 주치의는 영국인 의사들이 모두 마다하는 내 수술을 그 유대인 의사라면 시도해서 성공할 수 있을 거라 생각했다.

그래서 나는 1947년 가을에 크라스비치 박사를 만나기 위해 자그라데로 건너갔다.

내 사연을 시시콜콜 늘어놓을 생각은 없다. 크라스비치 박사는 섬세하고 유능한 외과의였다. 그는 수술로 내 상태가 상당히 호전될 수 있다고 확신했다. 무기력한 불구자로 누워 지내지 않고 목발을 짚고 스스로 움직일 수 있게 될 거라고 희망을 불어넣었다. 나는 당장 입원 준비를 했다.

나와 그의 희망이 현실이 됐다. 반년이 지나자 나는 크라스비치 박사가 장담했던 대로 목발을 짚고 걸을 수 있게 됐다. 이때부터 내 인생이 얼마나 짜릿해졌는지 미주알고주알 말하는 건 불필요하다. 나는 자그라데에서 지냈다. 일주일에 몇 번 도수 치료를 받아야 했기 때문이다. 어느 여름 저녁 나는 자그라데의 중앙로를 힘들게 천천히 걷다가 작은 노천카페에 들어가 맥주를 시켰다.

바로 그때 손님들이 앉은 테이블을 둘러보다가 그를 보았다. 존 게이브리얼이었다.

충격이었다. 그를 생각하지 않은 지 한참이었다. 그가 이런 곳에 있을 줄은 정말 몰랐다. 하지만 더 충격적인 것은 게이브리얼의 외모였다.

그는 몰락한 자의 행색을 하고 있었다. 전에도 늘 조금 거칠었지만 이제는 거의 알아보기 힘들 정도로 황폐해져 있었다. 퉁퉁 부어 건강해 보이지 않았고, 눈은 충혈돼 있었다. 그는 조금 취한 것 같았다.

게이브리얼은 눈길을 돌리다 나를 보았고, 자리에서 일어나 내 쪽으로 비틀비틀 걸어왔다.

"이야, 이게 누구신가! 이런 데서 만나게 될 줄이야." 그가 말했다.

그때 존 게이브리얼의 얼굴에 주먹이라도 날렸다면 가슴이 다 후련했겠지만 내 몸이 그럴 정도로 좋아진 건 아니었고, 또 한편으로 나는 이저벨라의 소식을 듣고 싶었다. 나는 게이브리얼에게 한잔하겠느냐고 물었다.

"고맙네, 노리스. 그러지. 세인트 루, 진저브레드 성과 늙은 얼룩고양이들은 어찌 지내나?"

그에게 나도 세인트 루를 떠난 지 한참 됐다고 말했다. 성은 외지인에게 임대됐고 노부인들이 이사했다는 것도 알려줬다.

그는 레이디 세인트 루에게 분명 견디기 힘든 일이었을 거라며 고소하다는 듯이 말했다. 나는 노부인이 오히려 기뻐하며 나왔을 거라고 대꾸했다. 루퍼트 세인트 루가 결혼했다는 소식도 전했다.

"그러니까 모두 아주 잘 지낸다는 거군." 게이브리얼이 말했다.

나는 뭐라 대꾸하고 싶었지만 참았다. 예전처럼 그가 입꼬리를 올리며 씩 웃었다.

"이러지 말게, 노리스." 게이브리얼이 말했다. "뭐 씹은 것 같은 표정으로 그렇게 앉아만 있지 말라고. 이저벨라의 안부를 물어. 그게 궁금할 텐데, 아닌가?"

게이브리얼이 상대하기 까다로운 상대인 건 그가 항상 역습을 하기 때문이었다. 나는 패배를 인정했다.

"이저벨라는 잘 지내나?" 내가 물었다.

"잘 지내지. 나는 딴 놈들처럼 여자를 유혹한 다음 다락방에 내팽개치지는 않았거든."

그를 치고 싶은 충동을 아까보다 더 참기 힘들었다. 사람을 불쾌하게 만드는 재주가 있었다. 곤두박질치기 시작한 그는 전보다 더 불쾌하게 굴었다.

"이저벨라도 여기 자그라데에 있나?" 내가 물었다.

"있지. 한번 만나보지 않겠나? 옛친구를 만나 세인트 루 소식을 들으면 좋아할 텐데."

그녀가 과연 좋아할까? 나는 의아했다. 게이브리얼의 말투에 희미하게라도 비아냥대는 기미가 있었던가?

나는 살짝 당황한 목소리로 물었다. "둘은―결혼했나?"

그는 악동처럼 씩 웃었다.

"아니, 노리스. 우린 결혼하지 않았네. 돌아가서 세인트 루에 있는 할망구에게 그렇게 전해주게."

(그는 이상하게도 레이디 세인트 루에 대해 여전히 반감을 갖고 있었다.)

"그런 말은 전하지 않겠네." 나는 냉랭하게 대꾸했다.

"전하지 않겠다고? 하긴 이저벨라는 가족에게 굴욕을 안겼지." 그는 의자를 뒤로 기울였다. "젠장, 그날 아침 그들의 면상을 보고 싶었는데—우리가 함께 떠난 그 아침에 말이야."

"자넨 정말 몹쓸 인간이로군." 나는 자제심을 잃고 쏘아붙였다.

그는 불쾌한 기색도 없이 대답했다.

"그거야 보기 나름 아닌가. 당신은 인생을 보는 시야가 너무 좁아, 노리스." 게이브리얼이 말했다.

"그래도 몇 가지 괜찮은 직관은 있네." 나는 날카롭게 받아쳤다.

"당신은 정말 영국인답지. 이저벨라와 내가 사는 이 넓은 범세계적인 세계를 보여줘야겠어."

"이런 말 하긴 뭐하지만 자넨 별로 잘 지내는 것 같지가 않군." 내가 말했다.

"그건 내가 술을 너무 마셔서 그래." 게이브리얼이 얼른 응수했다. "지금 좀 취했거든. 하지만 팔팔해." 그가 말을 이었다. "이저벨라는 마시지 않지. 왜 그러는지는 모르지만……아무튼 술을 마시지 않아. 지금도 여학생 같은 혈색이지. 다시 만나도 기분좋을 거야."

"만나고 싶군." 나는 천천히 말했지만 정말 그녀를 만나고 싶은 건지 스스로도 알 수 없었다.

나는 그녀를 만나고 싶은 걸까? 만나봤자 살을 깎는 듯한

고통만 느끼지 않을까? 이저벨라는 날 만나고 싶어할까? 아마
도 아닐 것이다. 그녀가 어떻게 생각할지 알 수 있다면……

"당신이 들으면 좋아할 소식인데 말이지, 우리에게 사생아
따윈 없어." 게이브리얼이 활기차게 말했다.

나는 그를 물끄러미 쳐다보았다. 그가 부드러운 어조로 말
했다.

"나를 미워하는군. 그렇지, 노리스?"

"미워할 만한 이유가 있다고 생각하는데."

"난 그렇게 생각하지 않아. 세인트 루에서 당신은 내 덕분에
기분전환을 할 수 있었지. 그래, 정말 그랬어. 당신은 내 일에
관심이 쏠려 자살 근처에도 가지 않을 수 있었어. 당신 대신
내가 자살했어야 했지만. 이저벨라에게 빠져 있었다는 이유로
날 미워하지만 그래 봐야 좋을 거 없어. 그래 맞아, 당신은 그
여자를 좋아했어. 그때도 그랬고 지금도 그렇지. 내 배짱이 역
겨우면서도 우호적인 척 여기 버티고 있는 것도 그 때문이고."

"이저벨라와 난 친구였어. 자넨 이해하지 못할 테지만." 내
가 말했다.

"당신이 그 여자에게 수작을 걸었다는 게 아니야, 친구. 그러
는 건 당신 장기가 아니지. 정신적인 친밀감, 영혼의 행복, 뭐
그런 거겠지. 그래, 옛친구를 만나면 이저벨라도 좋아할 거야."

"글쎄. 정말 좋아할 거라고 생각하나?" 내가 천천히 말했다.

그의 태도가 변했다. 그는 발끈하며 인상을 찌푸렸다.

"안 그럴 리가 없지! 만나고 싶지 않을 이유라도 있나?"

"난 자네에게 묻는 거야." 내가 말했다.

게이브리얼이 대답했다. "난 이저벨라에게 당신을 만나보게 하고 싶어."

나는 그 말이 거슬렸다. "그건 그녀 마음에 달린 일이야." 내가 말했다.

게이브리얼은 갑자기 환한 미소를 지었다.

"물론 만나고 싶어할 거야, 친구. 좀 놀려봤을 뿐이네. 주소를 알려주지. 언제든 원할 때 찾아가보게. 대체로 집에 있으니까."

"자네는 요즘 무슨 일을 하나?" 내가 물었다.

게이브리얼은 한쪽 눈을 찡긋하며 고개를 갸웃했다.

"비밀스러운 일을 하고 있네. 극비야. 하지만 보수는 형편없어. 국회의원을 했으면 지금쯤 연봉 1천 파운드는 받을 텐데. (노동당이 집권하면 의원 보수도 오를 거라 내가 말하지 않았나.) 난 항상 이저벨라에게 내가 그녀 때문에 얼마나 비싼 희생을 했는지 말해주지."

비열한 악마, 그의 조롱하는 말투가 얼마나 혐오스러웠는지 모른다. 나는 몸을 움직여 내게는 불가능한 행동들을 하고 싶었으나 겨우 참았고, 그가 주소를 휘갈겨 내 앞으로 내민 지저분한 종이를 받아들었다.

나는 그날 밤늦도록 잠을 이루지 못했다. 이저벨라 일로 두렵고 괴로웠기 때문이다. 이저벨라에게 게이브리얼과 헤어지라고 설득할 수 있을지 알 수 없었다. 모든 상황이 분명 좋지 않았다.

얼마나 나쁜 상황인지는 다음날 바로 알게 됐다. 나는 게이브리얼이 적어준 주소를 들고 찾아갔다. 지저분한 뒷골목에 있는 초라한 집이었다. 자그라데에서도 질이 좋지 않은 동네였다. 내 옆을 스쳐가는 수상해 보이는 사내들과 짙게 화장한 여자들이 그렇다고 말해주고 있었다. 나는 집을 찾았고, 문가에 서 있는 뚱뚱하고 지저분한 부인에게 영국에서 온 여자를 아는지 독일어로 물었다.

다행히 부인은 독일어를 알아듣고 꼭대기 층을 가리켰다. 목발이 미끄러지지 않도록 조심하며 힘겹게 올라갔다. 건물은 지저분했다. 악취가 진동했다. 내 가슴이 철렁 내려앉았다. 아름답고 고고한 나의 이저벨라가 이 지경으로 떨어졌다니. 그와 동시에 내 결심은 더욱 굳어졌다.

그녀를 이 모든 것에서 빼낼 작정이었다. 이저벨라를 영국으로 데려가야 한다……

나는 숨을 헐떡이며 꼭대기 층까지 올라가 문을 두드렸다.

안에서 체코어로 외치는 소리가 들려왔다. 나는 그 목소리를 알아들었다―이저벨라의 목소리였다. 나는 문을 열고 들어갔다.

그 방의 독특한 인상을 설명하기란 불가능할 것 같다.

방은 정말 누추했다. 망가진 가구, 번질번질한 싸구려 커튼, 어딘지 외설적이고 불쾌감을 주는 황동 프레임의 침대. 방은 깨끗한 동시에 더러웠다. 벽은 때가 타 줄무늬가 생겼고, 거무스름한 천장에서 벌레 냄새 같은 악취가 희미하게 풍겼다. 가재도구는 깨끗했다. 침대는 정돈되어 있었고 재떨이도 비워져 있었다. 쓰레기나 먼지도 없었다.

그런데도 몹시 불결했다. 방 한가운데 의자에 앉아 비단 천에 자수를 놓고 있는 사람이 이저벨라였다.

그녀는 세인트 루를 떠날 때와 똑같았다. 낡았지만 잘 재단된 세련된 옷을 편안하고 멋스럽게 입고 있었다. 페이지보이 스타일*의 여전한 단발머리가 반짝거렸다. 얼굴에는 아름답고 평온하고 진지한 표정이 떠올라 있었다. 내 눈에는 이저벨라와 그 방이 아무 연관이 없는 것처럼 보였다. 그녀는 방 한가운데에 그 방과 상관없이 앉아 있었다. 사막 한가운데나 배의 갑판이었다고 해도 꼭 그랬을 것이다. 이곳은 그녀가 그저 잠시 머무는 장소에 지나지 않았다.

---

* 급사, 사환의 보편적인 헤어스타일에서 힌트를 얻어 모발 끝부분을 가볍게 말아넣은 단발머리. 긴 머리에도 응용된다.

이저벨라는 잠시 멍하게 쳐다보다가 벌떡 일어나 반갑고 놀란 표정을 짓더니 팔을 벌리며 걸어왔다. 게이브리얼이 내가 자그라데에 있다고 말하지 않았다는 걸 그제야 눈치챘다. 왜 그랬는지 의아했다.

그녀가 다정하게 내 손을 잡았다. 그러고는 얼굴을 들어 내게 키스했다.

"휴, 정말 반가워요."

그녀는 내게 왜 자그라데에 있느냐고 묻지 않았다. 우리가 마지막으로 만났을 때는 소파에 누워 지내던 내가 어떻게 걸을 수 있게 됐는지도 묻지 않았다. 그녀의 관심은 친구가 찾아온 것, 친구를 만난 반가움뿐이었다. 나의 이저벨라는 그런 사람이었다.

그녀는 내가 앉을 의자를 마련해주고 자기가 앉을 의자를 끌어왔다.

"자, 이저벨라, 어떻게 지냈어요?" 내가 물었다.

그녀다운 답이 돌아왔다. 수놓던 천을 내게 들어 보였다.

"석 주 전부터 시작했어요. 어때요?"

몹시 궁금한 듯한 목소리였다.

나는 수놓은 천을 손에 들었다. 낡은 사각 비단 천은 조금 색이 바랬지만 고운 비둘기색이었고 아주 부드러웠다. 검붉은 장미와 꽃무, 연보라색 비단향꽃무를 수놓고 있었다. 아주 정교하고 공들인 아름다운 작품이었다.

"아름다워요, 이저벨라. 정말 아름다워요." 내가 말했다.

과거에 이저벨라를 둘러싸고 있던 동화 같은 분위기가 되살아났다. 인간을 잡아먹는 괴물의 탑에 갇힌 처녀가 곱게 수를 놓고 있었다.

"아름다워요." 나는 그녀에게 천을 돌려주면서 말했다. "하지만 여긴 형편없네요."

이저벨라는 태연하게 방안을 둘러보았으나 조금 놀란 것 같기도 했다.

"네, 그러네요." 그녀가 말했다.

그 말뿐이었다. 그것이 나를 당황케 했다. 이저벨라가 내게 늘 그랬던 것처럼. 이저벨라가 주위 환경에는 조금도 개의치 않는 사람이라는 사실을 나는 어렴풋이나마 알고 있었다. 그녀는 주위 따위에는 신경도 쓰지 않았다. 중요한 일로 길을 떠난 사람에게 기차의 의자 커버나 장식이 중요하지 않은 것처럼. 이 방은 이 순간 우연히 그녀가 머무는 장소일 뿐이었다. 이저벨라는 방을 둘러보고 별로 좋아 보이지 않는다는 내 말에 동의했지만, 사실 그건 그녀에게 관심 밖의 일이었다.

이저벨라는 자수에 훨씬 더 신경썼다.

"어젯밤에 존 게이브리얼을 봤어요." 내가 말했다.

"그랬어요? 어디서요? 그 사람은 아무 말 않던데요."

"그래서 여기 주소를 알게 됐죠. 그가 당신을 만나보라고 하더군요." 내가 대답했다.

"와주셔서 정말 기뻐요. 아, 정말 기뻐요!"

그녀가 진심으로 기뻐해주자 얼마나 안심이 됐는지 모른다.

"이저벨라—괜찮은 거예요? 행복해요?" 내가 물었다.

그녀는 의아하다는 듯이 나를 빤히 쳐다보았다.

"이 모든 것이 당신이 전에 누리던 것들과는 너무도 다르잖아요. 모두 버리고—나와 함께 돌아가고 싶지는 않아요? 세인트 루가 아니라면 런던으로라도." 내가 말했다.

이저벨라는 고개를 저었다.

"여기서 존이 하고 있는 일이 있어요. 정확히 어떤 일인지는 모르지만—"

"내가 묻고 싶은 건 당신이 그 남자와 행복한가 아닌가예요. 행복할 리가 없어요…… 이저벨라, 한때 끔찍한 실수를 저질 렀다면 자존심을 버리고 인정해야 해요. 그를 떠나요."

그녀는 수놓은 천을 내려다보았다. 입가에 묘한 미소가 살짝 떠올랐다.

"아, 안 돼요, 전 그럴 수 없어요."

"게이브리얼을 그렇게 사랑해요? 당신은—그와 있는 것이 정말 행복한 거예요? 걱정이 돼서 묻는 겁니다."

"당신이 말하는 행복은—제가 세인트 루에서 느꼈던 행복

같은 거겠죠?" 이저벨라는 진지하게 대답했다.

"그래요."

"아니요, 당연히 그렇지 않아요……"

"그렇다면 전부 그만둬요. 나와 함께 돌아가서 새롭게 시작해요."

그녀의 얼굴에 또다시 묘한 미소가 희미하게 떠올랐다.

"아, 안 돼요. 전 그럴 수 없어요."

"어쨌든," 나는 무척 당혹스러웠다. "당신은 게이브리얼과 정식으로 결혼한 것도 아니고……"

"네, 결혼하지 않았어요……"

"그게 그렇지 않나요—" 나는 어색하고 당황스러웠다. 모든 것이 확실히 이저벨라에게 어울리지 않았다. 난 이 이상한 두 사람에게 정확히 어떤 일이 벌어지고 있는지 알아내야 했다. "왜 결혼하지 않았죠?" 나는 대놓고 물었다.

이저벨라는 불쾌한 기색을 보이지 않았다. 그보다는 이런 질문을 처음 받아본 것 같았다. 왜 게이브리얼과 결혼하지 않았는가? 이저벨라는 한동안 말없이 생각에 잠겨 자신에게 그 이유를 물어보는 듯했다.

그러다가 그녀가 자신 없이, 좀 어리둥절한 듯이 말했다.

"존이 원하지 않는다고 생각했어요."

나는 치미는 화를 가까스로 억눌렀다.

"분명 결혼하면 안 될 이유가 있진 않을 텐데요?" 내가 말했다.

"없죠." 확신 없는 말투였다.

"결혼은 그가 당신에게 지켜야 할 도리예요. 적어도 그랬어야 한다고요."

이저벨라는 천천히 고개를 저었다.

"아니요, 그런 게 아니었어요." 그녀가 말했다.

"그런 게 아니라뇨?"

그녀는 기억을 더듬는 듯 느릿느릿 한마디씩 이었다.

"세인트 루를 떠난 건…… 루퍼트를 버리고 존과 결혼하기 위해서가 아니었어요. 그 사람과 함께 떠나고 싶었기 때문이었어요. 존은 결혼에 대해서는 아무 말도 하지 않았어요. 전 그가 결혼을 염두에 뒀다고 생각하지 않아요. 이런 생활은—" 이저벨라가 양손을 살짝 움직였다. '이런 생활'이란 그녀가 지금 살고 있는 이 방의 누추한 환경이라기보다 계획 없는 두 사람의 삶을 가리키는 것 같았다. "결혼생활이 아니죠. 결혼은 아주 다르잖아요."

"당신과 루퍼트는—"

내가 말하려 하자 이저벨라가 막았다. 그녀는 내가 이해한 것을 눈치채고 안도하는 듯했다.

"네, 그 경우에는 결혼이었겠죠." 그녀가 말했다.

그렇다면 존 게이브리얼과 함께하는 삶을 그녀는 어떻게 생각하고 있는 걸까? 나는 대놓고 묻기가 망설여졌다.

"말해봐요, 이저벨라. 당신은 결혼을 어떻게 이해하고 있죠? 당신에게 결혼은 어떤 의미예요? 법적 의미를 제외하고요."

이저벨라는 아주 골똘히 생각했다.

"결혼이란 누군가의 삶의 일부가 되는 거라고 생각해요…… 그 속으로 들어가…… 그 일부가 되고…… 그곳이 자신의 적절한 자리가 되는 거요."

나는 이저벨라에게 결혼이 구조적인 의미를 가진 것임을 깨달았다.

"그러니까 당신이 게이브리얼의 삶의 일부가 되진 못했다는 뜻이군요?" 내가 말했다.

"네. 어떻게 해야 그렇게 되는지 모르겠어요. 그럴 수 있다면 좋을 텐데요. 저—" 그녀는 기다란 손을 앞으로 뻗었다. "전 그 사람에 대해 아무것도 몰라요."

나는 홀린 듯이 그녀를 바라보았다. 이저벨라는 본능적으로 알았을 것이다. 자신이 존 게이브리얼에 대해 아무것도 모른다는 것을. 아무리 그와 오래 살더라도 그럴 것임을. 하지만 그 사실이 그에 대한 그녀의 감정에 영향을 미칠 수 없다는 것을 나 또한 알 수 있었다.

그리고 문득 게이브리얼 역시 마찬가지가 아닐까 하는 생각이 들었다. 그는 정교하고 값비싼 공예품을 사놓고(아니 약탈하고) 장치의 배후인 과학 원리를 이해하지 못하는 사람인지도 몰랐다.

"당신이 불행하지 않다면야." 나는 천천히 말했다.

이저벨라는 앞이 안 보이는 사람처럼 나를 바라보았다. 고의로 내 질문의 답을 피했거나 답을 모르거나 둘 중 하나였다. 나는 후자였다고 생각한다. 그녀는 깊고 치열한 경험을 하고 있었으나 내게 그 경험을 정확히 말로 표현할 수 없었던 것이다.

"세인트 루에 당신 안부를 전할까요?" 내가 가만히 물었다.

이저벨라는 미동도 하지 않았다. 눈물이 차오르더니 흘러내렸다.

슬픔이 아니라 추억의 눈물이었다.

"이저벨라, 시간을 되돌릴 수 있다면―선택의 자유가 있다면 그때도 똑같은 선택을 할 겁니까?" 내가 물었다.

잔인한 질문이었지만 나는 알아야 했다. 꼭 확인해야 했다.

하지만 이저벨라는 알아듣지 못하고 나를 바라보았다.

"선택할 수 있는 일이 정말 있을까요? 어떤 일에 대해서든?"

그랬다, 그건 생각하기 나름이었다. 이저벨라처럼 한 길밖에 모르는 현실주의자는 사는 일이 더 쉬울지도 모른다. 하지만 이제 나는 믿는다. 그녀는 선택이라는 것을 분명히 의식하면서 어떤 길을 선택했고, 선택한 그 길을 가야 하는 순간이

다가오고 있었지만, 아직은 아니었다.

내가 이저벨라를 바라보며 서 있을 때 누군가 비틀거리며 계단을 올라오는 소리가 들렸다. 존 게이브리얼이 요란하게 문을 열어젖히고 화가 난 모습으로 들어섰다. 상태가 좋아 보이지 않았다.

"어이, 여기까지 잘 찾아왔나?" 그가 말했다.

"그래." 나는 짧게 대답했다.

애썼지만 더는 할말을 찾을 수 없었다. 나는 문으로 향했다.

"미안하네, 이제 가봐야겠어……" 내가 중얼거렸다.

게이브리얼은 내가 지나가도록 살짝 비켜섰다.

"그래." 그가 말했다. 나는 그가 지은 표정을 이해할 수 없었다. "당신에게 기회를 주지 않았다는 말은 하지 않았으면 좋겠네……"

나는 무슨 뜻인지 전혀 이해할 수 없었다.

게이브리얼이 말을 이었다. "내일 밤 카페 그리에서 함께 식사하겠나? 내가 파티를 열지. 이 사람도 당신이 오면 좋아할 거야. 안 그래, 이저벨라?"

나는 뒤돌아보았다. 이저벨라는 나를 향해 차분하게 미소지었다.

"그럼요, 와주세요." 이저벨라가 말했다.

그녀의 얼굴은 평온하고 차분했다. 그녀는 비단 천들을 어루만지며 정리하고 있었다.

나는 게이브리얼의 얼굴에 떠오른 알 수 없는 표정을 힐끗 보았다. 자포자기하는 표정이었는지도 모른다.

나는 아주 지저분한 계단을 장애인의 몸으로 가능한 한 재빠르게 내려갔다. 햇살 속으로 나가고 싶었다. 게이브리얼과 이저벨라라는 기묘한 결합에서 벗어나고 싶었다. 게이브리얼은 변했다—더 나쁜 쪽으로. 그러나 이저벨라는 전혀 변하지 않았다.

나는 혼란스러운 머리로 생각했다. 나는 찾지 못했지만 분명 그 안에 뭔가 의미가 있을 거라고.

잊으려 해도 도저히 잊을 수 없는 무서운 기억이 있다. 카페 그리에서의 악몽 같은 저녁도 그런 기억 중 하나다. 오로지 나에 대한 게이브리얼의 악의를 만족시키기 위한 파티였다고 나는 확신한다. 내 관점에서는 께름칙한 파티였다. 나는 카페에서 존 게이브리얼이 자그라데에서 사귄 친구들과 동료들을 소개받았다. 그들 사이에 이저벨라가 앉아 있었다. 남녀 모두 예전의 이저벨라라면 만나는 일조차 허락되지 않을 사람들이었다. 주정뱅이, 변태, 짙은 화장을 한 매춘부, 병에 걸린 마약 중독자. 하나같이 비열하고 천박하고 사악한 자들이었다.

그들은 예술적인 재능 때문에 겨우 봐줄 수 있는 부류도 아니었다. 작가나 음악가, 시인, 화가 하나 없었다. 재치 있는 입담을 가진 사람조차 없었다. 그들은 범세계적인 이 세계의 찌꺼기들이었다. 그들은 게이브리얼이 선택한 자들이었다. 게이브리얼은 자신이 얼마나 밑바닥까지 떨어질 수 있는지 일부러 보이고 싶어하는 것 같았다.

이저벨라의 입장을 생각하자 부아가 치밀었다. 이런 자리에 어떻게 감히 그녀를 데려올 수 있단 말인가?

그러나 그녀를 돌아본 순간, 부아가 가라앉았다. 이저벨라에게는 꺼리거나 혐오하는 기색이 없었고, 그렇다고 곤란한 상황을 얼버무리려고 초조해하는 기색도 보이지 않았다. 그녀는 조용히 미소 지으며 앉아 있었다. 아크로폴리스의 처녀 조각상처럼 무심한 미소를 짓고 있었다. 이저벨라는 정중하게 예의를 지켰고 사람들의 소란에도 동요하지 않았다. 나는 그들이 그녀에게 아무런 영향도 미치지 못한다는 사실을 알아차렸다. 이저벨라가 사는 누추한 방이 그녀에게 아무런 영향을 미치지 못하는 것과 비슷했다. 오래전 내가 정치에 관심이 있느냐는 뜻의 질문을 했을 때 그녀가 했던 대답이 기억났다. 그때 이저벨라는 약간 멍한 표정으로 말했다. "우리가 해야 하는 일이니까요." 아마 그 밤에도 그랬을 것이다. 내가 이 파티가 어떠냐고 물었다면, 이저벨라는 똑같은 말투로 '우리가 해야 하는 파티니까요'라고 대답했을지 모른다. 그녀는 불쾌해하지 않았고, 그렇다고 특별한 관심을 갖는 것도 아닌 그저 존 게이브리얼이 원해서 선택한 일의 하나로 받아들였다.

내가 테이블 너머의 그녀를 바라보자 이저벨라는 내게 미소 지었다. 그녀를 안쓰러워하고 그녀 때문에 걱정하고 괴로워할 필요가 없었다. 꽃은 더러운 거름 더미 속에서도 변함없이 피어난다. 어쩌면 더 좋을 수도 있다. 그것이 꽃이라는 게 확연하니까……

우리는 다 같이 카페에서 나왔다. 대부분 취해 있었다.

길을 건너려고 차도로 내려섰을 때 어둠 속에서 대형차가 소리도 없이 나타났다. 하마터면 이저벨라를 칠 뻔했지만 순간적으로 알아챈 그녀가 얼른 보도로 올라섰다. 차가 지나쳐 갔을 때, 나는 그녀의 하얗게 질린 얼굴과 그 눈에 어린 날카로운 공포를 보았다.

여기서도 그녀는 여전히 죽음에 약한 존재였다. 삶의 굴곡은 이저벨라에게 아무런 영향을 미치지 못했다. 삶에는 당당히 맞서는 그녀가 죽음에는—죽음의 위협에는 그러지 못했다. 위험한 순간이 지난 후에도 그녀는 하얗게 질린 채 몸을 떨었다.

게이브리얼이 소리쳤다.

"저런, 큰일날 뻔했군. 괜찮나, 이저벨라?"

그녀가 말했다. "네, 괜찮아요! 괜찮아요."

하지만 목소리에는 여전히 공포가 남아 있었다. 이저벨라가 나를 쳐다보며 말했다. "보셨죠, 전 여전히 겁쟁이예요."

더이상 쓸 이야기는 없다. 카페 그리에서 보낸 밤은 내가 이 저벨라를 본 마지막 밤이 됐으니까.

비극은 언제나 그렇듯 아무 예고도, 사전 경고도 없이 닥쳤다.

이저벨라를 다시 만나러 갈지, 편지를 쓸지, 아니면 그냥 자 그라데를 떠날지 고민하고 있을 때 게이브리얼이 나를 찾아 왔다.

그를 보자마자 예사롭지 않은 일이 있음을 알아챘다고 말할 순 없다. 그가 초조한 듯 흥분해 있었고 경직돼 있었다는 정도 밖에. 나는 몰랐다⋯⋯

게이브리얼은 아주 차분하게 말했다. "이저벨라가 죽었네."

나는 그를 물끄러미 보았다. 처음에는 무슨 말인지 알아듣 지 못했다. 그런 일이 있을 리 없다고만 느꼈다.

그는 내가 못 믿는다는 것을 알았다.

"아니, 정말이야. 사실이라고. 총에 맞았어." 게이브리얼이 말했다.

재앙의 싸늘한 느낌이—완전한 상실감이—온몸에 퍼지면 서 나는 겨우 입을 열었다.

"총에 맞다니?" 나는 말했다. "총에? 어째서 그런 일이 일어 났지? 어떻게 된 일인가!"

게이브리얼은 내가 그와 처음 만났던 카페에 이저벨라와 나란히 앉아 있었다고 말했다.

그가 내게 물었다. "혹시 스톨라노프의 사진 본 적 있나? 내가 그 작자와 닮은 것 같은가?"

스톨라노프는 당시 슬로바키아의 독재자나 다름없는 인물이었다. 나는 게이브리얼을 찬찬히 살피다가 그와 스톨라노프의 얼굴 생김새에 아주 비슷한 구석이 있다는 것을 깨달았다. 평소처럼 게이브리얼의 앞머리가 덥수룩하게 흘러내리면 더욱 비슷할 것 같았다.

"그게 어쨌다는 거지?" 내가 물었다.

"멍청한 학생 놈이 그랬어. 나를 스톨라노프라고 착각한 거지. 놈은 권총을 들고 있었어. '스톨라노프—스톨라노프—넌 이제 끝장이다!' 하면서 총을 들고 카페로 뛰어들었네. 손써볼 틈도 없이. 놈은 내게 총을 쐈지만 맞히지 못했어. 이저벨라가 맞았네……"

게이브리얼은 잠시 입을 다물었다 다시 이었다. "즉사야. 총알이 심장을 관통했어."

"오, 맙소사!" 나는 말했다. "자네는 어떻게도 할 수가 없었나?"

손써볼 틈도 없었다니, 나는 그 말을 믿을 수 없었다.

그는 얼굴을 붉혔다.

"그래, 나도 어쩔 수가 없었어…… 난 테이블 뒤편, 벽 쪽에 앉아 있었네. 어떻게 해볼 틈이 없었어……"

나는 입을 다물었다. 정신은 계속 아득하고 멍했다.

게이브리얼은 나를 지켜보고 있었다. 감정을 드러내지 않는 얼굴이었다.

"그러니까 자네는 그 여자를 이렇게 만들려고 데려왔군." 마침내 내가 말했다.

게이브리얼이 어깨를 들먹거렸다.

"뭐—당신이 그렇게 표현하고 싶다면."

"이저벨라가 여기 있었던 건 자네 때문이야. 구질구질한 집, 이 더러운 동네에 온 것이 다 자네 때문이었다고! 자네만 아니었다면 이저벨라는—"

나는 말을 멈추었다. 게이브리얼이 내가 하려던 말을 이었다.

"레이디 세인트 루가 되어 바닷가 성에서 살았겠지—진저브레드 성에서 진저브레드 남편과 함께 진저브레드 자식을 무릎에 앉히고."

조롱이 담긴 그의 말투에 나는 분노가 치밀었다.

"빌어먹을! 게이브리얼, 난 자넬 절대 용서하지 않겠어!"

"당신이 용서를 하든 안 하든 그건 상관없어, 노리스."

"대체 여긴 왜 왔나!" 나는 격분해서 소리쳤다. "왜 날 찾아왔나? 뭘 원하는 거지?"

그가 나직이 말했다. "당신이 이저벨라를 세인트 루로 데려가쳤으면 해…… 당신이라면 할 수 있을 거야. 이저벨라는 거기 묻혀야 해. 여긴 그 여자의 자리가 아니지."

"그래, 여긴 그 여자의 자리가 아니지." 나는 게이브리얼을 바라보았다. 나는 고통을 느끼면서도 호기심이 일었다.

"대체 왜 이저벨라를 데리고 떠났지? 무슨 생각으로 이 모든 일을 벌인 건가? 이저벨라를 그만큼 간절히 원했나? 미래를 버릴 만큼? 모든 야망을 포기할 만큼?"

그는 또다시 어깨를 들먹거렸다.

나는 큰 소리로 쏘아붙였다. "난 모르겠네!"

"모른다고? 당연히 당신은 아무것도 모르지." 나는 그의 목소리에 깜짝 놀랐다. 갈라지고 쉰 목소리였다. "당신은 절대 아무것도 이해 못해. 당신이 고통에 대해 뭘 알아?"

"아주 잘 알지." 나는 화가 나서 되받아쳤다.

"아니, 당신은 몰라. 당신은 고통이 뭔지, 진짜 고통이 뭔지 몰라. 난 그 여자가 무슨 생각을 하는지 이제까지 결코—단한 번도—알지 못했어. 대화다운 대화조차 하지 못했지. 노리스, 난 그 여자의 영혼을 깨부수기 위해 별짓을 다 했어, 온갖 짓을 다 했다고. 난 그 여자를 진흙탕으로—쓰레기들 속으로—끌고 다녔지만 그 여자는 내가 무슨 짓을 하는지도 몰랐던 게 분명해! '더럽혀지지도 겁먹지도 않는'…… 이저벨라가딱 그래. 그건 섬뜩해. 섬뜩할 정도라고. 입씨름하고 울고불고

덤벼들고―난 늘 그런 장면을 상상했지. 그러면 내가 이기는 거라고! 난 이기지 못했네. 싸우고 있다는 것조차 모르는 사람을 상대로 싸워 이길 순 없는 거니까. 난 그 여자와 제대로 대화할 수조차 없었네―단 한 번도. 나는 인사불성이 될 때까지 술에 취해봤고 약도 해봤고 다른 여자와 어울리기도 해봤어…… 하지만 이저벨라한테는 아무런 영향을 미치지 못했지. 그 여자는 그저 발을 얌전히 모으고 앉아 비단 천에 꽃을 수놓으며 가끔 노래나 흥얼대고…… 아직도 바닷가 그 성에 사는 것처럼―그 우라질 동화 속에―그 여자가 그것까지 여기로 끌고 와서―"

게이브리얼은 중간중간 현재형으로 이야기했다. 그러다 갑자기 말을 멈추고 무너지듯 의자에 걸터앉았다.

"당신은 몰라." 게이브리얼이 말했다. "어떻게 알겠어? 그래, 난 졌어. 난 이저벨라의 육체를 가졌지만 그것 말고는 아무것도 갖지 못했어. 그런데 이제 그 육체가 날 떠났으니……" 그는 일어서서 말했다. "그 여자를 세인트 루로 데려가주게."

"그러지." 내가 대답했다. "자네가 이저벨라에게 저지른 짓을 부디 신이 용서하시길!"

그는 나를 향해 홱 돌아섰다.

"내가 저지른 짓? 그 여자가 내게 저지른 짓은 어쩌고? 당신처럼 잘난 인간한테는 그런 건 보이지도 않는 건가? 난 그 여자를 처음 본 순간부터 고통에 시달렸어. 보는 것만으로도 얼마나 괴로웠는지 설명할 수조차 없어―아직까지도 이해가 가지 않아. 마치 방금 난 상처에 칠리소스와 고춧가루를 짓이기는 기분이었지. 내가 평생 원하고 노력해온 모든 것이 그녀 안에서 결정結晶을 이룬 것처럼 보였어. 나는 내가 거칠고 더럽고 육욕에 지배받는 남자인 걸 알고 있었지만 그 여자를 만나기 전까지는 아무 상관 없었네.

그 여자야말로 내게 상처를 줬어. 모르겠나? 누구도 준 적 없던 큰 상처를 줬다고. 난 그 여자를 내가 있는 세상으로 끌어내려 파멸시켜야 했지. 모르겠나? 그래, 당신은 모르겠지! 당신은 아무것도 이해할 수 없어. 그럴 능력이 없으니까. 인생이 무슨 책이라도 되는 듯 창가에 웅크리고 사는 주제에 뭘 알겠나! 나는 지옥에 있었네. 난 분명히 지옥에 있었어.

딱 한 번 기회가 있었지―빠져나갈 구멍이 있었어. 얌전한 미련퉁이 밀리 버트가 킹스 암스로 뛰어들어와 일을 복잡하게 만들었을 때. 그대로 갔다면 낙선하고 나도 쫓겨날 판국이었지. 내가 밀리 버트를 책임져야 했을 테니까. 돼먹지 못한 남편과 이혼한 그 여자와 도리를 지킨답시고 결혼했을 거야. 그랬다면 무사했겠지. 두렵고 괴로운 강박에서 벗어났을 테니까……

그런데 그때 그 여자가, 이저벨라가 끼어들었네. 그것이 내게 어떤 의미였는지 이저벨라는 몰랐어. 난 밀고 나갈 수밖에 없었네! 빠져나갈 구멍이 없었어. 그래도 난 잘 헤쳐나갈 수 있을 거라 생각했네. 그 여자에게 준답시고 결혼 선물까지 사가면서.

하지만 소용없었어. 난 버틸 수 없었네. 어떻게든 내 것으로 만들지 않으면 미칠 것 같았어……"

"그러나 이젠 죽어버렸고……" 내가 중얼거렸다.

이번에는 내 말을 막지 않고 그는 그저 아주 나직하게 되뇌었다. "그러나 이젠—죽어버렸고……"

그러고는 몸을 돌려 방을 나갔다.

Chapter

26

그때를 마지막으로 나는 존 게이브리얼을 보지 못했다. 우리는 자그라데에서 분노한 상태로 헤어졌고, 다시 만나지 않았다.

나는 좀 힘든 과정을 거쳐 이저벨라의 시신을 영국의 집으로 옮겨올 수 있었다.

그녀는 세인트 루의 바닷가 근처에 안치됐다. 작은 교회 묘지에는 그녀의 다른 가족들도 묻혀 있었다. 장례식이 끝난 뒤 나는 세 노부인과 함께 빅토리아식 작은 주택으로 갔고, 그들은 내게 이저벨라를 데려와줘서 고맙다고 말했다……

그들은 지난 이 년 사이에 몹시 늙어 있었다. 레이디 세인트 루는 전보다 훨씬 독수리 같은 인상을 풍겼고 뼈만 남은 몸에 살이 늘어질 대로 늘어져 있었다. 어찌나 여위었던지 언제 죽을지 알 수 없다는 생각이 들었다. 하지만 레이디 세인트 루는 그후로 몇 년 더 살았다. 레이디 트레실리언은 살이 더 오르고 심한 천식을 앓고 있었다. 그녀는 내게 루퍼트의 아내를 세 사람 모두 무척 좋아한다고 속삭였다.

"아주 현실적이고 머리가 좋은 여자죠. 두 사람은 분명 행복할 거예요. 물론 우리가 꿈꾸던 건 이게 아니지만……"

그녀의 눈에 눈물이 차올랐다. "대체 왜―왜 이렇게 돼버렸을까?" 레이디 트레실리언이 중얼거렸다.

그것은 내 머릿속에서도 그치지 않고 울리는 질문이었다.

"그 몹쓸―몹쓸 인간이……" 그녀가 말했다.

노부인들과 나, 우리는 세상을 떠난 여자로 인한 슬픔과 존 게이브리얼에 대한 증오로 하나가 되었다.

빅엄 차터리스 부인은 여느 때보다 뚱했다. 그러다 내가 작별 인사를 고하자 말했다. "혹시 밀리 버트 기억나나요?"

"그럼요, 물론이죠. 그녀는 어떻게 지냅니까?"

빅엄 차터리스 부인이 고개를 저으며 말했다.

"밀리가 어리석은 짓을 저지를까봐 걱정이에요. 제임스 버트가 어찌됐는지는 아나요?"

"아니요, 모릅니다."

"야밤에 만취해서 도랑에 떨어졌죠. 돌에 머리를 부딪쳐 목숨을 잃었어요."

"그럼 밀리는 과부가 된 겁니까?"

"그래요. 서식스에 사는 내 친구에게 들어보니 밀리가 그 근방에 사는 농부에게 빠져서 결혼할 거라고 하더군요. 평판이 좋지 않은 남자예요. 술도 마시고요. 손찌검도 한다죠, 아마."

밀리 버트는 똑같은 패턴을 반복하고 있었다……

똑같은 기회가 주어졌을 때 나아지는 인간이 과연 있을까……?

다음날 런던으로 돌아오면서 나는 이 일에 대해 어느 때보다 곰곰이 생각했다. 나는 펜잰스역에서 기차에 올라 첫번째 런치타임을 예약했다. 식당칸에 앉아 수프가 나오길 기다리면서 제니퍼에 대해 생각했다.

이따금 캐러 스트레인지웨이즈에게 그녀 소식을 듣곤 했다. 캐러는 제니퍼가 무척 불행하다고 말했다. 몹시 힘든 일을 겪었지만 그래도 아주 대차게 맞서나가고 있다고, 그래서 그도 제니퍼에게 감탄하지 않을 수 없다고 했다.

나는 제니퍼를 생각하며 살짝 미소 지었다. 제니퍼는 사랑스러운 여자였다. 하지만 그녀를 만나고 싶지는 않았다. 정말 궁금하지는 않았다.

같은 레코드를 반복해서 듣고 싶지는 않은 법이다……

나는 런던에 도착하자 테리사를 찾아갔고, 그녀는 잠자코 내 이야기를 들어줬다……

테리사는 존 게이브리얼에 대해 신랄하게 비난하는 내 이야기에 귀기울여줬다. 나는 자그라데에서 있었던 일을 자세하게 말했고, 세인트 루에 이저벨라를 묻은 이야기로 마무리했다.

그러고서 한동안 말없이 대서양의 파도가 바위에 부서지는 소리를 듣고, 하늘을 향해 솟은 세인트 루 성의 윤곽을 보았다……

"내가 그녀를 그곳에 평화롭게 두고 왔다고 느껴야 마땅한데 그런 기분이 아니에요. 견딜 수 없이 화가 나요. 이저벨라는 요절했어요. 아주 오래오래 살고 싶다던 여자였다고요. 그렇게 오래 살 수도 있었을 텐데. 그렇게 건강한 여자였는데. 그래서 괴로워요. 그녀의 인생이 이렇게 짧게 끝나버렸다는 게……"

채색된 커다란 가리개를 등지고 테리사는 살짝 움직였다. 그러고는 말했다.

"휴는 시간을 가지고 판단하는군요. 하지만 시간은 아무것도 아니에요. 오 분이나 천 년이나 의미는 똑같아요." 테리사가 나지막이 시구를 읊었다. "장미의 순간과 주목의 순간은 같다*……"

(바랜 듯한 회색 비단에 수놓인 검붉은 장미……)

---

* T. S. 엘리엇의 『네 개의 사중주』 중 「가벼운 현기증」에 나오는 대목.

346

테리사가 말을 이었다. "당신은 인생을 자신이 디자인한 대로 만들어가고 다른 사람을 그 속으로 끌어들이는 사람이에요. 하지만 다른 사람에게도 나름의 디자인이 있어요. 각자가 자신의 디자인을 가졌기 때문에 인생이 복잡해지는 거예요. 각자의 디자인이 얽히고—겹치니까.

자신의 디자인을 알아볼 수 있는 눈을 가지고 태어나는 사람은 아주 드물어요. 나는 이저벨라가 그런 사람이었다고 생각해요…… 그녀는 이해하기 힘든 사람이었죠. 우리가 이해하지 못했던 건—그녀가 복잡해서가 아니라 단순하기 때문이었어요—무서울 정도로 단순했죠. 그녀는 언제나 본질만 생각했어요.

당신은 이저벨라의 인생이 짧게 끝나버렸다고, 일그러지고 부서져버렸다고 생각해요…… 하지만 난 그것 자체로 완전한 인생이었다는 생각이 들어요……"

"그러니까 장미의 순간이라는 뜻인가요?"

"그렇게 말하고 싶다면." 테리사가 부드럽게 덧붙였다. "휴는 무척 운이 좋은 사람이에요."

"운이 좋다고요?" 나는 형수를 빤히 쳐다보았다.

"그렇죠, 그녀를 사랑했으니까."

"사랑했죠. 하지만 아무것도 해줄 수 없었어요…… 게이브리얼과 함께 떠나려는 것을 막으려고 해보지도 않았죠……"

"그래요. 그건 당신이 그녀를 진정으로 사랑했기 때문이에요. 그녀를 그냥 내버려둘 정도로 깊이 사랑했던 거예요." 테리사가 말했다.

나는 테리사가 말한 사랑의 정의를 마지못한 듯이 받아들였다. 어쩌면 지금까지 내 실패의 원인은 연민이었는지도 모른다. 그것은 나의 소중한 면죄부였다. 연민, 안이한 연민으로 나는 살았고, 그것으로 안도해왔다.

그러나 적어도 이저벨라에게만은 연민을 품지 않았다. 그녀를 돕지도, 가려는 길을 쉽게 가도록 해주지도, 짐을 들어주지도 않았다. 짧은 인생 동안 이저벨라는 언제나 완전하고 더할 나위 없이 자기답게 살았다. 연민은 그녀가 필요로 하지도 않았고 이해하지도 못하는 감정이었다. 테리사의 말처럼 나는 그녀를 홀로 내버려둘 만큼 깊이 사랑했던 것이다……

"휴는 이저벨라를 사랑하고 있었어요." 테리사가 부드럽게 말했다. "그래서 지금까지 많이 행복했고요."

"그래요." 나는 조금 놀라며 대꾸했다. "네, 지금까지 많이 행복했어요."

갑자기 분노가 밀려들었다.

"그렇다고 해도 난 여전히 존 게이브리얼이 이승에서든 저승에서든 지옥에 떨어진 자의 고통을 느끼며 살아야 한다고 생각해요!"

"저승까지는 모르겠지만 이승에서는 당신의 소원이 이루어진 것 같은데요. 존 게이브리얼은 내가 아는 사람 중에 가장 불행한 남자니까……"

"형수는 그가 불쌍한가보군요. 하지만 나는—"

테리사는 내 말을 가로막더니 게이브리얼을 불쌍하게 생각하는 것이 아니라고 말했다. 그보다 더 깊은 의미의 감정이라고 했다.

"무슨 뜻인지 모르겠어요. 형수가 자그라데에서 직접 그를 봤다면—그는 오로지 자기 이야기만 늘어놨어요—이저벨라가 죽었는데도 그는 무너지지 않았다고요."

"당신은 몰라요. 그 사람을 제대로 보지도 않았잖아요. 당신은 진짜로 사람을 본 적이 없어요."

그 말을 듣는 순간, 나는 테리사조차 제대로 본 적이 없다는 생각이 들었다. 이 글을 쓰면서도 형수에 대해서는 거의 묘사한 적이 없었다.

나는 테리사를 쳐다보았고, 이제야 처음으로 그녀를 보는 것 같은 기분이 들었다…… 도드라진 광대뼈, 만틸라*와 큼직한 스페인 핀이 필요할 것 같은 말아올린 검은 머리. 어깨 위당당한 두상은 카스티야** 사람인 그녀의 증조할머니와 비슷

---

* 스페인, 멕시코, 이탈리아 등지에서 여성들이 의례적으로 머리부터 어깨까지 덮어쓰는 베일.

했다.

순간 소녀 시절의 테리사를 본 듯한 기분이 들었다. 진지하고 열정적이며 인생을 향해 담대하게 나아가는.

나는 테리사가 인생에서 무엇을 찾았는지 알지 못했다……

"왜 그렇게 빤히 봐요?"

나는 천천히 말했다. "형수를 제대로 본 적이 없는 것 같아서요."

"그래요, 없었을걸요." 그녀는 가볍게 미소 지었다. "자, 뭐가 보이죠?"

그녀의 미소와 웃음, 목소리와 눈빛에 내가 헤아릴 수 없는 아이러니가 있었다.

나는 천천히 대답했다. "형수는 언제나 내게 아주 잘해줬죠. 하지만 난 형수에 대해 아무것도 모르네요……"

"그래요, 당신은 아무것도 몰라요."

테리사가 떨치듯 일어서더니 햇살이 강하게 비쳐드는 창가의 커튼을 젖혔다.

"존 게이브리얼에 대해서는……" 내가 말했다.

테리사는 깊은 목소리로 말했다. "그의 일은 신에게 맡겨요."

"이상한 말을 하는군요."

** 1037년부터 1479년까지 이베리아반도의 톨레도와 마드리드를 중심으로 발전한 기독교 왕국.

"아니, 난 맞는 말이라고 생각하는데요. 항상 그렇게 생각해 왔어요."

그리고 덧붙였다. "언젠가는―내 말의 의미를 분명 알게 될 거예요."

에필로그

그렇다, 이것이 그 이야기다.

내가 콘월의 세인트 루에서 처음 만나서 자그라데의 호텔 방에서 마지막으로 헤어진 남자의 이야기.

그는 지금 파리 변두리의 어느 방에서 죽어가고 있다.

"들어보게, 노리스." 그의 목소리는 힘이 없었지만 명료했다. "자그라데에서 실제로 무슨 일이 일어났는지 당신이 알아야 하네. 그때는 말하지 않았지. 그것이 뭘 의미하는지 나도 제대로 몰랐으니까……"

그는 숨을 돌리느라 잠시 말을 멈췄다.

"그 여자—이저벨라가 죽음을 두려워했다는 건 당신도 알고 있겠지? 세상 무엇보다 두려워했다는 것을?"

나는 고개를 끄덕였다. 그랬다. 알고 있었다. 세인트 루의 집 테라스에 죽어 있던 새를 내려다보던 그녀의 겁에 질린 눈을 나는 기억한다. 또 자그라데에서 차를 피하려고 보도에 올라섰을 때 하얗게 질려 있던 얼굴도 기억한다.

　"그러니 들어보게, 노리스. 그 학생은 권총을 들고 내게 돌진했네. 겨우 몇 발 앞으로 다가왔지. 총을 잘못 쏠 리 없는 거리였고, 난 벽과 테이블 사이에 끼여 꼼짝도 할 수 없었어.

　이저벨라가 사태를 눈치챘네. 학생이 방아쇠를 당긴 순간, 내 앞으로 몸을 던졌어……"

　게이브리얼의 목소리가 높아졌다.

　"알겠나, 노리스? 그 여자는 어떤 일이 일어날지 알고 그랬어. 그 행동이 자신의 죽음을 뜻한다는 것을. 알면서 죽음을 택했어―나를 구하려고."

　그의 목소리에 온기가 배었다.

　"그때는 몰랐네. 그게 무슨 의미인지, 나중에 다시 생각해보기 전까지 나는 몰랐어. 그 여자가 날 사랑하고 있었다는 사실을 전에는 알지 못했네…… 난 그 여자의 육체를 가졌을 뿐이라고―그렇게 확신했어―

　그런데 이저벨라는 나를 사랑하고 있었어―깊이 사랑해서 날 위해 목숨을 버릴 만큼―그토록 죽음을 두려워하던 여자가……"

내 머릿속은 과거로 돌아갔다. 나는 자그라데의 어느 카페에 있었다. 광신적이고 신경질적인 젊은 학생을 보았다. 이저벨라의 격렬한 놀라움, 자각, 찰나의 공포를 보았고—그후 그녀의 재빠른 선택을 보았다. 그녀가 존 게이브리얼을 구하려고 몸을 던지는 것도 보았다……

"그래, 그게 끝이었군……" 내가 말했다.

게이브리얼이 베개에 기대며 몸을 일으켰다. 그는 언제나 아름다웠던 눈을 아주 크게 떴다. 그의 목소리가 또렷하고 크게 울렸다—승리감에 찬 목소리였다.

"아니, 아니야! 당신이 틀렸어! 그게 끝이 아니었어! 그건 시작이었네……"

옮긴이의 말

오늘 아침 시든 노란 장미 여덟 송이를 버렸다. 일주일 전열 송이를 꽃병에 꽂았는데, 사흘 전 먼저 시든 두 송이를 버리면서 한 다발로 묶인 꽃도 저마다 사는 시간이 다르다는 생각이 들어 쓸쓸했다. 하지만 T. S. 엘리엇은 삶과 시간이 그렇지 않다고 말했다. 엘리엇은 『네 개의 사중주』 중 마지막 장시인 「가벼운 현기증」에서 "우리가 시작이라고 생각하는 것은 흔히 끝이고, 끝나는 것은 시작하는 것이다 (……) 장미의 순간과 주목의 순간은 같다"고 썼다. 시간과 영원, 생성과 존재의 문제에 대한 시인의 시야는 나의 짧은 생각보다 깊고 넓었고 나는 그의 시에서 위로와 더불어 살아가는, 혹은 죽어가는 일의 의미를 찾을 수 있었다. 오래전 애거사 크리스티가 이 시에서 모티프를 얻어 『장미와 주목』을 쓴 것도 비슷한 마음에서였을까.

추리소설의 여왕으로 불리는 애거사 크리스티는 사건 중심일 수밖에 없는 추리라는 장르에서 벗어나 인간의 내면에 더 집중하는 소설을 쓰고 싶었다. 결국 독자들의 선입견을 피하기 위해 메리 웨스트매콧이라는 필명으로 여섯 권의 소설을 발표했고, 그중 『장미와 주목』은 그녀의 날카로운 통찰력이 빛나는 우리 삶의 이야기로 남녀의 사랑, 우정, 사회계층, 정치, 종교 등 인간세상의 다양한 문제를 아우르고 있다.

사실 『장미와 주목』은 아주 독특한 작품이다. 후기를 쓰면서도 누가 주인공이라고 말해야 좋을지 모르겠다. 배경이 되는 시간과 장소를 어디라고 말해야 좋을지도 난감하다. 애거사가 정말 하고 싶었던 이야기—수많은 추리소설을 쓰면서도 다 말하지 못해 갈등을 느꼈던 이야기—가 무엇이었다고 한마디로 정리하기도 어려운 듯하다. 번역을 할 때는 화자인 휴 노리스의 말대로 존 게이브리얼의 이야기라고 생각했다. 전쟁에서 무공훈장을 받고 보수당 국회의원 후보가 되려고 세인트 루에 온 야심 찬 사내. 하지만 작업을 마치고 다시 읽었을 때는 약혼자와의 꿈에 그리던 삶을 앞두고도 존 게이브리얼과 사랑의 도피를 하고 결국 그를 위해 목숨까지 바치는 이저벨라의 이야기로 다가왔다. 이후 다시 살펴보면서는 이저벨라를 사랑했지만 불구의 몸으로 그녀의, 그들의 사랑을 지켜봐야 했던 휴 노리스의 가슴 아픈 이야기가 아닐까 했다. 정말 사랑이란 무엇일까? 우리는 인간에 대해 얼마나 알며, 얼마나 오해할 수 있는가? 허위로 얼룩진 세상에서 본인의 욕망에 충실하게 진솔하게 산다는 것과 그것이 가져오는 파장을 어떻게 받아들여야 하는가?

그런 질문들을 안고 20세기 중반 영국 콘월 지방의 세인트 루, 슬로바키아의 자그라데, 파리에서 만나고 헤어지고 시작되고 끝나는 그들의 이야기를 읽다보니 엘리엇이 왜 짧은 동안 피어 있는 장미와 오랜 세월 한자리를 지키는 주목이 누리는 순간이 똑같다고 말했는지 알 것 같다. 애거사 크리스티는 등장인물들이 가진 사랑의 힘이, 시인이 말한 것처럼, 끝을 시작으로 만드는 것임을 증명해 보인다. 사랑 이야기를 읽은 줄 알았던 나는 왠지 사는 일에 힘이 솟는다. 내가 영원 속에 있는 느낌, 『장미와 주목』이 주는 특별한 경험이다.

공경희

옮긴이 **공경희**

1965년 서울에서 태어나 서울대학교 영어영문학과를 졸업했다. 성균관대학교 번역대학원 겸임교수를 역임했고, 서울여자대학교 영어영문학과 대학원에서 강의했다. 시드니 셸던의 『시간의 모래밭』을 시작으로 『모리와 함께한 화요일』 『비밀의 화원』 『매디슨 카운티의 다리』 『파이 이야기』 『천국에서 만난 다섯 사람』 『우리는 사랑일까』 『행복한 사람, 타샤 튜터』 『우연한 여행자』 『타샤의 정원』 『포그 매직』 『꿈꾸는 아이』 『매뉴얼』 『빗속을 질주하는 법』 『좀비―어느 살인자의 이야기』 『대디 러브』 『카시지』 등을 우리말로 옮겼다.

문학동네 세계문학

장미와 주목

초판 인쇄 2026년 2월 10일 | 초판 발행 2026년 3월 20일

지은이 애거사 크리스티 | 옮긴이 공경희
기획 김혜정 | 책임편집 윤정민 | 편집 김혜정 이희연
디자인 김유진 이원경 | 저작권 박지영 형소진 주은수 오서영 조경은
마케팅 정민호 서지화 한민아 이민경 왕지경 정유진 한경화 정경주 김혜원 김예진 이서진
브랜딩 함유지 김은솔 박민재 이송이 박다솔 조다현 김하연 이준희
제작 강신은 김동욱 이순호 | 제작처 한영문화사

펴낸곳 (주)문학동네 | 펴낸이 김소영
출판등록 1993년 10월 22일 제2003-000045호
주소 10881 경기도 파주시 회동길 210
전자우편 editor@munhak.com | 대표전화 031) 955-8888 | 팩스 031) 955-8855
문학동네카페 http://cafe.naver.com/mhdn
인스타그램 @munhakdongne | 트위터 @munhakdongne
북클럽문학동네 http://bookclubmunhak.com

ISBN 979-11-416-1530-7 04840
      979-11-416-1525-3 (세트)

www.munhak.com